精準單字、例句、錄音，
讓你輕鬆備考無煩惱！

使用說明

重點1

精選關鍵必考單字，用最少的時間掌握最多分數！

日文單字的數量如此龐雜，讓你苦惱不知從何下手嗎？本書彙整歷屆日檢N3出題頻率最高的單字，讓你可以在有限的時間內精準掌握必考單字，以「關鍵單字」來戰勝「單字總量」。日檢備考也可以很輕鬆！

重點2

用母語人士的邏輯，學會直覺單字記憶法！

覺得用あ－い－う－え－お來做記憶分類效果不彰嗎？本書以あ－か－さ－た－な－は－ま－や－ら－わ排序分類成十個單元，並區隔名詞和動詞，讓你擺脱外國人的學習方式，學會用母語人士的邏輯來記憶單字。讓學習更直覺，答題更快速！

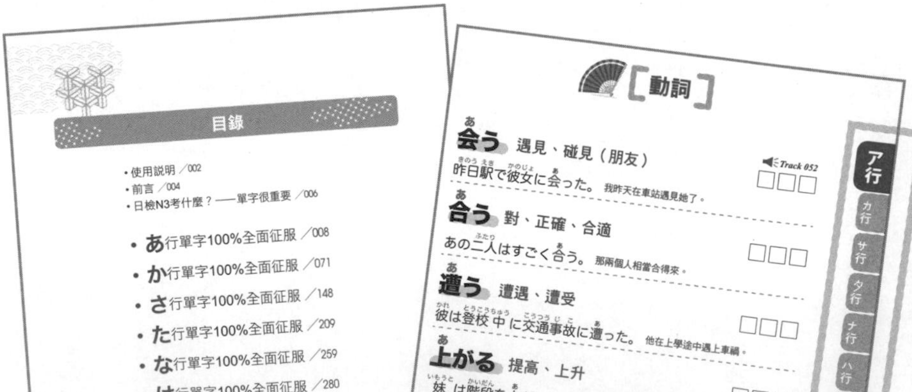

目錄

- 使用說明／002
- 前言／004
- 日檢N3考什麼？──單字很重要／006
- あ行單字100%全面征服／008
- か行單字100%全面征服／071
- さ行單字100%全面征服／148
- た行單字100%全面征服／209
- な行單字100%全面征服／259
- は行單字100%全面征服／280
- ま行單字100%全面征服／327
- や行單字100%全面征服／352
- ら行單字100%全面征服／369
- わ行單字100%全面征服／377
- 日檢N3單字總複習／384

【動詞】

会う 遇見、碰見（朋友）
昨日駅で彼女に会った。我昨天在車站遇見她了。
Track 052

合う 對、正確、合適
あの二人はすごく合う。那兩個人相當合得來。

遭う 遭遇、遭受
彼は登校中に交通事故に遭った。他在上學途中遇上車禍。

上がる 提高、上升
妹は階段を上がっている。妹妹正在爬樓梯。

あきれる 吃驚、愕住
彼女はあきれるほど足が長い。她的腿長到足以令人吃驚。

開く 開
ドアが壊れて開かない。門壞了打不開。
Track 053

空く 空、閒
この席は空いていますか。這個位子有人坐嗎？

ア行 カ行 サ行 タ行 ナ行 ハ行 マ行 ヤ行 ラ行 ワ行

047

重點3

示範例句難度適中，讓你快速熟悉考試特性！

好的例句，是背單字的神隊友；不好的例句，只會加劇學習時的挫折感。本書精心撰寫針對N3程度的例句，對準備N3日檢的考生而言難度適中，不僅可以幫助讀者理解單字的運用方式，鞏固記憶；更可以幫助讀者在短時間內適應考試特性，從容應試！

【一般名詞】

あ行　か行　さ行　た行　な行　は行　ま行　や行　ら行　わ行

Track 001

愛　愛（—する：愛）□□□

親の愛は無償の愛である。父母的愛是無償的愛。

挨拶　打招呼、問候（—する：打招呼、問候）□□□

彼女は人に会うと、いつも笑顔で挨拶する。

她遇到人總是以微笑打招呼。

合図　信號（—する：打信號）□□□

私が合図をしたらクラッカーを鳴らして。

我一打信號你就放拉炮。

アイスクリーム　冰淇淋 □□□

大部分の子供たちはアイスクリームが大好きです。

大部分的孩子都喜歡冰淇淋。

間　間隔、距離、期間、中間 □□□

この間、何をしましたか。這期間做了什麼呢？

Track 002

相手　對象、對手 □□□

今回の相手は全国レベルの強豪校だ。

這次的對手是全國級的強豪學校。

010

重點4

隨堂小測驗馬上練，即時檢視單元學習成果！

本書的每個單元後面都有「隨堂小測驗」，一方面讓讀者可以馬上驗收每個單元的學習成果，幫助讀者即時檢視自己的學習成效，發現不足之處可以立刻回過頭來加強。另一方面也鞏固記憶，提高讀者對各單元內容的掌握度。全書讀完後，更有總複習測驗進一步鞏固全書知識。

隨堂小測驗

請根據題意選出正確的選項。

(　) 1. 田中君は先生の講義中「欠伸」が止まらなかった。
(A) 哈欠　(B) 伸展　(C) 聊天　(D) 作弊

(　) 2. この携帯電話は「扱い」にくいです。
(A) 取得　(B) 購買　(C) 操作　(D) 製作

(　) 3. 「あやふや」な言い方をしないで、事実が聞きたい。
(A) 清楚的　(B) 跳躍的　(C) 嶄新的　(D) 含糊的

(　) 4. 今度の期末試験は「案外」難しくなかった。
(A) 範圍外　(B) 意想不到　(C) 意料之中　(D) 預計

(　) 5. 「過つ」のは人の常である。
(A) 成功　(B) 跨越　(C) 度過　(D) 犯錯

(　) 6. 演説の終わりに軽く「御辞儀」をする。
(A) 點頭　(B) 鞠躬　(C) 下台　(D) 拍手

(　) 7. 「受取」を忘れないでください。
(A) 收據　(B) 訂單　(C) 包裹　(D) 文件

(　) 8. 今日は雨で、気持ちも「うっとうしく」なった。
(A) 潮濕的　(B) 興奮的　(C) 鬱悶的　(D) 憤怒的

解答：1. (A)　2. (C)　3. (D)　4. (B)
5. (D)　6. (B)　7. (A)　8. (C)

070

まえがき > 前言

學好日文，不僅可以讓你在日本不受語言限制，來一場深度旅遊，還可以讓你在申請日本學校時有更多選擇，甚至是在現今國際往來密切的職場上有過人的優勢。正如同英文有多益、托福或雅思等英文能力檢定考試，可以幫助你檢視自己的學習成果，並證明自己的語言能力。日文也有日檢認證，是被日本各級學校、公司等採納的重要語言能力證明。

那麼要如何學好日文、通過日檢呢？日文學習如此繁複，又該從何下手呢？若一定要從許多重點中挑一個著手，作為日文學習的首要攻克目標，那麼答案非「日檢單字」莫屬。不論學習什麼語言，單字都是最重要的基石，唯有認真堆砌穩固的基石，才能在其上建立良好的整體語言能力。蓋因單字是組成句子的基礎，即使是對日文一知半解，只要學會單字的意思，用對單字就可以讓別人大致猜出你想表達的意思。況且單字在日檢考試中不僅僅是讓你讀懂題目的「配角」而已，更有許多題目是為特定單字量身打造，這種分數如果沒有順利拿到，真的非常吃虧！

本書擺脱以往日語學習書所採的編寫方式，按日本人的語言邏輯，特別以あ－か－さ－た－な－は－ま－や－ら－わ排序分類成十個單元，並區隔名詞、形容詞和動詞，讓你不再用外國人的思維學日文，改以母語人士的邏輯來記憶單字。讓學習更直覺，答題更快速！搭配專為N3程度所撰寫的例句與外師親錄音檔，讓你聽、説、讀、寫全方位學會日檢單字。

希望本書的貼心巧思可以減輕讀者們的學習負擔，讓日文單字不再是學習日文的大魔王，並幫助各位考生順利考取日檢認證。大家一起加油吧！

目錄

日檢N3考什麼？──單字很重要

正如同準備任何形式的考試，要考好日檢，我們首先要知道日檢的考試範圍、測驗方式，才能做出相對應的準備。綜觀以下考試科目及說明，日文單字的掌握程度對日檢各科目考試都有極大的影響。

為什麼單字很重要？

日本語能力試驗（日檢）屬於國際性測驗，供世界各國日語學習者、日語使用者檢測日語的能力，日檢的成績可以直接反映出受試者的日文能力。由日檢的考試說明，可以看出考試科目雖然有區分「言語知識（文字・語彙）」、「言語知識（文法）・讀解」與「聽解」，但是單字的運用卻不限於文字語彙試題。如果不具備足夠的單字量，不了解單字的涵義，那自然就無法全盤理解文章或對話內容，「言語知識（文法）・讀解」與「聽解」科目的成績自然也不會好。因此，單字的學習是日檢考前準備的首要目標！

日檢N3所需的語言知識

能大致理解日常生活所使用之日語。

【讀】・可看懂日常生活相關內容具體之文章。

・能掌握報紙標題等之概要資訊。

・日常生活情境中所接觸難度稍高之文章經換個方式敘述，便可理解其大意。

【聽】在日常生活情境中，面對稍接近常速且連貫之對話，經結合談話之具體內容及人物關係等資訊後，便可大致理解。

日檢N3的考試內容

日檢N3的考試科目包含「言語知識（文字・語彙）」、「言語知識（文法）・讀解」與「聽解」，各科測驗內容如下。

❶「言語知識（文字・語彙）」：

包含「漢字讀法」、「漢字書寫」、「前後關係」、「近義替換」與「用法」。

❷「言語知識（文法）・讀解」：

包含「句子語法」、「文章語法」、「內容理解（短篇、中篇、長篇）」與「訊息檢索」。

❸「聽解」：

包含「問題理解」、「重點理解」、「概要理解」、「語言表達」與「即時應答」。

日檢N3考試			
測驗科目	第一節	第二節	第三節
	言語知識（文字・語彙）	言語知識（文法）・讀解	聽解
考試時間	30分鐘	70分鐘	40分鐘
成績分項	言語知識（文字・語彙・文法）	讀解	聽解
分項成績	0～60	0～60	0～60
通過門檻（單項）	19分	19分	19分
通過門檻（總分）	95分		

※註：測驗時間可能視情況變更，最新資訊請以官方公告為準。

JLPT N3
あ
ア
行

一般名詞

Track 001

あい
愛 愛（─する：愛） □□□

おや あい むしょう あい
親の愛は無償の愛である。 父母的愛是無償的愛。

あいさつ
挨拶 打招呼、問候
（─する：打招呼、問候） □□□

かのじょ ひと あ えがお あいさつ
彼女は人に会うと、いつも笑顔で挨拶する。
她遇到人總是以微笑打招呼。

あいず
合図 信號（─する：打信號） □□□

わたし あいず な
私が合図をしたらクラッカーを鳴らして。
我一打信號你就放拉炮。

アイスクリーム 冰淇淋 □□□

だいぶぶん こども だいす
大部分の子供たちはアイスクリームが大好きです。
大部分的孩子都喜歡冰淇淋。

あいだ
間 間隔、距離、期間、中間 □□□

あいだ なに
この間、何をしましたか。 這期間做了什麼呢？

Track 002

あいて
相手 對象、對手 □□□

こんかい あいて ぜんこく きょうごうこう
今回の相手は全国レベルの強豪校だ。
這次的對手是全國級的強豪學校。

アイデア　主意

何かいいアイデアがありますか。　有沒有什麼好主意？

アイロン　熨斗

しわしわになったシャツにアイロンを掛(か)けた。
將皺巴巴的襯衫拿來燙過。

青(あお)　藍色（少數時候指綠色）

交差点(こうさてん)の信号(しんごう)は青(あお)になった。　十字路口的信號燈轉綠了。

赤(あか)　紅色

虹(にじ)の七色(なないろ)の中(なか)で、赤(あか)が大好(だいす)きです。彩虹的七個顏色中，我最喜歡紅色。

Track 003

赤(あか)ちゃん　嬰兒

かわいい赤(あか)ちゃんを産(う)みたいです。　我想生可愛的嬰兒。

明(あ)かり　光線、燈光

月(つき)の明(あ)かりを頼(たよ)りに夜道(よみち)を歩(ある)いた。　憑藉著月光走過了夜路。

赤(あか)ん坊(ぼう)　嬰兒

夜(よる)、隣(となり)の赤(あか)ん坊(ぼう)がいつも泣(な)いている。
晚上時，鄰居的嬰兒總是在哭泣。

あき
秋　秋天、秋季

あき
もうすぐ秋になります。　就快到秋天了呢。

あくしゅ
握手　握手（—する：握手）

あくしゅ
握手してください。　請和我握手。

Track 004

アクセサリー　首飾

たんじょう び　あたら
誕生日プレゼントに新しいアクセサリーがいい。
生日禮物我想要新首飾。

あくび
欠伸　哈欠

たなか くん　せんせい　こうぎちゅう あくび　と
田中君は先生の講義中欠伸が止まらなかった。
田中同學在老師講課期間止不住哈欠。

あさ
朝　早上

とう　まいにちあさ　ばん　はたら
お父さんは毎日朝から晩まで働いている。
爸爸每天都從早工作到晚。

あさ　はん
朝ご飯　早餐

あさ　はん　なに　た
朝ご飯は何を食べましたか。　早餐吃了些什麼呢？

あさって
明後日　後天

あさって　たの
明後日のコンサートは楽しみです。　我真期待後天的演唱會。

あさばん
朝晩 早晩

Track 005

天気予報(てんきよほう)によると、この一週間(いっしゅうかん)は朝晩特(あさばんとく)に寒(さむ)いみたいです。根據天氣預報，似乎這一周的早晚都會特別冷。

あさひ
朝日 朝陽、旭日

起(お)きるとき、朝日(あさひ)が強(つよ)いので、眩(まぶ)しかったです。

起床時朝陽很大，非常刺眼。

あし
足 腳

足(あし)をけがして、運動会(うんどうかい)に参加(さんか)できない。

我的腳受傷了，沒有辦法參加運動會。

あじ
味 味道

あの飲(の)み物(もの)はどんな味(あじ)がしますか。

那個飲料喝起來是什麼味道？

アジア 亞洲

日本(にほん)はアジアの範囲(はんい)に含(ふく)まれている。

日本包含在亞洲的範圍。

あした
明日 明天

Track 006

明日(あした)は何(なに)をするつもりですか。 明天你有什麼計畫嗎？

明日（あす） 明天

明日（あす）学校（がっこう）は休（やす）みです。 明天學校放假。

汗（あせ） 汗水

運動（うんどう）で汗（あせ）を流（なが）して、気持（きも）ちいいですね。
運動之後流點汗，很舒服，對吧？

あそこ 那裡、那兒

あそこで待（ま）ってくれませんか。 可以在那裡稍等一下嗎？

遊び（あそ） 遊戲

ドロケイはどんな遊（あそ）びですか。 警察抓小偷是個怎樣的遊戲？

Track 007

あたし 我（女生稱自己）

あたしのどこが好（す）きですか。 你喜歡我的哪裡呢？

頭（あたま） 頭、腦筋

息子（むすこ）さんは本当（ほんとう）に頭（あたま）がいい子（こ）です。 您的兒子真的很聰明呢。

辺り（あた） 附近

この辺（あた）りに熊（くま）が出（で）たそうだ。 聽說這附近曾有熊出沒。

あちら 那裡、那邊 □□□

あちらの塩を取ってくれませんか。 可以把那裡的鹽巴遞給我嗎？

あと
後 後面、以後 □□□

この後何をしますか。 你在這之後要做些什麼呢？

Track 008

あな
穴 孔、洞 □□□

ドーナツにはなぜ穴が空いているんですか。
甜甜圈為什麼要有個洞呢？

アナウンサー 主播、播報員 □□□

アナウンサーになるために色々努力している。
為了當上主播做了許多努力。

あなた 你、妳、您 □□□

あなたの力を貸してください。 請助我一臂之力。

あに
兄 哥哥 □□□

兄はその会社の社長です。 我的哥哥是公司的社長。

あね
姉 姐姐 □□□

姉の仕事は看護師である。 姐姐的工作是護理師。

Track 009

アパート　公寓

□□□

この辺(へん)のアパートを探(さが)しています。　我正在找這附近的公寓。

あぶら
油　油

□□□

天(てん)ぷらを油(あぶら)で揚(あ)げる。　將天婦羅以油炸過。

アフリカ　非洲

□□□

アフリカでは満足(まんぞく)に食(た)べられない子供(こども)が大勢(おおぜい)います。
非洲有許多吃不飽的孩子。

あま
余り　剩餘、過於……而……

（形容詞：過分／副詞：過於……、不怎麼……）

□□□

給料(きゅうりょう)の余(あま)りでかばんを買(か)いたい。　我想用剩餘的薪水來買包包。

あめ
雨　雨

□□□

雨(あめ)が降(ふ)っています。　現在在下雨。

Track 010

あめ
飴　糖

□□□

飴(あめ)と鞭(むち)で子供(こども)を教育(きょういく)する。　以賞罰並重的方式來教育孩子。

アメリカ　美國

□□□

アメリカに行(い)った事(こと)がありますか。　你有去過美國嗎？

アルコール 酒精、酒 □□□

このドリンクにはアルコールが含(ふく)まれていません。
這個飲料中不含酒精成分。

アルバイト 打工（—する：打工） □□□

アルバイトの経験(けいけん)がありますか。 你有打工的經驗嗎？

あれ 那個 □□□

あれは弟(おとうと)さんですか。 那是你弟弟嗎？

Track 011

あわ
泡 泡沫 □□□

人魚姫(にんぎょひめ)は最後(さいご)に泡(あわ)になって消(き)えました。
人魚公主最後化為泡沫消失了。

あんき
暗記 背誦（—する：背誦） □□□

母(はは)は年(とし)を取(と)ったけど、暗記力(あんきりょく)はとても強(つよ)いです。
母親已經上了年紀，記憶力還是很強。

あんしょうばんごう
暗証番号 密碼 □□□

暗証番号(あんしょうばんごう)を忘(わす)れたらまずいです。 忘記密碼的話會很麻煩。

あんしん
安心 安心、放心
（—する：安心／形容詞：安心的） □□□

早(はや)く大人(おとな)になって、両親(りょうしん)を安心(あんしん)させたい。
我想早點長大，讓雙親能夠安心。

あ行 か行 さ行 た行 な行 は行 ま行 や行 ら行 わ行

あんてい
安定 安定、穩定
（形容詞：穩定的／—する：穩定）

安定(あんてい)した天候(てんこう)が一日(いちにち)しか続(つづ)かなかった。 穩定的天候只持續了一天。

あんない
案内 引導、導覽
Track 012
（—する：帶路、引導）

会議室(かいぎしつ)に案内(あんない)してくれませんか。 你能夠帶我去會議室嗎？

い
胃 胃

胃(い)の調子(ちょうし)はどうですか。 胃的狀況如何呢？

いいん
委員 委員

今日(きょう)はクラス委員(いいん)を決(き)めます。 今天要來選出班長。

いえ
家 房子、家

いつか台北(たいぺい)に家(いえ)を持(も)ちたい。 我總有一天想在台北買間房子。

いか
以下 以下

二十歳(はたち)以下(いか)の人(ひと)は飲酒禁止(いんしゅきんし)です。 二十歲以下的人禁止飲酒。

いがい
以外 以外、除此之外
Track 013

息子(むすこ)は漫画(まんが)以外(いがい)何(なに)も読(よ)まない。 我兒子除了漫畫之外什麼都不看。

医学（いがく） 醫學

医学（いがく）の範囲（はんい）はいろんな分野（ぶんや）に分（わ）かれる。 醫學分為許多領域。

息（いき） 呼吸、氣息

この階段（かいだん）を登（のぼ）るといつも息（いき）が上（あ）がってしまう。
每次爬這段樓梯都會喘不過氣。

イギリス 英國

来週（らいしゅう）イギリスへ旅行（りょこう）に行（い）く。 下週要去英國旅行。

いくつ 幾個

あといくつほしいですか。 還需要幾個呢？

Track 014

いくら 多少錢

この靴（くつ）はいくらですか。 這雙鞋要多少錢呢？

池（いけ） 池、池塘

父（ちち）は毎日（まいにち）池（いけ）で釣（つ）りをしている。
父親每天在池塘釣魚。

生け花（いけばな） 花道、插花
（―をします：插花）

母親（ははおや）の趣味（しゅみ）は生（い）け花（ばな）をすることである。
我的母親的興趣是插花。

意見（いけん） 意見、看法（—する：規勸）

子供（こども）の教育（きょういく）について、父（ちち）と母（はは）が意見（いけん）を言（い）い合（あ）っている。

關於孩子的教育，父母正在討論彼此意見。

以後（いご） 以後、之後

夜（よる）の十時（じゅうじ）以後（いご）家（いえ）から出（で）ないでください。

晚上十點之後請不要出門。

Track 015

以降（いこう） 以後

それ以降（いこう）彼女（かのじょ）とは一度（いちど）も会（あ）っていない。

從那之後就再也沒和她見過面了。

異彩（いさい） 大放異彩

彼女（かのじょ）は芸術界（げいじゅつかい）で異彩（いさい）を放（はな）っている。 她在藝術界大放異彩。

石（いし） 石頭

その子供（こども）は石（いし）を投（な）げています。 那個孩子正在丟石頭。

意志（いし） 意志

彼女（かのじょ）は背（せ）が小（ちい）さいけど、意志（いし）の強（つよ）い人（ひと）です。

她是個子小，但意志堅強的人。

医師（いし） 醫師

医者（いしゃ）になるには医師免許（いしめんきょ）が必要（ひつよう）です。 想當醫生必須要有醫師執照。

Track 016

いじ
維持 維持（―する：維持）

健康を維持することはみんなの課題である。
維持健康是大家的功課。

いしき
意識 意識、知覺、覺悟（―する：意識到）

彼女は一週間も意識不明だった。 她已經喪失意識一週了。

いしゃ
医者 醫生

その医者の技術は本当にいいです。
那位醫生的醫術真的很好。

いじょう
以上 以上、再、更、既然

この人以上にいい相手はいないと思う。
我想沒有比這個人更好的選擇了。

いす
椅子 椅子

そこの椅子に座ってください。 請坐在那張椅子上。

Track 017

いぜん
以前 以前

夜十時以前に帰ってください。 請在晚上十點以前回來。

あ行
か行
さ行
た行
な行
は行
ま行
や行
ら行
わ行

痛み（いた） 疼痛、痛楚 □□□

薬（くすり）では心（こころ）の痛（いた）みを解消（かいしょう）できない。 藥物無法解決心靈上的痛楚。

イタリア 義大利 □□□

イタリアに行（い）った事（こと）がありません。 我沒有去過義大利。

一（いち） 一、第一 □□□

富士山（ふじさん）は日本一（にほんいち）の山（やま）です。 富士山是日本最高的山。

市（いち） 市集 □□□

毎月第二土曜日（まいつきだいにどようび）に土曜市（どよういち）が開催（かいさい）されています。
每個月的第二個星期六會有週六市集。

Track 018

位置（いち） 位置、立場（—する：位於） □□□

この店（みせ）の位置（いち）を教（おし）えてください。 請告訴我這間店的位置。

いちご 草莓 □□□

お母（かあ）さんがいちごを買（か）ってくれた。
媽媽買了草莓給我。

一時（いちじ） 某時、當時、一時、當時 □□□

その大（おお）きい荷物（にもつ）を、一時（いちじ）預（あず）かりましょうか。
那件大型行李，我幫您暫時保管吧？

いちど
一度 一回、一次 □□□

もう一度説明してください。(いちど せつめい) 請再說明一次。

いちにち
一日 一天 □□□

これは一日分の仕事です。(いちにちぶん しごと) 這是一整天份的工作。

いちばん
一番 一號、第一名（副詞：最……） Track 019 □□□

彼は期末試験で一番になった。(かれ きまつしけん いちばん) 他在期末考時中拿到了第一名。

いちぶ
一部 一部分 □□□

一部の社員は制度 を不満に思ってる。(いちぶ しゃいん せいど ふまん おも) 有一部分的職員不滿意制度。

いつ 什麼時候 □□□

来年の運動会はいつですか。(らいねん うんどうかい) 明年的運動會在何時呢？

いつか
五日 五號（日期）、五天 □□□

五月五日は彼女の誕 生 日です。(ごがついつか かのじょ たんじょうび) 五月五號是她的生日。

いっしょ
一緒 一起、一樣（—する：一起） □□□

一緒に 食 事に行きませんか。(いっしょ しょくじ い) 要不要一起去吃飯呢？

ア行 カ行 サ行 タ行 ナ行 ハ行 マ行 ヤ行 ラ行 ワ行

Track 020

いつ
五つ 五個、五歳 □□□

わたし　むすめ　ことし いつ
私の娘は今年五つになる。 我的女兒今年五歲。

いっぱい
一杯 一杯（副詞：極限地、充盈地） □□□

こんばんいっぱい の　い
今晚一杯飲みに行かない？ 今晚要去喝一杯嗎？

いっぱん
一般 一般、普遍、普通 □□□

じけん　げんば　いっぱん　ひと　く
事件の現場は一般の人の来るところではない。
案件現場不是一般人該來的地方。

いっぽう
一方 一方、單方面 □□□

えき　いっぽう
この駅はもう一方にもコンビニがある。
這個車站的另一側也有便利商店。

いつも 平常（副詞：總是） □□□

かのじょ　おな　ところ　すわ
彼女はいつも同じ所に座っています。 她總是坐在同樣的地方。

Track 021

いと
糸 線 □□□

ねんぱい　ひと　はり　いと　とお　むずか
年配の人にとって、針に糸を通すことは難しいです。
對年紀大的人來說，要將線穿入針中很困難。

いどう
移動 移動、巡迴（―する：移動） □□□

ちゅうしゃきんし　くるま　いどう
ここは駐車禁止である。車を移動してください。
這裡不能夠停車。請移動車子。

いとこ　堂（表）兄弟姐妹　□□□

昨日（きのう）いとこの花（はな）ちゃんがうちに遊（あそ）びに来（き）ました。

昨天表妹小花來我家玩。

以内（いない）　以內、之內　□□□

二百円以内（にひゃくえんいない）のお菓子（かし）を買（か）ってください。　請買兩百元以內的甜點。

田舎（いなか）　鄉村、鄉下　□□□

田舎（いなか）育（そだ）ちの若者（わかもの）はいつも上京（じょうきょう）したがります。

鄉下出身的年輕人總是會想去東京。

Track 022

犬（いぬ）　狗　□□□

マンションで犬（いぬ）を飼（か）えません。　在公寓內不能養狗。

稲（いね）　稻子　□□□

おじいさんの仕事（しごと）は稲（いね）を刈（か）ることです。　爺爺的工作是割稻。

祈り（いのり）　祈禱　□□□

神（かみ）に祈（いの）りを捧（ささ）げる。　向神祈禱。

違反（いはん）　違反（―する：違反）　□□□

あなたがやることは法律違反（ほうりついはん）である。　你做的事情違反法律了。

いふく
衣服 衣服

きがえ　いふく　も
着替えられる衣服を持ってますか。 你有帶能夠替換的衣服嗎？

Track 023

イベント 活動

まいとし　ぶんかさい　せいと　いちだい
毎年の文化祭は生徒たちにとっては一大イベントです。
每年的文化祭對學生們來說是很重要的一項活動。

いま
今 現在、馬上

いま　なに
今は何をしていますか。 你現在在做些什麼呢？

いま
居間 起居室、客廳

いま　み
おじいちゃんは居間でテレビを見ている。 爺爺在客廳看電視。

いみ
意味 意思（—する：意味）

し　いみ
この詩の意味がわかりますか。 你了解這首詩的意思嗎？

いもうと
妹 （自己的）妹妹

いもうと　ことし　しょうがくせい
妹 は今年 小 学生になった。 我的妹妹在今年成為小學生了。

Track 024

いもうと
妹 さん 稱呼別人的妹妹、令妹

いもうと
妹 さんはおいくつですか。 令妹今年幾歲了？

あ行　か行　さ行　た行　な行　は行　ま行　や行　ら行　わ行

イヤリング 垂墜耳環 □□□

あなたのと同じイヤリングを持っていますよ。

我有和你一樣的耳環喔。

いりぐち
入口 入口 □□□

このビルの入口はどこですか。 這個大樓的入口在哪裡呢？

いろ
色 顏色 □□□

暗い色より、明るいほうが好きです。

比起暗色，我比較喜歡明亮的顏色。

いわ
岩 岩石 □□□

この岩、変わった形をしているね。 這塊岩石的形狀好奇怪喔。

Track 025

いんさつ
印刷 印刷（—する：印刷） □□□

これは単純に印刷の誤りである。 這是單純的印刷錯誤。

いんしゅ
飲酒 飲酒（—する：飲酒） □□□

二十歳までは飲酒禁止です。 二十歲前禁止飲酒。

インタビュー 訪談、採訪
（—する：採訪） □□□

この雑誌には大統領のインタビューが載っている。

這本雜誌有刊登總統的訪談。

インド 印度 □□□

インドに行(い)った事(こと)がありますか。 你有去過印度嗎？

インドネシア 印尼 □□□

インドネシアに行(い)った事(こと)がない。 我沒有去過印尼。

Track 026

ウイスキー 威士忌 □□□

ウイスキーはいつもロックで飲(の)みます。 我喝威士忌都是加冰喝。

うえ
上 上面、上方 □□□

机(つくえ)の上(うえ)に置(お)いてください。 請放在桌子上。

うけいれ
受入 接納、容納 □□□

新入社員(しんにゅうしゃいん)の受入準備(うけいれじゅんび)はまだできていない。
還沒準備好接納新同事。

うけつけ
受付 詢問處、櫃台、接待人員
（—する：受理） □□□

受付(うけつけ)で聞(き)いてみたらわかると思(おも)う。
向接待人員詢問的話也許就能了解了。

うけとり
受取 收領、收據 □□□

受取(うけとり)を忘(わす)れないでください。 請別忘記收據。

うけみ
受身　被動

Track 027

どんな世界(せかい)でも、受身(うけみ)になったら負(ま)けです。
不論在任何世界，被動的話就輸了。

うし
牛　牛

その牧場(ぼくじょう)には五十頭(ごじゅっとう)の牛(うし)がいます。　那個牧場有五十頭的牛。

うし
後ろ　後面、背面

後(うし)ろに何(なに)か付(つ)いていますよ。　你背後好像沾上了東西喔。

うそ
嘘つき　騙子

彼(かれ)は嘘(うそ)つきなので、信(しん)じないほうがいい。
他是個騙子，最好不要相信他。

うた
歌　歌曲

小(ちい)さいときから、その歌手(かしゅ)の歌(うた)が大好(だいす)きです。
我從小就很喜歡那位歌手的歌曲。

うち
内　裡面、時候

Track 028

雨(あめ)が降(ふ)っているから、早(はや)く内(うち)に入(はい)って。
在下雨了，趕快進來裡面吧！

うち 家

今度(こんど)うちへ遊(あそ)びに来(き)てくださいね。 下次來我家玩吧。

宇宙(うちゅう) 宇宙

宇宙(うちゅう)はどれぐらい大(おお)きいんですか。 宇宙有多大呢？

腕(うで) 手腕、能力

腕(うで)を組(く)んで立(た)つのは失礼(しつれい)ですよ。 抱著胳膊站著非常失禮。

うどん 烏龍麵

そばよりもうどんの方(ほう)が好(す)きです。

和蕎麥麵比起來，我比較喜歡烏龍麵。

Track 029

馬(うま) 馬

馬(うま)に乗(の)った事(こと)がありますか。 你有騎過馬嗎？

海(うみ) 海

悩(なや)みがあるとき、いつも海(うみ)で叫(さけ)びたい。

有煩惱的事情時，我總是想去海邊大叫。

裏(うら) 背面、反面

どんな事情(じじょう)にも裏(うら)がある。 什麼事情都有內情。

売り場（うりば） 賣場、售貨處 □□□

私の母親が売り場で働いています。 我的母親在賣場工作。

雨量（うりょう） 雨量 □□□

昨日の雨量は 100 ミリを越えたって本当ですか。
昨天的雨量超越 100 毫米是真的嗎？

Track 030

上着（うわぎ） 上衣、外衣 □□□

彼が上着を脱いで、走っている。 他脫掉外衣走著。

運転（うんてん） 駕駛（—する：駕駛） □□□

私は自動車の運転を習っている。 他在學習駕駛汽車。

運転手（うんてんしゅ） 司機 □□□

タクシーの中で運転手さんの自慢話を延々と聞かされた。
在計程車上一直被迫聽司機誇耀自己的事蹟。

運動（うんどう） 運動（—する：運動） □□□

毎日運動する習慣を身につけてください。 請培養每天運動的習慣。

絵（え） 圖畫 □□□

あの女の子は絵のようにきれいである。 那名女子如畫一般美麗。

Track 031

エアコン 空調

私の部屋にはエアコンがない。 我的房間沒有空調。

えいえん
永遠 永遠（形容詞：永遠的）

こんなしあわせが永遠に続くといいね。
如果這般幸福能夠永遠持續下去就好了呢！

えいが
映画 電影

どんな映画が好きですか。 你喜歡怎樣的電影呢？

えいがかん
映画館 電影院

彼はその映画館の持ち主です。 他是那間電影院的所有人。

えいきょう
影響 影響（—する：影響）

日本文化は中国の影響を受けている。 日本文化受到中國的影響。

Track 032

えいご
英語 英文

英語を教える先生はとてもきれいです。
教英文的老師非常的漂亮。

えいようぶん
栄養分 養分、滋養

あの子供が取る栄養分は足りてないでしょ。
那個孩子攝取的養分不足夠吧？

あ行 か行 さ行 た行 な行 は行 ま行 や行 ら行 わ行

笑顔（えがお） 笑容

娘（むすめ）の笑顔（えがお）は私（わたし）の一番大切（いちばんたいせつ）な宝物（たからもの）です。

女兒的笑容是我最珍貴的寶物。

駅（えき） 車站

ここから駅（えき）までは何（なん）キロですか。 從這裡到車站有幾公里？

エスカレーター 電扶梯

三階（さんがい）のエスカレーターで待（ま）っている。

我在三樓的電扶梯處等著。

Track 033

枝（えだ） 樹枝

叔父（おじ）さんが枯（か）れ枝（えだ）を刈（か）った。 叔父將乾枯的樹枝修剪掉。

エレベーター 電梯

そのアパートはエレベーターがない。 那棟公寓沒有電梯。

円（えん） 日圓

今度（こんど）の旅行（りょこう）は三万円（さんまんえん）かかった。 這次的旅行總共花費了三萬日圓。

延期（えんき） 延期（—する：延期）

運動会（うんどうかい）は台風（たいふう）のため一週間（いっしゅうかん）延期（えんき）された。 運動會因颱風延期一週。

あ行
か行
さ行
た行
な行
は行
ま行
や行
ら行
わ行

えんぎ
演技 演技、表演（—する：表演）

かのじょ めい えんぎ いま わす
彼女の名演技が今でも忘れない。 她知名的演技至今仍令人難忘。

Track 034

えんげき
演劇 演戲、戲劇

わたし しゅみ えんげき み こと
私の趣味は演劇を見る事である。 我的興趣是觀賞戲劇。

エンジニア 工程師、技師

かれ
彼はコンピューターのエンジニアになりたがっている。
他的志願是成為電腦工程師。

えんぜつ
演説 演講、講話（—する：演講）

せんせい えんぜつ
あの先生は演説がとてもうまい。 那名老師的演講十分高明。

えんちょう
延長 延長、延續
（—する：延長、延續）

てんこう にほん たいざい ふつかかん えんちょう
天候のため、日本滞在を二日間延長する。
因天氣而延長待在日本兩天。

えんぴつ
鉛筆 鉛筆

いま えんぴつ つか ひと すく
今鉛筆を使う人が少なくなった。 現在越來越少人使用鉛筆了。

Track 035

えんりょ
遠慮 客氣（—する：客氣、辭讓）

えんりょ た
遠慮しないで、ゆっくり食べてください。 別客氣，請慢慢享用。

[お]祝い（いわ） 祝賀、賀禮

これは結婚お祝いのプレゼントです。 這是結婚的賀禮。

応援（おうえん） 聲援（―する：聲援）

応援してください。 請聲援我。

応接間（おうせつま） 會客室、招待室

あの会社の社長さんが応接間で待っている。
那間公司的社長在會客室中等著。

応対（おうたい） 應對（―する：應對）

応対の能力がすごく重要です。 應對的能力相當重要。

Track 036

応用（おうよう） 應用、運用（―する：應用、運用）

自分が学ぶ事を生活に応用する。 將自己學到的事物應用到生活中。

大阪（おおさか） 大阪

大阪に行きたいです。 我想去大阪。

大勢（おおぜい） 很多人（副詞：人數眾多地）

デパートには人が大勢います。 百貨公司裡人很多。

オートバイ 摩托車

オートバイに乗(の)れますか。 你會騎摩托車嗎？

オーバー 超過、過度（—する：超過）

定員(ていいん)がオーバーしました。 已超過規定人數了。

Track 037

大家(おおや) 房東

大家(おおや)さんから料理(りょうり)のお裾分(すそわ)けをもらいました。
房東分給我一些飯菜。

お母(かあ)さん 媽媽

お母(かあ)さんの仕事(しごと)は何(なん)ですか。 令堂的工作是什麼呢？

おかげ 庇蔭、託福

君(きみ)のおかげですべてが丸(まる)く収(おさ)まった。
託你的福，事情全都圓滿解決了。

お菓子(かし) 點心

子供(こども)たちはお菓子(かし)が大好(だいす)きです。 小孩子們最喜歡點心了。

おかず 菜、配菜

今日(きょう)のお弁当(べんとう)には好(す)きなおかずがいっぱい詰(つ)まっている。
今天的便當塞滿了我喜歡的菜色。

Track 038

[お]金（かね） 金錢

□□□

たくさんのお金（かね）がほしい。 我希望有大量的金錢。

[お]金持ち（かねもち） 有錢人

□□□

将来（しょうらい）お金持ち（かねも）ちになりたい。 我將來想成為有錢人。

[お]客様（きゃくさま） 客戶、客人

□□□

お客様（きゃくさま）、少々（しょうしょう）お待（ま）ちください。 客人請您稍等。

億（おく） 億、喻數量多

□□□

年収十億（ねんしゅうじゅうおく）はありえないでしょ。 怎麼可能年收入十億！？

奥（おく） 裡面、內部

□□□

一番奥（いちばんおく）の部屋（へや）は誰（だれ）の部屋（へや）ですか。 最裡面的房間是誰的房間呢？

Track 039

奥さん（おくさん） 尊夫人、夫人

□□□

奥（おく）さんがきれいですね。 尊夫人相當美麗呢！

屋上（おくじょう） 屋頂

□□□

このデパートの屋上（おくじょう）にはミニ公園（こうえん）がある。
這棟百貨公司的屋頂上有一座迷你公園。

ア行 カ行 サ行 タ行 ナ行 ハ行 マ行 ヤ行 ラ行 ワ行

贈り物（おくもの） 禮物、贈禮

あなたの才能は神からの贈り物だ。 你的才能是上天贈與你的禮物。

[お]子さん（こ） 小孩

お子さんは今年おいくつですか。 您的小孩今年幾歲呢？

[お]酒（さけ） 酒

お酒が飲みたいです。 我想喝酒！

Track 040

[お]皿（さら） 盤子

母がお皿を洗っている。 母親在洗盤子。

伯父、叔父（おじ、おじ） （自己的）伯父、叔叔

彼はあたしの叔父です。 他是我的叔叔。

おじいさん 爺爺

私のおじいさんは警察官である。 我的爺爺是位警察。

押し入れ（おしいれ） 日式壁櫥、壁櫃

布団を押し入れにしまってください。 請把棉被收納至壁櫥裡。

御辞儀（おじぎ） 敬禮、鞠躬

（—する：敬禮、鞠躬） □□□

演説（えんぜつ）の終（お）わりに軽（かる）く御辞儀（おじぎ）をする。 結束演說後稍微一鞠躬。

おじさん

Track 041

伯父、叔叔、舅舅等男性長輩 □□□

そのおじさんはだれですか。 那位伯父是誰啊？

おしゃべり 閒聊、多嘴的人

（—する：閒聊／形容詞：多嘴的） □□□

少（すこ）しおしゃべりしませんか。 要不要和我聊一下呢？

おしゃれ 打扮

（—する：打扮／形容詞：時髦的） □□□

娘（むすめ）もおしゃれをしたいお年頃（としごろ）になった。

女兒也到了會想打扮自己的年紀。

お嬢（じょう）さん 小姐、千金 □□□

兄（あに）の彼女（かのじょ）はいい所（ところ）のお嬢（じょう）さんです。

哥哥的女朋友是出身好人家的小姐。

汚染（おせん） 汙染（—する：汙染） □□□

今（いま）は汚染（おせん）問題（もんだい）がとても深刻（しんこく）である。 現在的汙染問題非常嚴重。

Track 042

お宅（たく） 府上、貴府

お母（かあ）さんはお宅（たく）にいらっしゃいますか。 請問令堂在府上嗎？

[お]茶（ちゃ） 茶、茶葉

お茶（ちゃ）を飲（の）みませんか。 請問要喝茶嗎？

夫（おっと） （自己的）丈夫

夫（おっと）と一緒（いっしょ）に買（か）い物（もの）に行（い）きました。 和先生一起去買東西。

お釣（つ）り 找錢

三十円（さんじゅうえん）のお釣（つ）りをください。 請找三十日圓。

[お]手洗（てあら）い 洗手間

ちょっとお手洗（てあら）いに行（い）ってきます。 我去個洗手間。

Track 043

音（おと） 聲音

さっき変（へん）な音（おと）がしたけど、どうしましたか。
剛才發出了奇怪的聲音，怎麼了嗎？

お父（とう）さん 爸爸

お父（とう）さんの仕事（しごと）は何（なん）ですか。 您父親從事什麼工作？

おとうと
弟 弟弟 □□□

弟(おとうと)はまだ卒業(そつぎょう)していなくて、大学生(だいがくせい)です。
我弟弟還沒畢業，還是個大學生。

おとうと
弟さん 稱呼別人弟弟 □□□

弟(おとうと)さんは今年(ことし)おいくつですか。 您的弟弟今年幾歲了？

おとこ
男 男人 □□□

男(おとこ)として、それは情(なさ)けないでしょ。 對男人來說，那樣子很難堪吧！

Track 044

おとこ　こ
男の子 男孩子 □□□

庭(にわ)で男(おとこ)の子(こ)が遊(あそ)んでいる。 男孩在庭院裡玩。

おとこ　ひと
男の人 男子 □□□

あの男(おとこ)の人(ひと)はちょっと怪(あや)しいです。 那名男子有些奇怪。

おととい
一昨日 前天 □□□

一昨日(おととい)はどこにいましたか。 前天你人在哪裡呢？

おととし
一昨年 前年 □□□

一昨年(おととし)のあの事件(じけん)はいまだに忘(わす)れられない。
前年的那個事件我至今仍未忘記。

おとな
大人 成人、成熟 □□□

早(はや)く大人(おとな)になりたい。 我想趕快長大成人。

Track 045

おど
踊り 跳舞、舞蹈 □□□

あの歌手(かしゅ)は踊(おど)りがすごくうまい。 那個歌手的舞技非常好。

なか
お腹 腹部、肚子 □□□

お腹(なか)が痛(いた)いです。 肚子好痛。

にい
お兄さん 哥哥 □□□

優(やさ)しいお兄(にい)さんがほしい。 我想要有個溫柔的哥哥。

おにぎり 飯糰 □□□

おにぎりの具(ぐ)は何(なに)がいいですか。 你飯糰想要包什麼餡呢？

ねえ
お姉さん 姊姊 □□□

お姉(ねえ)さんはきれいですね。 姊姊很漂亮呢！

Track 046

ねが
[お]願い 拜託 □□□

お願(ねが)い、静(しず)かにしてください。 拜託大家，請保持安靜。

伯母、叔母（おば、おば） 伯母、姑母 □□□

私の叔母は看護師です。（わたし、おば、かんごし） 我的姑母是位護理師。

お婆さん（ばあ） 奶奶、外婆 □□□

優しいお婆さんが大好き。（やさ、ばあ、だいす） 我最喜歡溫柔的奶奶了！

おばさん 伯母、姑母等女性長輩 □□□

おばさんは今どこですか。（いま） 伯母現在在哪裡呢？

[お]話（はなし） 講話、演講、故事 □□□

お話を聞いてくれて、ありがとうございました。（はなし、き）
謝謝你聽我講話。

Track 047

[お]風呂（ふろ） 浴池、浴室 □□□

お風呂に入ってください。（ふろ、はい） 請去洗澡。

[お]弁当（べんとう） 便當 □□□

お母さんが作ったお弁当は美味しいです。（かあ、つく、べんとう、おい） 媽媽做的便當真好吃。

おまわりさん 巡警 □□□

おまわりさん、お疲れ様です。（つか、さま） 巡警先生，辛苦您了！

[お]土産（みやげ） 名產

つまらないものですが、これは東京（とうきょう）で買（か）ったお土産（みやげ）です。
一點小心意，這是在東京買的名產。

思い（おもい） 思考、想

彼（かれ）はいつも私（わたし）の思（おも）い通（どお）りに行動（こうどう）する。 他的行動總是如我所想。

Track 048

おもちゃ 玩具

これは彼（かれ）のお子（こ）さんのおもちゃです。 這是他兒子的玩具。

表（おもて） 表面、正面、外面

このコイン、どっちが表（おもて）ですか。 這枚硬幣哪邊是正面呢？

親（おや） 父母

彼（かれ）は親（おや）のコネで入社（にゅうしゃ）したんだ。 他是靠爸媽的關係進公司的。

おやつ 點心

今日（きょう）のおやつはあなたの大好（だいす）きなプリンですよ。
今天的點心是你最喜歡的布丁喔。

親指（おやゆび） 拇指

この親指（おやゆび）を立（た）てるマークは“いいね”という意味（いみ）を表（あらわ）している。 這個豎起拇指的標誌是表示「讚」的意思。

Track 049

[お]礼（れい） 道謝

□□□

彼女（かのじょ）は校長先生（こうちょうせんせい）にお礼（れい）を言（い）いました。 她向校長道謝。

オレンジ 柳橙、橘色

□□□

オレンジジュースならいくらでも飲（の）めます。

如果是柳橙汁的話，再多我都喝得下。

終（お）わり 結束、結局

□□□

コンサートの終（お）わりまで楽（たの）しく行（い）きましょう。

到演唱會結束之前都盡情享受吧！

[お]わん 碗

□□□

おわんの中（なか）には熱々（あつあつ）のお味噌汁（みそしる）が入（はい）っている。

碗裡盛著熱騰騰的味噌湯。

音楽（おんがく） 音樂

□□□

音楽（おんがく）が好（す）きな人（ひと）は決（けっ）して悪（わる）い人（ひと）ではない。

喜歡音樂的人絕對不會是壞人。

Track 050

音楽会（おんがくかい） 音樂會

□□□

来週（らいしゅう）の週末（しゅうまつ）に音楽会（おんがくかい）が開催（かいさい）される。 下週的週末將舉行音樂會。

温室（おんしつ） 溫室

□□□

温室（おんしつ）に花（はな）がいっぱい咲（さ）いている。 溫室中開了許多花朵。

おんせん
温泉　溫泉

じぶん　ほうび　おんせんりょこう　い
自分へのご褒美に温泉旅行に行きたい。
好想來趟溫泉旅行犒賞犒賞自己。

おんだんか
温暖化　暖化

ちきゅうおんだんか　えいきょう　せかい
地球温暖化の影響で、世界はどうなるんですか。
在地球暖化的影響之下，世界會變得如何呢？

おんど
温度　溫度

ふろ　おんど
お風呂の温度はどのくらいがいいですか。
洗澡水的溫度要多少度比較好呢？

Track 051

おんな
女　女人

おんな　い　しん
あの女の言ったことは信じられません。
那個女人說的話不可信。

おんな こ
女の子　女孩子

おんな こ
あの女の子はとてもかわいいです。那個女孩子真可愛！

おんな ひと
女の人　女子

あか　ふく　き　おんな　ひと
その赤い服を着ている女の人はだれですか。
那位穿著紅色衣服的女子是誰啊？

動詞

会(あ)**う** 遇見、碰見（朋友） Track 052

昨日駅(きのうえき)で彼女(かのじょ)に会(あ)った。 我昨天在車站遇見她了。

合(あ)**う** 對、正確、合適

あの二人(ふたり)はすごく合(あ)う。 那兩個人相當合得來。

遭(あ)**う** 遭遇、遭受

彼(かれ)は登校中(とうこうちゅう)に交通事故(こうつうじこ)に遭(あ)った。 他在上學途中遇上車禍。

上(あ)**がる** 提高、上升

妹(いもうと)は階段(かいだん)を上(あ)がっている。 妹妹正在爬樓梯。

あきれる 吃驚、愣住

彼女(かのじょ)はあきれるほど足(あし)が長(なが)い。 她的腿長到足以令人吃驚。

開(あ)**く** 開 Track 053

ドアが壊(こわ)れて開(あ)かない。 門壞了打不開。

空(あ)**く** 空、閒

この席(せき)は空(あ)いていますか。 這個位子有人坐嗎？

開（あ）ける　開、打開

ドアを開（あ）けてください。請打開門。

挙（あ）げる　舉、舉行

具体的（ぐたいてき）な例（れい）を挙（あ）げてください。請舉出具體的例子。

あげる

【与える／やる】的謙讓語、給予

娘（むすめ）の誕生日（たんじょうび）に人形（にんぎょう）を買（か）ってあげた。

我買了玩偶給女兒當生日禮物。

Track 054

揚（あ）げる　油炸

揚（あ）げたてのからあげは香（こう）ばしい匂（にお）いがする。

剛炸好的炸雞散發著誘人的香氣。

憧（あこが）れる　憧憬、嚮往

女（おんな）の子（こ）は絶対（ぜったい）モデルに憧（あこが）れる。女生絕對會憧憬模特兒。

預（あず）ける　寄存

隣（となり）の人（ひと）に荷物（にもつ）を預（あず）ける。將行李寄存給隔壁的人。

遊（あそ）ぶ　遊玩

あしたどこへ遊（あそ）びに行（い）きたいですか。明天想去哪裡遊玩呢？

あた
与える 給、與、使蒙受

チャンピオンに百万が与えられました。冠軍將被給予一百萬。

Track 055

あ
当たる 碰撞、擊中、猜中、中獎、接觸、適用、對待、對抗、查看、遭遇、正值、博得好評

彼女の予感はよく当たる。她的預感很準。

あつか
扱う 對待、處理、操縱

この携帯電話は扱いにくいです。這台手機很難操縱。

あつ
集まる 聚集

みんなが彼の家に集まった。大家聚集在他家。

あつ
集める 集合、集中

友達を集めて、パーティーを開催する。集合朋友並舉行派對。

あ
当てる 碰撞、放、猜、中獎

ボールを観客の頭に当ててしまった。求碰撞到觀眾的頭部了。

Track 056

あびる 淋、浴

日光をあびることが大好きです。我喜歡沐浴於陽光之中。

あ行
か行
さ行
た行
な行
は行
ま行
や行
ら行
わ行

あま
余る 剩餘、過分

余った経費を使って、みんなで食事にいこうよ。

使用剩餘的經費大家一起去吃頓飯吧！

あやま
過つ 不留神、犯錯

過つのは人の常である。 犯錯是人之常情。

あやま
謝る 道歉

彼女に謝ってください。 請向她道歉。

あら
洗う 洗滌

食事のあと、母が果物を洗った。 吃完飯後，媽媽洗了水果。

Track 057

あらそ
争う 爭論、競爭

あの二人は彼女を争った。 那兩人在爭奪她。

あらた
改める 改變、改正、鄭重

ボスが契約を改めた。 老闆改變了契約。

あらわ
表れる 表露、顯露

彼女の気持ちはすべて表情に表れた。 她的心情全表露在臉上。

有(あ)る 有

みんなは携帯電話(けいたいでんわ)が有(あ)る。 大家都有手機。

在(あ)る 在

私(わたし)の学校(がっこう)はそのコンビニの隣(となり)に在(あ)る。
我的學校在那間便利商店的隔壁。

Track 058

歩(ある)く 走

食事(しょくじ)のあと、歩(ある)いて帰宅(きたく)した。 吃完飯之後走路回家。

合(あ)わせる 合起、相加、使一致、使相合、互相、偶然

家族(かぞく)みんなで力(ちから)を合(あ)わせてこの困難(こんなん)を乗(の)り越(こ)えよう。
讓我們一家人同心協力來度過這次的難關吧。

慌(あわ)てる 驚慌、著急

地震(じしん)があったため、皆(みんな)が慌(あわ)てている。
因為剛才發生地震，大家都在驚慌失措。

言(い)う 說、講

彼(かれ)が言(い)ったことは事実(じじつ)ですか。 他說的是事實。

ア行 カ行 サ行 タ行 ナ行 ハ行 マ行 ヤ行 ラ行 ワ行

生(い)きる 生存、有生氣 □□□

どんな事(こと)があっても、生(い)きてほしい。
不管發生任何事，還是希望你活著。

Track 059

行(い)く 去、往 □□□

昨日(きのう)どこへ行(い)きましたか。 你昨天去哪裡了？

苛(いじ)める 欺侮、糟蹋 □□□

転校生(てんこうせい)はよく苛(いじ)められる。 轉學生常被欺侮。

急(いそ)ぐ 急、快走、加快 □□□

時間(じかん)がない、急(いそ)いでください。 沒時間了，請加快腳步。

抱(いだ)く 抱、懷有 □□□

彼(かれ)は松本(まつもと)さんに恨(うら)みを抱(いだ)いた。 他對松本懷有恨意。

致(いた)す 【する】的謙讓語、做 □□□

このケースは私(わたし)が致(いた)しましょうか。 這個案子交由我來做吧

頂(いただ)く 【食べる、飲む、もらう】的謙讓語、吃、喝、收到

Track 060

□□□

遠慮(えんりょ)なく頂(いただ)きます。 我就不客氣地享用了。

いた
痛む 疼痛、痛苦 □□□

こどもの時期の事を思うと、今でも胸が痛む。 想到兒時時期的事件，至今依然會心痛。

いの
祈る 祈禱 □□□

彼が合格できるように祈っている。 祈禱他能夠合格。

いば
威張る 自豪、驕傲、擺架子 □□□

権力がある人がよく威張っている。 握有權力的人時常會擺架子。

いや
嫌がる 厭惡、討厭 □□□

どうしてあの人はみんなに嫌がられていますか。
為什麼那個人被大家討厭呢？

Track 061

いらっしゃる （敬語）來、去、在 □□□

お母さんはお宅にいらっしゃいますか。 請問令堂在家嗎？

い
居る 有、在 □□□

今は会社に居ます。 我現在在公司。

い
要る 要、需要 □□□

何が要りますか。 你需要什麼呢？

入れる 放進、加進、包括、泡茶

紅茶に砂糖を入れました。 在紅茶中加進了砂糖。

祝う 慶祝、祝賀

みんなが私の退院を祝ってくれた。 大家為我慶祝出院。

Track 062

植える 種植

父は桜の木を植えました。 父親種植了櫻花樹。

伺う 「尋ねる」的謙讓語、請教、打聽、拜訪

ちょっと伺いますが、この人を知っていますか。
我想請教一下，請問你認識這個人嗎？

浮かび上がる 浮出、出現、轉運

あの俳優は下積み生活を十年過ごして、やっと浮かび上がった。 那位演員過了十年居於人下的生活，終於時來運轉了。

浮かぶ 漂浮、顯露

桜の花が池に浮かんできれいだ。 櫻花浮在池塘水面上很美。

受かる 考上

志望校に受かるために一生懸命勉強している。
為了考上志願學校而努力念書。

Track 063

受ける（うける） 接受

その依頼（いらい）は受（う）けることができません。 無法承接該項委託。

動く（うごく） 動、移動、搖動

仕事（しごと）が終（お）わって、全（まった）く動（うご）きたくない。 結束工作後完全不想動。

薄める（うすめる） 稀釋

水（みず）で酒（さけ）を薄（うす）める。 用水將酒稀釋。

歌う（うたう） 唱、唱歌

あしたカラオケへ歌（うた）いに行（い）きませんか。 明天要去唱卡拉ＯＫ嗎？

疑う（うたがう） 懷疑、猜測

桜（さくら）ちゃんはいつも彼氏（かれし）の話（はなし）を疑（うたが）った。

小櫻總是會懷疑男朋友說的話。

Track 064

打ち明ける（うちあける） 坦白說出、談心、說亮話

先生（せんせい）は生徒（せいと）たちの秘密（ひみつ）を打（う）ち明（あ）けた。 老師坦白說出學生們的秘密。

打つ（うつ） 打、敲、拍

手（て）を打（う）って喜（よろこ）ぶ。 開心拍手。

写す（うつ） 抄、描寫、拍照

それはあの時代の歴史を写した小説である。
那是描寫該時代歷史的小說。

移す（うつ） 搬、移

彼に風邪を移さないように気をつけてください。
請小心別把感冒傳染給他了。

写る（うつ） 映、照、透過來

この写真の隅に写っている人は誰ですか。
這張照片中照到在邊邊的人是誰啊？

Track 065

映る（うつ） 反射

月の光が水面に映っている。 月光反射在水面上。

移る（うつ） 轉向、蔓延、變遷

首都は台北から高雄に移る。 首都從台北變遷至高雄。

促す（うなが） 催促、促使

彼に促されるのは大嫌いだ。 我很討厭被他催促。

うなずく 點頭答應

彼は一時間考えて、やっとうなずいた。
他考慮了一個小時，終於點頭答應了。

あ行 か行 さ行 た行 な行 は行 ま行 や行 ら行 わ行

生まれる　出生、生

彼女はアメリカで生まれた。　她在美國出生。

Track 066

裏切る　背叛、違背

十年前私は彼に裏切られた。　十年前我被他背叛了。

恨む　怨恨

パーティに誘われなかったのを恨んでいる。
我怨恨沒有被邀請去派對。

売り切れる　銷售一空

たった半時間で、コンサートの入場券はすでに売り切れた。　才經過半個小時，演唱會的入場券已經全部銷售一空。

売る　販賣

この店で卵は売っていますか。　這間店有販賣蛋嗎？

選ぶ　選擇

この中で、一番好きな人を選んでください。
請在這之中選擇你最喜歡的人。

Track 067

終える　結束、完成

仕事を終えて帰ろうとしたところで上司に呼び止められた。
結束工作正打算回家時就被上司叫住。

あ行
か行
さ行
た行
な行
は行
ま行
や行
ら行
わ行

おきる 起きる 醒、起來

なんじ に お きればいいのでしょうか。
何時に起きればいいのでしょうか。 幾點起床比較好呢？

おく 置く 放置

そのテーブルの上（うえ）に置（お）いてあるものは何（なん）ですか。
放在那張桌子上的東西是什麼？

おくる 送る 送、贈送

時間（じかん）が遅（おそ）いから、車（くるま）で送（おく）りましょうか。
時間很晚了，我開車送你吧？

おくる 贈る 贈送

母（はは）の日（ひ）には感謝（かんしゃ）の言葉（ことば）だけではなく、プレゼントも贈（おく）ろう！
母親節別只有感謝的話語，連禮物也一起送上吧！

Track 068

おくれる 遅れる 遲到、遲延

遅（おく）れたら、謝（あやま）ったほうがいい。 遲到時最好道個歉。

おこす 起こす 引起

その事件（じけん）は彼（かれ）が起（お）こした。 那件事是他引起的。

おこなう 行う 舉行、舉辦

来週（らいしゅう）学校（がっこう）で運動会（うんどうかい）が行（おこな）われる。 下週在學校會舉行運動會。

お
起こる 發生、產生（情感、念頭）、掀起 □□□

彼は三日後にまた大きな地震が起こると予言した。
他預言三天後還會再有大地震。

おこ
怒る 生氣、憤怒 □□□

彼女はなぜ怒っていますか。 她是為了什麼在生氣？

Track 069

おさ
抑える 按、壓制、防止、抑制 □□□

聞きたくないから、耳を抑えた。 若不想聽的話，請按住耳朵。

おし
教える 教授、指導 □□□

その機械の 扱 い方を教えてください。 請教我那台機器的使用方法。

お
押す 按、推 □□□

あのボタンを押してください。 請按那個按鍵。

おそ
恐れる 害怕、恐懼 □□□

家族は父が死亡するのを恐れる。 家人們很害怕父親死亡。

おそ
教わる 受教、跟……學習 □□□

私 は田中先生に英語を教わっている。 我跟田中老師學習英語。

Track 070

おこ
落ち込む 掉入、塌陷

しっぱい　おこ
失敗しても落ち込むことはないよ。 即使失敗也不要氣餒。

お
落ちる 掉落、落下

お
テーブルからボールが落ちた。 球從桌上掉下來了。

おっしゃる （敬語）說、稱

なに
何をおっしゃっていますか。 您在說些什麼呢？

おと
落す 扔下、弄掉、使落下

かのじょ　きたく　お
彼女は帰宅して、すぐメークを落とした。 她回家立即卸下妝容。

おど
踊る 跳舞

いっしょ　おど
一緒に踊りませんか。 要一起跳舞嗎？

Track 071

おどろ
驚く 驚嚇、吃驚

かれ　こうさいほうどう　き　おどろ
彼らの交際報道を聞いて驚いた。
我很吃驚聽到他們的交往報導。

おぼ
覚える 記憶

こうこうじだい　こと　おぼ
高校時代の事はまだ覚えている。 高中時期的事情我都還記得。

思い出す 想起
□□□

彼に会うと、昔のことを思い出す。一見到他就想起了以前的事情。

思う 想、認為、覺得
□□□

新聞を読んで、何を思っていますか。讀過報紙後你怎麼想？

泳ぐ 游泳
□□□

生徒がプールで泳いでいる。學生們在泳池中游泳。

Track 072

降りる 下、降落、下車
□□□

彼はバスを降りた。他下了巴士。

折る 彎折
□□□

もらったお札を四等分に折りました。
將拿到的鈔票折成了四等分。

折れる 凹折、斷裂、拐彎、讓步
□□□

鉛筆が落ちて芯が折れました。鉛筆掉到地上，筆芯摔斷了。

終わる 結束、終了
□□□

仕事が終わったあと、すぐ家に帰る。工作結束後馬上回家。

形容詞

Track 073

あいまい 曖昧的

そんなあいまいな態度(たいど)をしないで。 請別用那種曖昧的態度。

あお
青い 藍色的

青(あお)い空(そら)を見(み)ると、幸(しあわ)せだと思(おも)う。 看見藍色的天空，我感到很幸福。

あか
赤い 紅色的

彼女(かのじょ)は赤(あか)い服(ふく)を着(き)ている。 她穿著紅色的衣服。

あか
明るい 明亮的

照明(しょうめい)で部屋(へや)が明(あか)るくなった。 照明將房間變得明亮。

あき
明らか 明亮的、明顯的

こんなことをした人(ひと)は明(あき)らかに彼(かれ)でしょ。
做出這種事的人很明顯是他吧？

Track 074

あさ
浅い 淺的

この鍋(なべ)は浅(あさ)すぎて使(つか)いにくいです。 這把鍋子太淺了很不好用。

あざ
鮮やか 清晰、鮮明的

鮮(あざ)やかな色(いろ)を使(つか)ってください。 請使用鮮明的色彩。

あたた　　あたた
暖かい、温かい 溫暖的、溫熱的 □□□

ちちおや　て　あたた
父親の手が温かい。 爸爸的手很溫暖。

あたら
新しい 新的 □□□

むすめ　あたら　　ふく　か
娘に新しい服を買ってあげた。 我給女兒買了新的衣服。

あつ　　あつ
暑い、熱い 熱的 □□□

ことし　なつ　とく　あつ
今年の夏は特に暑いです。 今年的夏天特別的熱。

Track 075

あつ
厚い 厚的 □□□

ほん　あつ　　おも
この本は厚くて重いです。 這本書又厚又重。

あつ
厚かましい 厚顏無恥的 □□□

かれ　ほんとう　あつ　　　おとこ
彼は本当に厚かましい男だよね。 他真的是厚顏無恥的男性，對吧？

あぶ
危ない 危險的 □□□

こうしょ　た　　あぶ
高所に立つのは危ないです。 站在高處是很危險的。

あべこべ 相反、顛倒的 □□□

かれ　わたし　たちば
彼と私は立場があべこべになって、ちょっとやりにくいです。 他的立場跟我對立，有點棘手。

甘(あま)い 甜的

甘(あま)いケーキが大好(だいす)きです。 我最喜歡甜甜的蛋糕了。

Track 076

怪(あや)しい 奇怪的、可疑的

あの人はちょっと怪(あや)しいと思(おも)う。 我覺得那個人有點奇怪。

あやふや 含糊、曖昧的

あやふやな言(い)い方(かた)をしないで。事実(じじつ)が聞(き)きたい。

請不要用含糊的說法，我想聽事實。

慌(あわ)ただしい 匆忙的、不穩定的

昨日(きのう)は慌(あわ)ただしい一日(いちにち)でした。 昨天是匆忙的一天。

安易(あんい) 容易、輕而易舉的

彼(かれ)は怠(なま)け者(もの)で、いつも安易(あんい)な方法(ほうほう)を選(えら)ぶ。

他是懶散的人，總是選擇容易的方法。

安静(あんせい) 安靜的

医者(いしゃ)は父(ちち)に安静(あんせい)に休(やす)むことを勧(すす)めた。 醫生建議父親要靜養。

Track 077

安定(あんてい) 安定、安穩的

彼女(かのじょ)は安定(あんてい)な生活(せいかつ)がほしい。 她想要有安穩的生活。

あんな 那樣的 □□□

あんな人(ひと)とは二度(にど)と会(あ)いたくない。

那種人我不想再見到第二次。

いい 好的 □□□

この靴(くつ)を試着(しちゃく)してもいいですか。 可以試穿這個鞋子？

いがい
意外 意外 □□□

こんな点数(てんすう)が取(と)れるとは意外(いがい)な喜(よろこ)びだ。 得到這分數以外的開心。

いさ
勇ましい 勇敢的、生氣勃勃的、雄壯的 □□□

みんなの勇(いさ)ましい行動(こうどう)に感心(かんしん)している。 我佩服大家勇敢的行動。

Track 078

いじょう
異常 異常 □□□

彼(かれ)はこの異常(いじょう)な事態(じたい)に理解(りかい)が追(お)いつかなくて混乱(こんらん)している。

他的腦袋跟不上這異常的狀況因而陷入混亂。

いそが
忙しい 忙碌的 □□□

お父(とう)さんの仕事(しごと)がいつも忙(いそが)しいです。

父親的工作總是很繁忙。

いた
痛い 痛的、痛苦的 □□□

お腹(なか)が痛(いた)いので、お医者(いしゃ)さんに行(い)く。 因為肚子很痛，所以去看了醫生。

いっしょうけんめい
一生懸命 拼命的、努力的 □□□

一生懸命(いっしょうけんめい)な人(ひと)だったら、きっと成功(せいこう)できる。

若是努力的人，一定會成功的。

いや
嫌 討厭的 □□□

ちょっと嫌(いや)な感(かん)じがする。 有種不好的感受。

Track 079

いろいろ
色々 各式各樣的（副詞：種種） □□□

その公園(こうえん)に色々(いろいろ)な花(はな)が咲(さ)いた。 在那座公園內開了各式各樣的花。

うす
薄い 薄的、淺的 □□□

パンを薄(うす)く切(き)ってください。 請將麵包切薄片。

うつく
美しい 美麗的 □□□

その美(うつく)しい女性(じょせい)は誰(だれ)ですか。 那位美麗的女性是誰？

うっとうしい 鬱悶的、陰暗的、麻煩的 □□□

今日(きょう)は雨(あめ)で、気持(きも)ちもうっとうしくなった。

今天下雨，心情也變得有點鬱悶。

うらやましい 令人羨慕的 □□□

彼女(かのじょ)の幸(しあわ)せがすごくうらやましい。 我相當羨慕她的幸福。

Track 080

うるさい 吵雜的

□□□

音楽(おんがく)の音(おと)がうるさい。 音樂的聲音很吵雜。

嬉(うれ)しい 高興

□□□

今日(きょう)は来(き)てくれて、嬉(うれ)しい。 今天你能來，我真的很高興。

偉(えら)い 偉大的、卓越的、地位高的、不得了的、非常的

□□□

苦手(にがて)なものを克服(こくふく)しようなんて偉(えら)いですね。

你好棒喔，竟然會想去克服自己不喜歡的東西。

美味(おい)しい 美味的、好吃的

□□□

母親(ははおや)の手料理(てりょうり)はすごく美味(おい)しいです。 母親做的料理非常好吃。

多(おお)い 多的

□□□

ここは観光客(かんこうきゃく)がいつも多(おお)いです。 這裡一直都有很多觀光客。

Track 081

大(おお)きい 大的

□□□

手(て)の大(おお)きい男(おとこ)の人(ひと)が好(す)きです。 我喜歡手大的男生。

おかしい 奇怪的

□□□

そこに立(た)っている人(ひと)はちょっとおかしいです。

站在那裡的人有些奇怪。

ア行 カ行 サ行 タ行 ナ行 ハ行 マ行 ヤ行 ラ行 ワ行

幼い（おさない） 年幼的、幼稚的

幼い頃は体が弱くてあまり外で遊ぶことができなかった。 我幼時身體較弱沒怎麼能在外頭玩。

惜しい（おしい） 可惜的、珍重的

今度の試合に惜しくも敗れた。 這次的比賽很可惜也敗下陣來。

遅い（おそい） 晚的、慢的

もう遅いから、先に帰ってください。 已經很晚了，請先回家吧！

恐ろしい（おそろしい） 可怕的、驚人的、擔心、不可思議的

Track 082

恐ろしくて、足が前に進まない。 很害怕恐懼，腳都無法前進了。

穏やか（おだやか） 文靜、穩當的

穏やかな海を見る事が大好き。 我喜歡看平靜的海。

大人しい（おとなしい） 老實的、溫順的

落ち着いて、大人しく話し合おう。 冷靜一點，老老實實地談。

同じ（おなじ） 一樣的

同じ間違いを二度と繰り返さないでください。

請不要再犯一樣的錯。

おも
重い　重的

□□□

かばんが重(おも)いですね。何(なに)を入(い)れましたか。
包包很重呢，裡面都放了些什麼呢？

おも
思いがけない　意外的、意想不到的

Track 083
□□□

今度(こんど)の事故(じこ)は本当(ほんとう)に思(おも)いがけないことだった。
這次的事故真的很意外。

おもしろ
面白い　有趣的、有意思的

□□□

この漫画(まんが)は面白(おもしろ)かったです。　這部漫畫真有意思。

おも
重たい　沉重的

□□□

疲(つか)れ切(き)った彼女(かのじょ)は重(おも)たい足(あし)を引(ひ)きずってようやく家(いえ)に辿(たど)り着(つ)いた。　累壞了的她拖著沉重的步伐總算回到了家。

【副詞】

あんがい
案外　意想不到、出乎意料

Track 084
□□□

今度(こんど)の期末試験(きまつしけん)は案外(あんがい)難(むずか)しくなかった。
這次的期末考是意外的沒有難度。

隨堂小測驗

請根據題意選出正確的選項。

(　　) 1. 田中君は先生の講義中「欠伸」が止まらなかった。
(A) 哈欠　(B) 伸展　(C) 聊天　(D) 作弊

(　　) 2. この携帯電話は「扱い」にくいです。
(A) 取得　(B) 購買　(C) 操作　(D) 製作

(　　) 3. 「あやふや」な言い方をしないで、事実が聞きたい。
(A) 清楚的　(B) 跳躍的　(C) 嶄新的　(D) 含糊的

(　　) 4. 今度の期末試験は「案外」難しくなかった。
(A) 範圍外　(B) 意想不到　(C) 意料之中　(D) 預計

(　　) 5. 「過つ」のは人の常である。
(A) 成功　(B) 跨越　(C) 度過　(D) 犯錯

(　　) 6. 演説の終わりに軽く「御辞儀」をする。
(A) 點頭　(B) 鞠躬　(C) 下台　(D) 拍手

(　　) 7. 「受取」を忘れないでください。
(A) 收據　(B) 訂單　(C) 包裹　(D) 文件

(　　) 8. 今日は雨で、気持ちも「うっとうしく」なった。
(A) 潮濕的　(B) 興奮的　(C) 鬱悶的　(D) 憤怒的

解答：1. (A)　2. (C)　3. (D)　4. (B)
5. (D)　6. (B)　7. (A)　8. (C)

JLPT N3

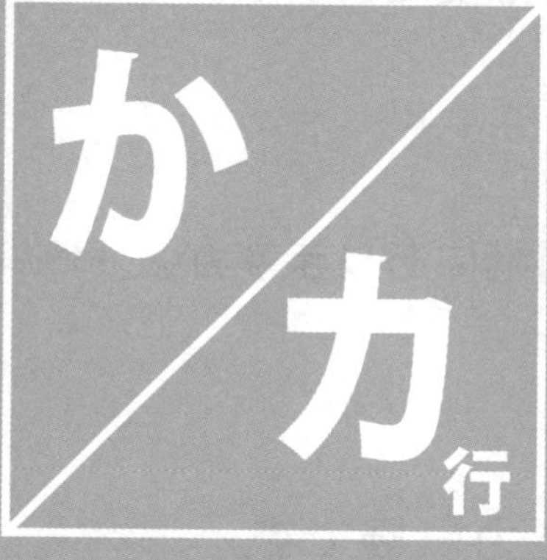

【一般名詞】

Track 085

蚊（か） 蚊子

蚊（か）に刺（さ）されてかゆいです。 被蚊子叮了好癢。

カーテン 窗簾、布簾

カーテンを替（か）えたいです。 我想換副窗簾。

カード 卡片

クレジットカードは使（つか）えますか。 可以使用信用卡嗎？

階（かい） 樓

そのショップは何階（なんかい）にありますか。 那間店在幾樓？

～回（かい） ～次

今度（こんど）は第二回（だいにかい）の能力試験（のうりょくしけん）です。 這次是第二次的能力考試了。

Track 086

海岸（かいがん） 海岸

その海岸（かいがん）にあるホテルはすごく有名（ゆうめい）です。
位在那個海岸的飯店相當有名。

会議（かいぎ） 會議（—する：開會）

今（いま）は会議中（かいぎちゅう）で、入（はい）ってはいけない。 現在在會議中，不可進入。

かいぎしつ
会議室 會議室 □□□

しゃちょう いまかいぎしつ
社長は今会議室にいます。 社長現在在會議室。

かいけつ
解決 解決（―する：解決） □□□

じけん へいわ かいけつ
この事件が平和に解決できるといいね。
這個事件若能和平解決就好了。

がいこく
外国 外國 □□□

がいこく い
外国へ行ったことがありますか。 你有去過外國嗎？

Track 087

がいこくじん
外国人 外國人 □□□

がいこくじん くに ひと
あの外国人はどの国の人ですか。 那位外國人來自哪個國家？

かいさつぐち
改札口 剪票口 □□□

じゅうじ かいさつぐち あ
十時に改札口で会おうね。 十點在檢票口見喔！

かいさん
解散 解散、散會、取消
（―する：解散） □□□

せんせい しゅうかい かいさん
先生がその集会を解散させた。 老師將集會解散了。

かいしゃ
会社 公司 □□□

かいしゃ しゃいん ぼしゅう
その会社が社員を募集している。 我應徵了那家公司的職員。

会社員（かいしゃいん） 公司職員

彼氏（かれし）は昔（むかし）あの会社（かいしゃ）の会社員（かいしゃいん）でした。
我男朋友以前是那間公司的職員。

Track 088

会場（かいじょう） 會場

ここは大学博覧会（だいがくはくらんかい）の会場（かいじょう）です。
這裡是大學博覽會的會場。

改正（かいせい） 改正、修改（—する：改正）

自分（じぶん）の短所（たんしょ）を徐々（じょじょ）に改正（かいせい）する。 慢慢將自己的缺點改正。

改造（かいぞう） 改造（—する：改造）

部屋（へや）を改造（かいぞう）すれば、気分（きぶん）もよくなる。
將房間改造後心情也會變好。

階段（かいだん） 樓梯

二階（にかい）の階段（かいだん）で待（ま）ってくれませんか。
可以在二樓的樓梯處等我嗎？

会談（かいだん） 會談（—する：會談）

日中両国（にっちゅうりょうこく）の首脳（しゅのう）は四月（しがつ）に会談（かいだん）することになった。
日本和中國的元首將在四月進行會談。

Track 089

かいふう
開封 拆開、開封（—する：開封）

たにん　てがみ　かいふう
他人の手紙を開封してはだめだ。

不可以將他人的信件拆開。

かいほう
解放 解開、解除（—する：解放）

かあ　かじ　かいほう
お母さんは家事から解放されたい。 媽媽想從家事中解放。

か　もの
買い物 買東西（—する：購物）

ははおや　か　もの　い
母親は買い物に行きましたか。 媽媽去買東西了嗎？

かいりょう
改良 改良、改善（—する：改良）

のうさくぶつ　ひんしゅ　かいりょう
農作物の品種を改良します。 改良農作物的品種。

かいわ
会話 對話、會話（—する：對話）

かれ　かいわ
彼とはまともに会話できない。 我無法和他好好對話。

Track 090

かえ
帰り 回家、歸途

かえ　よ　の　もの　か
帰りにコンビニに寄って飲み物を買いました。

回家的時候順便去便利商店買了飲料。

かお
顔 臉、面子

むすめ　よろこ　かお　み
娘の喜ぶ顔が見たい。 我想看見女兒喜悅的臉。

がか
画家 畫家 □□□

彼(かれ)は画家(がか)になる夢(ゆめ)がある。 他夢想成為一名畫家。

かかく
価格 價格 □□□

そんなに安(やす)い価格(かかく)はありえない。 怎麼可能有如此便宜的價格！

かがく
化学 化學 □□□

私(わたし)が一番嫌(いちばんきら)いな科目(かもく)は化学(かがく)である。 我最討厭的科目就是化學。

Track 091

かがく
科学 科學 □□□

彼女(かのじょ)の専門(せんもん)は社会(しゃかい)科学(かがく)である。 她專攻社會科學。

かがみ
鏡 鏡子 □□□

そこには鏡(かがみ)のようにきれいな湖面(こめん)がある。
那兒的湖面如鏡面般美麗。

かかり
係 負責某工作的人 □□□

新人(しんじん)の教育係(きょういくがかり)を任(まか)された。 被指派去教育新人。

かかりいん
係員 管理員、專職工作者 □□□

何(なに)か問題(もんだい)があったら、係員(かかりいん)に聞(き)いてください。
若有任何問題，請詢問管理員。

かぎ
鍵 鑰匙

鍵（かぎ）をどこにおいたのか忘（わす）れた。 我忘記把鑰匙放在哪裡了。

Track 092

かぎ
限り 在～範圍內、限界

分（わ）からない事（こと）を言（い）い出（だ）したら限（かぎ）りがない。 說出不懂的事並無限制。

かぐ
家具 家具

引（ひ）っ越（こ）しをきっかけに家具（かぐ）を買（か）い替（か）えた。 趁著搬家把家具換新了。

かくご
覚悟 覺悟、決心

自分（じぶん）の店（みせ）を持（も）つ覚悟（かくご）はありますか。 你有自己開店的決心嗎？

がくせい
学生 學生

そこに学生（がくせい）がいっぱいいる。 那裏有好多學生。

かくにん
確認 確認（—する：確認）

この情報（じょうほう）の正（ただ）しさを確認（かくにん）してください。
請確認這個情報的正確度。

Track 093

かこ
過去 過去

人（ひと）の過去（かこ）を安易（あんい）に探（さぐ）るな。 別隨便探聽他人的過去。

かさ
傘 雨傘

雨(あめ)が降(ふ)るから、傘(かさ)を持(も)って行(い)ってください。 會下雨，請帶著雨傘。

かざん
火山 火山

ポンペイは火山(かざん)の噴火(ふんか)によって壊滅(かいめつ)した。 龐貝因火山噴發而毀滅。

かじ
火事 火災

昨日(きのう)この近(ちか)くで火事(かじ)があったことを知(し)ってますか。
你知道昨天這附近有火災嗎？

かじ
家事 家事

夫(おっと)は家事(かじ)を一切手伝(いっさいてつだ)ってくれない。 我老公一點家事都不幫忙做。

Track 094

かしゅ
歌手 歌手

今(いま)テレビに映(うつ)っているのは私(わたし)の大好(だいす)きな歌手(かしゅ)です。
現在出現在電視上的是我非常喜歡的歌手。

かしょ
箇所 地方、～處、部分

これからは一番難(いちばんむずか)しい箇所(かしょ)だけど、頑張(がんば)ってください。
接下來是最難的部分，請加油！

かず
数 數量

星(ほし)の数(かず)ほど男(おとこ)がいるのになぜあんな奴(やつ)に執着(しゅうちゃく)するの？
男人跟星星一樣多，你何苦執著於那種傢伙呢？

ガス 瓦斯、氣體

出かける時にガスの元栓を閉めるのを忘れないでね。

出門時別忘了關閉瓦斯開關喔。

風（かぜ） 風

涼しい風が吹いている。 正吹著涼風。

Track 095

風邪（かぜ） 感冒

風邪を引かないように、注意してください。

請注意不要感冒了。

家族（かぞく） 家人

彼女は何人家族ですか。 她家有幾個人呢？

ガソリン 汽油

ガソリンの不足はみんなが重視すべき問題です。

汽油不足是大家必須重視的問題。

ガソリンスタンド 加油站

彼はガソリンスタンドにいます。 他在加油站。

肩（かた） 肩膀

肩を貸してあげてもいいよ。 我可以幫助你喔。

あ行
か行
さ行
た行
な行
は行
ま行
や行
ら行
わ行

Track 096

方（かた） ～位（ひと的敬語）

この方（かた）はどちら様（さま）でしょうか。 這位是？

片仮名（かたかな） 片假名

片仮名（かたかな）を覚（おぼ）えてください。 請記住片假名。

形（かたち） 形狀

娘（むすめ）のプリンは形（かたち）が崩（くず）れていた。 女兒的布丁變形了。

価値（かち） 價值

彼女（かのじょ）が描（か）いた絵（え）は１００万（ひゃくまん）の価値（かち）があると思（おも）う。
我認為她畫的畫作有 100 萬的價值。

課長（かちょう） 課長

私（わたし）の父親（ちちおや）はその会社（かいしゃ）の課長（かちょう）である。
我的父親是那間公司的課長。

Track 097

月（がつ） ～月（月份）

九月（くがつ）に入（はい）りました。 進入九月了。

学科（がっか） 科目、學系

四月（しがつ）から心理学科（しんりがっか）に入学（にゅうがく）します。 四月起要進入心理系就讀。

がっき
楽器 樂器 □□□

なに がっき
何か楽器ができますか。 你會演奏什麼樂器嗎？

がっき
学期 學期 □□□

なつやす お しんがっき はじ
夏休みが終わって新学期が始まった。 暑假結束，新學期開始了。

かっこう
格好 外表、姿態、體面
（形容詞：適當的、恰好的） □□□

ひと かっこう
あの人はおかしな格好をしている。 那個人打扮得很奇怪。

Track 098

がっこう
学校 學校 □□□

かれ まいにちある がっこう かよ
彼は毎日歩いて学校に通っている。 他每天走路上學。

かっこく
各国 各國 □□□

かっこく だいひょうしゃ こんげつかいだん
ヨーロッパ各国の代表者は今月会談することになった。
歐洲各國的代表將在本月進行會談。

カップ 杯子 □□□

ごにんぶん か
五人分のカップを買った。 我買了五人份的杯子。

かてい
家庭 家庭 □□□

かてい ふわ こども わる えいきょう あた
家庭の不和は子供に悪い影響を与える。
家庭不和會給孩子造成不好的影響。

かど
角 角落、轉角 □□□

かど　ひだり　ま
その角を左に曲がってください。 請在那個轉角左轉。

Track 099

か ない
家内 （自己的）妻子 □□□

いえ　かない　まか
家のことは家内に任せている。 家裡的事我都交給妻子。

か にゅう
加入 加入（─する：加入） □□□

わたし　くみあい　か にゅう
私はあなたたちの組合に加入したい。 我想加入你們的工會。

か のうせい
可能性 可能性 □□□

にんげん　か のうせい　む げん　おも
人間の可能性は無限だと思う。 我覺得人的可能性無限。

かのじょ
彼女 她、女朋友 □□□

かのじょ　し　あ
彼女とはどこで知り合ったんですか。 你和她是在哪裡認識的？

かばん
鞄 書包、皮包 □□□

わたし　かばん　つくえ　うえ
私の鞄はその机の上にあります。 我的皮包放在那個桌子上。

Track 100

か びん
花瓶 花瓶 □□□

はな　か びん
花も花瓶もきれいですね。 花和花瓶都很美麗呢！

歌舞伎（かぶき） 歌舞伎（日本傳統舞蹈） □□□

彼の趣味は歌舞伎を見る事です。 他的興趣是看歌舞伎。

被り（かぶ） 冠、戴 □□□

日が強いので、帽子を被ってください。 太陽很大，請戴上帽子。

壁（かべ） 牆壁 □□□

頭が壁にぶつかって気絶した。 頭撞到牆壁昏了過去。

神（かみ） 神 □□□

神様の存在を信じますか。 你相信有神明存在嗎？

Track 101

紙（かみ） 紙 □□□

彼女は電話番号を紙に書いている。 她將電話號碼寫在紙上。

髪（かみ） 頭髮 □□□

昨日髪を切りに行きました。 我昨天去剪頭髮了。

神様（かみさま） 神明 □□□

大丈夫、神様がきっと助けてくれるわ。
別擔心，神明一定會幫助我們的。

あ行 か行 さ行 た行 な行 は行 ま行 や行 ら行 わ行

髪の毛（かみのけ） 頭髮 □□□

床に落ちている髪の毛を掃除した。 把掉在地上的頭髮清理掉了。

ガム 口香糖 □□□

ガムを飲んでしまった。 不小心把口香糖吞下去了。

Track 102

カメラ 照相機 □□□

カメラにフィルムを入れてください。 請將底片放入照相機中。

火曜日（かようび） 星期二 □□□

火曜日にデートにしよう。 星期二去約會吧！

カラオケ 卡拉 OK □□□

高校生はよくカラオケに行きます。 高中生時常去卡拉 OK。

ガラス 玻璃 □□□

そこにあるガラスの破片に気をつけてください。
請小心那兒的玻璃碎片。

体（からだ） 身體 □□□

体の調子はどうですか。 身體的狀態如何？

Track 103

彼（かれ） 他、男朋友 □□□

みんなは彼のことを心配しています。 大家都在擔心他。

カレー　咖哩

□□□

息子はカレーが大好きです。　兒子很喜歡咖哩。

カレンダー　月曆

□□□

今年のカレンダーを買いましたか。　你買今年的月曆了嗎？

川（かわ）　河川

□□□

その川の水が減りました。　那條河川的水減少了。

代わり（かわり）　替代

□□□

兄は父の代わりに私の面倒をみた。　哥哥代替父親照料我。

Track 104

缶（かん）　罐、罐子

□□□

自販機で缶ジュースを買いました。　在販賣機買了罐裝飲料。

考え方（かんがえかた）　想法

□□□

彼の考え方はちょっとおかしいです。　他的想法有點奇怪。

カンガルー　袋鼠

□□□

オーストラリアへカンガルーを見に行きたい。

我想去澳洲看袋鼠。

観客（かんきゃく）　觀眾

□□□

観客が少ないけど、一生懸命やります。

雖然觀眾很少，但我會努力去做。

あ行
か行
さ行
た行
な行
は行
ま行
や行
ら行
わ行

かんきょう
環境 環境

幸せな環境で子供を育てたい。 我想在幸福的環境中養育下一代。

Track 105

かんけい
関係 關係（—する：有關）

家族との関係はどうですか。 你和家人們的關係如何？

かんこく
韓国 韓國

韓国に行ったことがないです。 我沒去過韓國。

かんこくご
韓国語 韓語

私は週一で韓国語教室に通っている。
我每週會去上一次韓文課。

かんごし
看護師 護理師

おばあさんは昔看護師だった。 祖母以前是位護理師。

かんさつ
観察 觀察（—する：觀察）

今度の機会を活かして、彼をちゃんと観察した。
我把握這次的機會，好好觀察了他。

Track 106

かんじ
漢字 漢字

多くの日本人は漢字が苦手である。 很多日本人對漢字並不擅長。

かん
感じ 感覺 □□□

肌(はだ)に虫(むし)が這(は)うような感(かん)じがして気持(きも)ちが悪(わる)い。

感覺像是皮膚上有蟲在爬一樣，很不舒服。

かんしゃ
感謝 感謝（―する：感謝） □□□

お世話(せわ)になった人(ひと)たちに感謝(かんしゃ)を伝(つた)える。

向關照過我的人傳達感謝之情。

かんじょう
感情 感情 □□□

彼(かれ)はいつも無表情(むひょうじょう)で、感情(かんじょう)をなかなか出(だ)さない。

他一直都面無表情，不太會表露出感情。

かんしん
感心 欽佩、讚佩（―する：欽佩、讚佩／形容詞：令人欽佩的） □□□

彼(かれ)の成功(せいこう)には家族(かぞく)みんな感心(かんしん)した。

家族裡的每一個人都讚佩他的成功。

Track 107

かんそう
乾燥 乾燥（―する：乾燥） □□□

とても暑(あつ)いので、地面(じめん)がすごく乾燥(かんそう)している。

天氣很熱，所以地面非常乾燥。

かんそく
観測 觀測、觀察（―する：觀測、觀察） □□□

私(わたし)の観測(かんそく)では彼(かれ)は悪(わる)い人(ひと)ではない。 就我的觀察來看，他並不是壞人。

かんづめ
缶詰 罐頭、關在～ □□□

学生(がくせい)たちを教室(きょうしつ)に缶詰(かんづめ)にして勉強(べんきょう)させた。
學生們被關在教室裡讀書。

かんどう
感動 感動（—する：感動） □□□

この映画(えいが)を見(み)て、感動(かんどう)して泣(な)いた。 看了這個電影，我感動得哭了。

かんとく
監督 監督、導演（—する：監督） □□□

先生(せんせい)の監督(かんとく)の下(もと)、みんなの成績(せいせき)がよくなった。
在老師的監督之下，大家的成績變好了。

Track 108

かんぱい
乾杯 乾杯（—する：乾杯） □□□

彼(かれ)の成功(せいこう)のために乾杯(かんぱい)しよう。 為了他的成功乾杯吧！

かんり
管理 管理、掌管（—する：管理） □□□

彼(かれ)の仕事(しごと)は森林(しんりん)を管理(かんり)することである。 他的工作是管理森林。

かんれん
関連 關聯、聯繫（—する：相關） □□□

農作物(のうさくぶつ)の生長(せいちょう)は天候と大(おお)いに関連(かんれん)がある。
農作物的生長與天候有相當大的關聯。

き
木 樹、樹木 □□□

木(き)に登(のぼ)ることは危(あぶ)ないです。 爬樹很危險。

黄色 黄色

黄色のシャツが買いたいです。 我想買黃色的襯衫。

Track 109

議員 議員

私の父親は参議院の議員である。 我的父親是參議院的議員。

記憶 記憶、記性（—する：記憶）

彼はまだ若いのに、記憶力が悪い。 他明明很年輕，記性卻不好。

気温 氣溫

今朝の気温は非常に低かったです。 今天早上的氣溫非常低。

祇園祭 祇園祭（京都知名慶典）

今年の祇園祭はいつですか。 今年的祇園祭什麼時候舉行？

機会 機會

機会があれば、台湾へ遊びに行きたいです。

如果有機會的話，我想去台灣旅行。

Track 110

機械 機械、機器

この機械の扱い方を教えてください。

請告訴我這個機器的使用方法。

期間（きかん） 期間

彼が主任をつとめる期間は半年の予定だ。

他擔任主任的期間預定為半年。

危険（きけん） 危險（形容詞：危險的）

危険な場所に近づかないでください。 請不要靠近危險的地方。

期限（きげん） 期限

ミルクの有効期限に注意してね。 要注意牛奶的有效期限喔！

危険性（きけんせい） 危險性

この企画の危険性を考えてますか。 你有考慮這個企劃的危險性嗎？

Track 111

気候（きこう） 氣候

台湾の気候はとても温暖である。 台灣的氣候非常溫暖。

帰国（きこく） 歸國（—する：歸國）

オリンピック選手たちは昨日フランスから帰国した。

奧運選手們昨日自法國歸國。

岸（きし） 岸、崖

こういう天気のときに、岸に立つことは危ないです。

這種天氣下站在岸邊很危險。

きじ
記事　（報章雜誌上的）文章、報導　□□□

去年（きょねん）のあの事件（じけん）の記事（きじ）はまだ捨（す）ててないよ。

去年那個事件的報導還沒丟棄喔！

きしゃ
記者　記者　□□□

あの二人（ふたり）の関係（かんけい）は記者（きしゃ）によって暴（あば）かれた。

那兩人的關係被記者揭露出來。

Track 112

きしゃ
汽車　火車　□□□

汽車（きしゃ）に乗（の）って、仙台（せんだい）に行（い）った。　我搭火車去了仙台。

ぎじゅつ
技術　技術　□□□

その提案（ていあん）は技術上（ぎじゅつじょう）不可能（ふかのう）である。

那個提案在技術上是不可能的。

きず
傷　傷　□□□

この前（まえ）できた傷（きず）はほとんど治（なお）りました。

前陣子受的傷已經好得差不多了。

きせつ
季節　季節　□□□

暑（あつ）い季節（きせつ）に海（うみ）へ行（い）きたい。　炎熱的季節就想去海邊。

きそく
規則 規則、規定

わたし　かよ　こうこう　きそく　きび　がっこう
私が通った高校は規則の厳しい学校です。
我之前就讀的高中是間規定非常嚴格的學校。

Track 113

きた
北 北方

きた　む
北へ向かってください。 請朝向北方。

ギター 吉他

ひ　ひと　そんけい
ギターが弾ける人を尊敬している。 我很尊敬會彈吉他的人。

きたい
期待 期待（—する：期待）

おや　じぶん　こ　せいこう　きたい
親はみんな自分の子の成功を期待している。
所有的父母都期待著自己孩子的成功。

きたく
帰宅 回家（—する：回家）

たなか　きたく
田中さんはいつ帰宅しますか。 田中先生何時回家？

きちょうひん
貴重品 貴重物品

きちょうひん　きんこ　ほかん
貴重品は金庫に保管すべきだ。 貴重物品必須放置在保險箱。

Track 114

きっさてん
喫茶店 咖啡店、茶館

ほうかご　いっしょ　きっさてん　い
放課後みんなで一緒に喫茶店に行こう。
放學後大家一起去咖啡店吧！

キッチン 廚房 □□□

キッチンで何(なに)をしていますか。 你在廚房做什麼？

きって
切手 郵票 □□□

彼(かれ)の趣味(しゅみ)は切手(きって)を収集(しゅうしゅう)することです。 他的興趣是蒐集郵票。

きっぷ
切符 車票 □□□

早(はや)く切符(きっぷ)を買(か)ったほうがいいよ。 早點買車票比較好。

きぬ
絹 絲、綢緞 □□□

その絹(きぬ)の手袋(てぶくろ)はいくらですか。 那個絲質手套要多少錢？

Track 115

きねん
記念 紀念（―する：紀念） □□□

これは高校卒業旅行(こうこうそつぎょうりょこう)のときの記念写真(きねんしゃしん)である。
這是高中畢業旅行時的紀念相片。

きのう
昨日 昨天 □□□

昨日(きのう)は何(なに)をしましたか。 昨天你做了些什麼？

きのう
機能 機能 □□□

この機械(きかい)の機能(きのう)はとても便利(べんり)である。 這個機械的機能非常便利。

きぶん
気分 心情、身體狀況

今はそういうことをする気分じゃない。

現在沒有做那些事的心情，

きぼう
希望 希望、期望（—する：希望、期望）

息子は歌手になる希望をすてた。 兒子放棄了當歌手的希望。

Track 116

き
決まり 規定、習慣、常規、終結

夏休みには家族でキャンプするのが我が家のお決まりです。

暑假全家一起去露營是我們家的習慣。

きみ
君 （男性對平輩或晚輩的稱呼）你

勉強は君たちの責任だ。 學習是你們的責任。

きも
気持ち 心情、感覺

あなたなんかに私の気持ちが分かるわけない。

你怎麼可能會懂我的心情。

きもの
着物 和服、衣服

彼女は着物を着ている。 她穿著和服。

きゃく
客 客人

この時間帯はいつも客が私しかいない。

這個時間帶客人總是只有我一個。

Track 117

ぎゃく
逆 倒、逆、反

みんなの予想（よそう）とは逆（ぎゃく）に彼（かれ）は合格（ごうかく）した。
與大家所想的相反，他合格了。

キャッシュカード 提款卡

彼（かれ）はキャッシュカードでお金（かね）をおろした。
他用提款卡提取了金錢。

きゅう
九 九

今回（こんかい）のテストで九点（きゅうてん）しか取（と）れなかった。
這次的小考我只拿到九分。

きゅうきゅう
救急 急救

早（はや）く救急車（きゅうきゅうしゃ）を呼（よ）んでください。 請趕快叫救護車。

きゅうけい
休憩 短時間的休息
（—する：稍事休息）

ちょっと休憩（きゅうけい）しましょう。 稍微休息一下吧！

Track 118

きゅうこう
急行 趕往（—する：趕往）

母（はは）は弟（おとうと）の学校（がっこう）に急行（きゅうこう）した。 媽媽趕去弟弟的學校。

きゅうじょ
救助 救助、拯救

（―する：救助、拯救）

残念ですが、一部の遭難者は救助されてない。

很遺憾有一部分的受難者沒得到救助。

ぎゅうどん
牛丼 牛肉蓋飯

その店の牛丼がとても有名です。 那家店的牛肉蓋飯非常有名。

ぎゅうにく
牛肉 牛肉

父親は牛肉を食べない。 父親不吃牛肉。

ぎゅうにゅう
牛乳 牛奶

毎日牛乳を一本飲む習慣がある。

我有每天要喝一瓶牛乳的習慣。

Track 119

きょう
今日 今天

今日は雨です。 今天是雨天。

きょういく
教育 教育（―する：教育）

子供にとって家庭教育は重要な教育の一環である。

對孩子來說，家庭教育是非常重要的一環。

きょうかい
教会 教會 □□□

彼女は毎週の週末に教会に行っている。
她每個週末都會去教會。

きょうかしょ
教科書 教科書 □□□

教科書の４２ページを開いてください。 請翻開課本第 42 頁。

きょうきゅう
供給 供給（―する：供給） □□□

今日の午後二時から電力の供給をしばらく止めます。
今天的下午兩點會暫時停止電力供給。

Track 120

きょうし
教師 教師 □□□

彼は経験豊かな教師です。 他是位經驗豐富的教師。

きょうしつ
教室 教室 □□□

みんなは教室で待ってるよ。 大家都在教室裡等著囉！

きょうそう
競争 競爭（―する：競爭） □□□

商業の世界では競争が厳しいです。 商業世界的競爭相當激烈。

きょうだい
兄弟 兄弟、兄弟姊妹 □□□

彼女は三人兄弟です。 她家兄弟姊妹共有三人。

きょうふう
強風 強風

すごい強風が吹いている。 正吹著很強的風。

Track 121

きょうみ
興味 興趣

彼はその話題に興味がない。 他對那個話題沒有興趣。

きょうりょく
協力 協力、共同努力
（―する：協力、共同努力）

妻の協力がなければ、今の成功はないと思う。
我認為要是沒有妻子的協力，我現在就不可能成功了。

きょか
許可 許可、允許（―する：許可、允許）

許可がなければ、この部屋に入ってはいけない。
若無許可，不可以進入這間房間。

きょく
曲 歌曲

この曲、どこかで聞いたことがあります。
我在某個地方聽過這首歌。

きょねん
去年 去年

去年のクリスマスに何をもらいましたか。
去年的聖誕節你拿到什麼了呢？

きょり
距離　距離

Track 122

□□□

どうすれば彼との距離を縮められますか。
如何才能縮短與他之間的距離呢？

ぎりぎり　極限、勉強
（形容詞：極限的、勉強的）

□□□

締切にぎりぎりで間に合った。　勉強趕上了截止時間。

きろく
記録　記載、紀錄（—する：記錄）

□□□

彼は百メートル自由形の記録保持者である。
他是一百公尺自由式的紀錄保持者。

キロ［グラム］　公斤

□□□

そのテーブルは何キロですか。　那張桌子幾公斤？

キロ［メ－トル］　公里

□□□

ここからそこまでは何キロですか。　從這裡到那裏有幾公里。

ぎん
銀　銀

Track 123

□□□

あなたが落としたのはこの金の斧ですか、それとも銀の斧ですか。　你掉的是這把金斧頭還是銀斧頭呢？

きんえん
禁煙　禁菸（—する：戒菸）

□□□

ここは禁煙です。　這裡禁菸。

きんがく
金額 金額

今度の事件で、賠償金額が二千万円になった。
這次事件中，賠償金額為兩千萬日幣。

きんかくじ
金閣寺 金閣寺（京都著名景點）

金閣寺はとても有名な観光地です。 金閣寺是非常有名的觀光景點。

ぎんこう
銀行 銀行

ちょっと銀行に寄ってくる。 我順道去個銀行。

Track 124

ぎんこういん
銀行員 銀行員

わたしはあの銀行員の態度が不満です。
我對那個銀行員的態度很不滿。

きんし
禁止 禁止（―する：禁止）

ここは駐車禁止である。 這裡禁止停車。

きんじょ
近所 附近、鄰近

近所の夫婦は昨夜喧嘩した。 住附近的夫婦昨天晚上吵架了。

きんようび
金曜日 星期五

金曜日はちゃんと休んでください。 星期五請好好休息。

具合（ぐあい） 身體狀況、事物的情況 □□□

体（からだ）の具合（ぐあい）はどうですか。 身體的狀況還好嗎？

Track 125

空気（くうき） 空氣 □□□

この町（まち）のいいところは空気（くうき）がきれい。 這個城市的優點為空氣清新。

空港（くうこう） 機場 □□□

二時（にじ）ごろ成田（なりた）空港（くうこう）に到着（とうちゃく）する。 兩點左右抵達成田機場。

偶然（ぐうぜん） 偶然（副詞：偶然） □□□

ここで会（あ）えるなんて、全（まった）く偶然（ぐうぜん）ですね。 在這裡遇見完全是偶然呢！

茎（くき） 莖、柄、梗、桿 □□□

この植物（しょくぶつ）の茎（くき）は食（た）べられますか。 這個植物的莖能夠食用嗎？

草（くさ） 草 □□□

牛（うし）の主食（しゅしょく）は草（くさ）である。 牛的主食為草。

Track 126

くしゃみ 噴嚏 □□□

さっきからくしゃみが止（と）まらない。 從剛剛就一直在打噴嚏。

くすり
薬 藥

薬を飲む時間ですよ。 到吃藥的時間了喔！

くすりゆび
薬指 無名指

彼女の薬指に指輪がはまっています。 她的無名指上戴著戒指。

くせ
癖 習慣、毛病

彼女はサインの終わりにハートマークを書く癖がある。
她有在簽完名後畫個愛心符號的習慣。

くだ
管 管子

管で水を吸い上げる。 用管子將水吸起來。

Track 127

くだもの
果物 水果

果物の中で、何が一番好きですか。 你最喜歡哪種水果？

くち
口 口、嘴

彼女の料理は口に合わないです。 她的料理不合我的口味。

くつ
靴 鞋子

靴を履いてください。 請穿鞋子。

くつした
靴下 襪子 □□□

みせ　くつした　せんもんてん
その店は靴下の専門店です。 那間店是襪子的專賣店。

くに
国 國家 □□□

がいこくじん　くに　ひと
その外国人はどの国の人ですか。 那個外國人來自哪個國家？

Track 128

くび
首 脖子、頸子 □□□

くび　ほそ　おんな　こ　す
首の細い女の子が好き。 我喜歡有纖細脖子的女生。

く ふう
工夫 巧思（—する：設法） □□□

こんど　しゅくだい　くふう
今度の宿題は工夫しました。 我動腦筋解決了這次的功課。

くみ
組 套、副、組、班 □□□

ふたり ひとくみ
二人一組でウォーミングアップをする。 兩人一組進行熱身。

くも
雲 雲 □□□

いま　くも　ぜんぜん み
今は雲が全然見えない。 現在完全看不到雲。

くも
曇り 陰天 □□□

あした　くも　よ そく
明日は曇りだと予測されている。 明天預測是陰天。

Track 129

暮(く)らし　生活
□□□

祖父(そふ)は若(わか)い頃(ころ)貧(まず)しい暮(く)らしをしていた。
祖父年輕時過著貧困的生活。

クラス　班級
□□□

このクラスの委員長(いいんちょう)はだれですか。　這個班級的班長是誰？

グラス　玻璃杯
□□□

お気(き)に入(い)りのグラスを割(わ)ってしまった。
不小心把喜歡的玻璃杯打破了。

クラブ　俱樂部
□□□

あのアイドルのファンクラブに入会(にゅうかい)しようと思(おも)っている。　我想加入那個偶像的粉絲俱樂部。

グラム　公克
□□□

さっき釣(つ)った魚(さかな)は何(なん)グラムですか。　剛才釣到的魚有幾公克？

Track 130

クリスマス　聖誕節
□□□

クリスマスに何(なに)をする予定(よてい)なんですか。　你聖誕節有什麼計畫？

グループ　團體
□□□

そのグループのリーダーは誰(だれ)ですか。　那個團體的隊長是誰？

くるま
車　車子　□□□

わたし　ゆうえんち　くるま　い
私たちは遊園地へ車で行った。　我們開車去遊樂園。

くろ
黒　黑色　□□□

かのじょ　くろ　ふく　き
彼女はいつも黒ずくめの服を着ている。
她總是只穿黑色的衣服。

け
毛　毛　□□□

かれし　かみ　け　あら
彼氏は髪の毛を洗っている。　男友在洗頭髮。

Track 131

けいい
敬意　敬意　□□□

いだい　ひと　けいい　あらわ
あの偉大な人に敬意を表す。　想那名偉大的人物表示敬意。

けいかく
計画　計劃（―する：計劃）　□□□

こんしゅう　しゅうまつ　なに　けいかく
今週の週末に何か計画がありますか。
這週的週末有什麼計劃嗎？

けいかん
警官　警察　□□□

しょうらいけいかん
将来警官になりたいです。　我將來希望成為警察。

けいき
景気　景氣　□□□

いま　しゃかい　けいき
今の社会は景気がよくなった。　現今社會的景氣轉好了。

けいけん
経験　經驗（―する：經驗）　□□□

アルバイトの経験（けいけん）がない。　我沒有打工的經驗。

Track 132

けいご
敬語　敬語　□□□

先輩（せんぱい）には敬語（けいご）を使（つか）いなさい。　對前輩要使用敬語。

けいこう
傾向　傾向、趨勢　□□□

この図（ず）は景気（けいき）の上昇（じょうしょう）の傾向（けいこう）を示（しめ）している。
這張圖顯示了景氣上升的趨勢，

けいこく
警告　警告、提醒（―する：警告、提醒）　□□□

たばこを吸（す）わないように母（はは）に警告（けいこく）された。　我被母親警告不要抽煙。

けいざい
経済　經濟　□□□

将来（しょうらい）の国（くに）の経済（けいざい）を心配（しんぱい）している。　擔心國家未來的經濟。

けいさつ
警察　警察　□□□

弟（おとうと）は警察（けいさつ）になりたいと思（おも）っている。　弟弟希望能成為警察。

Track 133

げいじゅつ
芸術　藝術　□□□

この作品（さくひん）は芸術（げいじゅつ）の価値（かち）が高（たか）い。　這個作品的藝術價值很高。

携帯電話（けいたいでんわ） 手機

□□□

携帯電話（けいたいでんわ）が鳴（な）っていますよ。 你的手機在響喔。

ケーキ 蛋糕

□□□

大部分（だいぶぶん）の子供（こども）はケーキが大好（だいす）きです。
大部分的孩子都很喜歡蛋糕。

ゲーム 遊戲

□□□

ずっと楽（たの）しみにしていた新作（しんさく）ゲームがようやく発売（はつばい）された。
我一直很期待的遊戲新作終於發售了。

怪我（けが） 受傷（―する：受傷）

□□□

怪我（けが）しないように気（き）をつけてください。 請小心別受傷了。

Track 134

今朝（けさ） 今天早晨

□□□

今朝（けさ）何時（なんじ）に起（お）きましたか。 你今天早上幾點起床？

景色（けしき） 景色、風景

□□□

北海道（ほっかいどう）の景色（けしき）は本当（ほんとう）にきれいです。 北海道的景色真的很美。

消（け）しゴム 橡皮擦

□□□

消（け）しゴムを買（か）いに行（い）きます。 我去買橡皮擦。

あ行
か行
さ行
た行
な行
は行
ま行
や行
ら行
わ行

下宿（げしゅく） 供食宿的公寓

（―する：寄人籬下）

私（わたし）は叔母（おば）の家（いえ）に下宿（げしゅく）している。 我借住在姨母家。

化粧（けしょう） 化妝（―する：化妝）

今日（きょう）化粧（けしょう）ののりはあまりよくない。 今天的妝不太服貼。

Track 135

血液（けつえき） 血液

毎日（まいにち）お風呂（ふろ）に入（はい）ると、血液（けつえき）の循環（じゅんかん）が良（よ）くなる。

每天泡澡有助於促進血液循環。

結果（けっか） 結果、結局、（植物）

結果（―する：（植物）結果）

今度（こんど）の成功（せいこう）はみんなの努力（どりょく）の結果（けっか）である。

這次能成功是大家努力的結果。

結局（けっきょく） 結果、到底、究竟（副詞：終究）

よかった、結局（けっきょく）正義（せいぎ）の勝（かち）だ。 太好了，結果為正義的勝利。

結婚（けっこん） 結婚（―する：結婚）

結婚（けっこん）してください。 請跟我結婚。

けっせき
欠席　缺席（—する：缺席）

今日(きょう)の会議(かいぎ)を体調不良(たいちょうふりょう)で欠席(けっせき)した。
因身體不適而未出席今天的會議。

けってい
決定　決定

Track 136

決定的(けっていてき)な証拠(しょうこ)を見(み)つけた。　找到決定性的證據了。

けってん
欠点　缺點、不及格的分數

人間(にんげん)だったら欠点(けってん)があるだろう。　只要是人就會有缺點吧！

げつようび
月曜日　星期一

約束(やくそく)の日(ひ)は月曜日(げつようび)ですか。　約定好的日子是星期一嗎？

けつろん
結論　結論

みんなが意見(いけん)を言(い)って、結論(けつろん)を出(だ)す。　大家討論意見並得出結論。

けむり
煙　煙、煙霧

機関車(きかんしゃ)が吐(は)いた煙(けむり)は環境(かんきょう)の汚染源(おせんげん)の一(ひと)つである。
蒸汽火車所產生的煙霧為環境污染源之一。

けん
県　縣

Track 137

千葉県(ちばけん)はすごくいいところです。　千葉縣真是個好地方。

あ行
か行
さ行
た行
な行
は行
ま行
や行
ら行
わ行

げんいん
原因 原因 □□□

かれ　りこん　げんいん　なん
彼らが離婚した原因は何ですか。 他們離婚的原因是什麼？

けん か
喧嘩 吵架、打架（—する：吵架、打架） □□□

けん か
そのカップルは喧嘩している。 那對情侶正在吵架。

げんかい
限界 界線、範圍、限度 □□□

が まん　げんかい
あなたが我慢できる限界はどこまでですか。 你能忍受的限度為何？

けんがく
見学 參觀、見習 □□□
（—する：參觀、見習）

あした　じっち　けんがく　い
明日実地に見学に行くつもりです。 明天我預計去現場參觀。

Track 138

げんかん
玄関 門口、大門 □□□

きゃく　げんかん　ま
お客さんは玄関で待っている。 客人在大門等著。

げん き
元気 精神、健康 □□□
（形容詞：有精神的、健康的）

むすめ　げん き　こ
娘さんは元気のいい子ですね。 您女兒是很有精神的孩子呢！

けんきゅう
研究 研究（—する：研究） □□□

わたし　かん きょう か がく　けん きゅう
私は環境科学を研究している。 我在研究環境科學。

けんきゅうかい
研究会 研討會 □□□

今週(こんしゅう)の土曜日(どようび)に環境保護(かんきょうほご)の研究会(けんきゅうかい)に参加(さんか)するつもりです。 我打算參加這週六的環境保護研討會。

けんきゅうしゃ
研究者 研究人員 □□□

彼(かれ)は生命科学(せいめいかがく)の研究者(けんきゅうしゃ)になりたがっています。
他想成為生命科學的研究人員。

Track 139

けんきゅうじょ
研究所 研究所 □□□

今山下(いまやました)さんが研究所(けんきゅうじょ)に通(かよ)っている。 現在山下正在前往研究所。

げんきん
現金 現金（形容詞：現實的） □□□

現金(げんきん)で払(はら)ってください。 請用現金付款。

けんこう
健康 健康（形容詞：健康的） □□□

たばこは体(からだ)の健康(けんこう)を害(がい)する。 香菸有害身體健康。

けんさ
検査 檢查（—する：檢查） □□□

この工場(こうじょう)は安全検査(あんぜんけんさ)に合格(ごうかく)しなかった。
這個工廠的安全檢查不合格。

げんじつ
現実 現實、實際 □□□

現実(げんじつ)を見(み)てほしい。とても厳(きび)しいですよ。
看看現實吧，非常的殘酷喔！

Track 140

げんしょう
現象　現象

心配(しんぱい)しないで。それは思春期(ししゅんき)の一時的(いちじてき)な現象(げんしょう)だ。

別擔心，那是青春期暫時的現象。

けんちくか
建築家　建築家

兄(あに)は建築家(けんちくか)である。　哥哥是建築家。

げんてい
限定　限定（—する：限定）

それは限定商品(げんていしょうひん)です。早(はや)く買(か)ったほうがいい。

那是限定商品，趕快買比較好。

けんぶつ
見物　遊覽、參觀（—する：遊覽、參觀）

夏休(なつやす)みに大阪見物(おおさかけんぶつ)に行(い)きたい。　暑假時我想去遊覽大阪。

けんぽう
憲法　憲法

憲法(けんぽう)に即(そく)すと、これは法律違反(ほうりついはん)の行為(こうい)だ。

根據憲法，這是違反法律的行為。

Track 141

けんり
権利　權利

私(わたし)は自分(じぶん)の利益(りえき)のために、権利(けんり)を要求(ようきゅう)する。

我為了自己的利益，要求應有的權利。

こ
個　～個

りんごを三個(さんこ)ください。　請給我三顆蘋果。

こ
子　孩子
□□□

あの子はなぜかずっと私を睨んでいる。
那孩子不知為何一直瞪著我。

こい
恋　戀愛、戀情
□□□

彼女の笑顔を見た瞬間、彼は恋に落ちてしまった。
看見她笑容的那瞬間，他便陷入了戀愛。

こいびと
恋人　戀人、情侶
□□□

クリスマスは恋人たちにとって大切なイベントです。
聖誕節對情侶們來說是很重要的活動。

Track 142

こううん
幸運　幸運、僥倖（形容詞：幸運的）
□□□

彼女はまるで私の幸運の女神のようである。
她猶如我的幸運女神。

こうえん
公園　公園
□□□

子供たちは公園で遊んでいる。　孩子們在公園玩。

こうえん
公演　公演（—する：公演）
□□□

あの交響楽団の東京公演がすごく楽しみです。
我很期待該交響樂團的東京公演。

あ行
か行
さ行
た行
な行
は行
ま行
や行
ら行
わ行

効果（こうか）　效果、功效

この薬（くすり）はかなりの効果（こうか）がある。　這個藥物頗有功效。

郊外（こうがい）　郊外

私（わたし）の趣味（しゅみ）は晴（は）れた日（ひ）に郊外（こうがい）へドライブに行（い）くことです。
天氣好的日子去郊外兜風是我的興趣。

Track 143

高学歴（こうがくれき）　高學歷

高学歴（こうがくれき）の人（ひと）は、高慢（こうまん）な人（ひと）が多（おお）いと思（おも）う。
我認為高學歷的人之中，有許多高傲的人。

交換（こうかん）　交換、更換（—する：交換、更換）

クリスマスにプレゼントを交換（こうかん）しようよ。　我們來交換聖誕禮物吧！

後期（こうき）　後期、後半期

その服装（ふくそう）は江戸時代（えどじだい）の後期（こうき）に流行（はや）った。
那種服裝在江戸時代的後期相當流行。

講義（こうぎ）　講課、講解（—する：講課）

その先生（せんせい）の講義（こうぎ）はいつも人気（にんき）がある。　那位老師的課總是很有人氣。

公共（こうきょう）　公共、公眾

これは公共（こうきょう）の利益（りえき）のための任務（にんむ）である。　這是為了公共利益的任務。

こうぎょう
工業 工業

Track 144

□□□

この国に新しい工業が興った。 這國家興起了新工業。

こうこう
高校 高中

□□□

高校時代の思い出は今でも覚えている。

高中時期的回憶我現在依然記得。

こうこうせい
高校生 高中生

□□□

その女子高校生はすごくかわいいです。 那名女高中生非常可愛。

こうさ
交差 交叉（―する：交叉）

□□□

この二つの線が直角に交差する。 那兩條線於直角交叉。

こうざ
口座 戶頭、帳戶

□□□

こちらの口座までお振込みください。 請匯款至這個戶頭。

こうさてん
交差点 十字路口

Track 145

□□□

その交差点で起こった交通事故が多い。

那個十字路口時常發生交通事故。

こうざん
鉱山 礦山

□□□

父親の仕事は鉱山を採掘することである。

我父親的工作是開採礦山。

ア行 カ行 サ行 タ行 ナ行 ハ行 マ行 ヤ行 ラ行 ワ行

こうし
公私 公私

公私を混同することはちょっと悪い。 將公私混為一談不太好。

こうじ
工事 施工

工事の騒音がうるさくて全く集中できない。
施工的噪音好吵，完全無法集中精神。

こうしき
公式 公式、正式

この公式をちゃんと覚えてください。 請好好記住這個公式。

Track 146

こうしょ
高所 高處、高的立場

1000 メートルの高所に立つのは危ないです。
站在 1000 公尺的高處很危險。

こうじょう
工場 工廠

叔父は工場で働いている。 伯父在工廠工作。

こうそくどうろ
高速道路 高速公路

高速道路の渋滞がひどく、帰るのにいつもより何倍も時間がかかった。 高速公路塞得很嚴重，比平常花了好幾倍的時間才回到家。

こうちゃ
紅茶 紅茶

この紅茶はどこで買いましたか。 這個紅茶是在哪裡買的？

こうちょう
校長 校長 □□□

私の父はその学校の校長である。 我的父親是那間學校的校長。

Track 147

こうつう
交通 交通 □□□

この町の交通はとても便利です。 這個城鎮的交通機能非常便利。

こうどう
講堂 禮堂 □□□

学校の講堂に集合してください。 請到學校的禮堂集合，

こうとうがっこう
高等学校 高中 □□□

高等学校を卒業して、仕事を探している。
我從高中畢業，正在找工作。

こうばん
交番 派出所 □□□

拾ったお金を交番に届けてください。 撿到的錢請交至派出所。

こうべ
神戸 神戶 □□□

神戸港の夜景はすごくきれいです。 神戶港的夜景非常漂亮。

Track 148

こうへい
公平 公平（形容詞：公平的） □□□

この事件の判決は全く公平ではなかった。
此事件的判決完全不公平。

あ行
か行
さ行
た行
な行
は行
ま行
や行
ら行
わ行

こうむいん
公務員 公務員

まるいちねんべんきょう　こうむいんしけん　う
丸一年勉強をして公務員試験に受かりました。
用功了整整一年，考上了公務員。

こうりゅう
交流 交流、交流電（—する：交流）

だいがく　こうりゅうかい　さんか
あの大学との交流会に参加してみませんか。
你要參加與那所大學的交流會嗎？

こえ
声 聲音

やさ　こえ　こわ　はなし
優しい声で怖い話をした。 用溫柔的聲音說了很恐怖的話。

コース 路線、課程

おし
マラソンのコースを教えてください。 請告訴我馬拉松的路線。

Track 149

コート 大衣

はい　まえ　ぬ
入る前に、コートを脱いでください。 進來前請先脫掉大衣。

コーヒー 咖啡

の　お　つ
コーヒーを飲んだら落ち着ける。 喝咖啡就能鎮定下來了。

コーラ 可樂

おい　からだ
コーラは美味しいけど、体によくないです。
可樂很好喝，但對身體不好。

こおり
氷 冰

こおり　くだ　ごおり　つく
氷を砕いてかき氷を作る。 把冰敲碎做成刨冰。

かぞく
ご家族 家人（客氣用語）

かぞく　さいきん
ご家族は最近どうですか。 您家人最近都還好嗎？

Track 150

こきゅう
呼吸 呼吸（—する：呼吸）

きんちょう　しんこきゅう
緊張しないで、深呼吸してください。 別緊張，請深呼吸。

きょうだい
ご兄弟 兄弟姊妹（客氣用語）

きょうだい　かんけい
ご兄弟との関係はどうですか。 您跟您兄弟姊妹的關係如何？

こくさい
国際 國際

かしゅ　こくさいてき
あの歌手は国際的なスターです。 那名歌手是國際巨星。

こくばん
黒板 黑板

てんこうせい　じぶん　なまえ　こくばん　か
転校生は自分の名前を黒板に書いた。
轉學生將自己的名字寫在黑板上。

ここ 這裡（近己方）

わたし　ぼこう
ここは私の母校です。 這裡是我的母校。

Track 151

ごご
午後 下午

ごごにじ　しゅうりょう
午後二時に終了しました。在下午兩點結束了。

ここのか
九日 九號、九天

こんげつ　ここのか　なに　よてい
今月の九日に何か予定がありますか。
這個月的九號你有什麼預定嗎？

ここの
九つ 九個、九歲

ねこ　ここの　いのち　でんせつ　き　こと
猫は九つの命があるという伝説を聞いた事がありますか。
你有聽說過貓咪有九條命的傳說嗎？

こころ
心 心

こころ　なか　こんらん
心の中は混乱している。心裡很混亂。

こし
腰 腰

こし　ほそ　じょせい　す
腰の細い女性が好きです。我喜歡腰很細的女性。

Track 152

しゅじん
ご主人 丈夫（客氣用語）

しゅじん　きたくじかん　なんじ
ご主人の帰宅時間は何時ですか。您丈夫的回家時間是幾點？

こしょう
故障 故障

かれ　くるま　こしょう
彼の車が故障しました。他的車故障了。

個人（こじん） 個人

個人情報（こじんじょうほう）を漏（も）らさないようにしっかり管理（かんり）する。

確實管理個人資料以避免洩漏。

午前（ごぜん） 上午

この活動（かつどう）は午前九時（ごぜんくじ）から開催（かいさい）する。

這個活動上午的九點開始舉行。

答え（こたえ） 回答、答案

彼女（かのじょ）の答（こた）えには不満（ふまん）を持（も）っている。 我對她的回答感到不滿，

Track 153

御馳走（ごちそう） 佳餚（—する：款待）

テーブルの上（うえ）にご馳走（ちそう）がいっぱい並（なら）んでいる。

桌上擺滿了佳餚。

こちら 這邊（ここ的禮貌型）

こちらに向（む）かってください。 請朝向這邊。

コップ 杯子、玻璃杯

コップが足（た）りないので、買（か）ってくれませんか。

杯子不夠了，可以幫忙買嗎？

事（こと） 事情

さっき言（い）った事（こと）、誰（だれ）にも言（い）わないでね。

剛才說的事情，別告訴任何人喔。

あ行 か行 さ行 た行 な行 は行 ま行 や行 ら行 わ行

今年（ことし） 今年

今年（ことし）は二十歳（はたち）になった。 今年要二十歲了。

Track 154

言葉（ことば） 語言、單字

適切（てきせつ）な言葉（ことば）を選（えら）んでください。 請選出適當的單字。

子供（こども） 孩子、兒女

彼（かれ）らは子供（こども）の教育（きょういく）をとても重視（じゅうし）している。

他們很重視對孩子的教育。

小鳥（ことり） 小鳥

小鳥（ことり）を飼（か）ったことがある。 我有養過小鳥。

この間（あいだ） 日前、前些天

この間（あいだ）、迷惑（めいわく）をかけてすみませんでした。

不好意思前些天給您添麻煩了。

ご飯（はん） 米飯

昼（ひる）ご飯（はん）を食（た）べましたか。 你吃午飯了嗎？

Track 155

コピー 影本（—する：影印、複印）

この通知書（つうちしょ）をコピーしてくれませんか。

這個通知書可以影印給我嗎？

細かいお金 零錢

タクシーに乗るとき、細かいお金を準備しておいたほうがいい。 搭乘計程車時，先準備零錢比較好。

ごみ 垃圾

道にごみを捨てないでください。 請不要把垃圾丟在路上。

ゴム 橡膠

ゴム製品は劣化すると表面がベタベタになってしまう。
橡膠製品一旦劣化表面就會變得黏黏的。

小麦 小麥

小麦の消費量は年々増えている。 小麥的消費量年年增加。

Track 156

米 米

日本人の主食は米である。 日本人的主食為米。

小指 小指

タンスに足の小指をぶつけて骨折した。
腳的小指頭撞到櫃子骨折了。

ご両親 父母（客氣用語）

今ご両親はご在宅ですか。 您父母現在在家嗎？

あ行
か行
さ行
た行
な行
は行
ま行
や行
ら行
わ行

ゴルフ 高爾夫

父親の趣味はゴルフである。 父親的興趣是打高爾夫。

これ 這個

これは誰の傘ですか。 這是誰的傘？

Track 157

こんげつ
今月 本月

今月の一日は私の誕生日です。 本月的一號是我的生日。

こんご
今後 今後

今後一切話しかけないで。 請你今後都別再和我說話了。

コンサート 演奏會

あのバンドのコンサートを見に行きたいです。
我想去看那個樂團的演奏會。

こんざつ
混雑 混雜、擁擠（—する：擁擠、雜亂）

この時間の電車はとても混雑している。 這個時間的電車非常擁擠。

こんしゅう
今週 本週

今週の土曜日に何をするつもりですか。
本週的星期六有什麼預定嗎？

Track 158

コンタクトレンズ 隱形眼鏡

コンタクトレンズを落(お)としてしまって見(み)つからない。
隱形眼鏡掉了找不到。

今度(こんど) 這回、下一次

今度(こんど)一緒(いっしょ)に行(い)きましょうよ。 下次一起去吧！

今晩(こんばん) 今晚

今晩(こんばん)のご注文(ちゅうもん)は何(なん)ですか。 今晚要點些什麼？

コンビニ 便利商店

コンビニにミルクを買(か)いに行(い)った。 我去便利商店買牛奶。

コンピューター 電腦

貯金(ちょきん)して、コンピューターを買(か)いたい。 我想存錢買電腦。

混乱(こんらん) 混亂（—する：混亂）

火事(かじ)の現場(げんば)が大混乱(だいこんらん)しているので、近(ちか)づかないでください。
火災現場一片混亂，請別靠近。

ア行 カ行 サ行 タ行 ナ行 ハ行 マ行 ヤ行 ラ行 ワ行

Track 159

買(か)う　買

□□□

コンビニに飲(の)み物(もの)を買(か)いに行(い)く。　我去便利商店買飲料。

飼(か)う　飼養

□□□

うちは猫(ねこ)を飼(か)っています。　我家有養貓。

返(かえ)す　歸還

□□□

早(はや)く本(ほん)を返(かえ)してください。　請趕快歸還書籍。

帰(かえ)す　讓……回去

□□□

こいつをこのまま帰(かえ)すわけにはいかない。
我可不能讓這小子就這樣回去。

変(か)える　改變

□□□

彼(かれ)はこの世界(せかい)を変(か)えたいという野望(やぼう)がある。
他有改變這個世界的野心。

Track 160

帰(かえ)る　回覆、回來

□□□

十時(じゅうじ)ごろ家(いえ)に帰(かえ)るつもりです。　預計十點左右回家。

かえ
返る 復原、復歸、翻過來 □□□

相手から返事がなかなか返ってこない。 對方一直沒有回覆我。

か
換える 交換 □□□

金の延べ棒をお金に換える。 將金條換成錢。

かか
抱える 用雙手抱住、承擔、雇用 □□□

彼は大きな箱を両手に抱えています。 他用雙手抱著大型箱子。

かがや
輝く 閃閃發光、光榮 □□□

彼女の笑顔が輝いている。 她的笑臉閃閃發光。

Track 161

かかる 花費（時間、金錢） □□□

六年かかって、やっと卒業できた。 花了六年，總算能畢業了。

か
書く 寫、畫 □□□

自分の名前を書いてください。 請寫下自己的名字。

かく
隠れる 隱藏、潛伏、逃避 □□□

床の下に隠れていた猫を見つけた。 找到躲在床下的貓。

あ行
か行
さ行
た行
な行
は行
ま行
や行
ら行
わ行

掛（か）ける 蓋、掛上 □□□

父（ちち）が窓（まど）にカーテンを掛（か）けた。 父親將窗戶掛上窗簾了。

囲（かこ）む 圍繞、圍著 □□□

あの歌手（かしゅ）は多（おお）くの記者（きしゃ）に囲（かこ）まれている。
那位歌手被多數的記者圍繞著。

Track 162

重（かさ）ねる 堆積、重疊、反覆 □□□

デスクの上（うえ）に本以外（ほんいがい）のものを重（かさ）ねないでください。
桌子上別堆積除了書本之外的物品。

飾（かざ）る 裝飾 □□□

リビングに家族写真（かぞくしゃしん）を飾（かざ）りました。 在客廳擺上全家福的照片。

かじる 一點一點地咬、咬一口 □□□

りんごをかじる。 咬一口蘋果。

貸（か）す 借出 □□□

彼（かれ）にお金（かね）を貸（か）してもらいました。 我向他借了錢。

数（かぞ）える 數 □□□

10（じゅう）まで数（かぞ）えたら目（め）を開（あ）けていいよ。 數到十就可以張開眼睛囉。

かたづ
片付ける 整理、收拾

Track 163

□□□

へや きたな はや かたづ
部屋が汚いので、早く片付けてください。
你的房間很髒亂，請盡快整理。

かたむ
傾く 傾斜、傾向

□□□

き みぎ かたむ
あの木がちょっと右に傾く。 那棵樹木有點向右傾斜。

かたむ
傾ける 使……傾斜、傾注

□□□

かのじょ からだ うし ひゃくはちじゅう ど かたむ
彼女は体を後ろになんと１８０度傾けた。
她竟然將身體向後傾斜 180 度。

かたよ
偏る 傾向、偏袒

□□□

はんてい かたよ
その判定は偏っている。 那個裁判結果有偏頗。

か
勝つ 勝、戰勝、克服

□□□

いってん さ か
一点の差で勝ちました。 以一分之差戰勝。

Track 164

かぶる 戴上

□□□

ひ つよ ぼうし
日が強いので、帽子をかぶってください。
太陽很大，請戴上帽子。

かま
構う 理睬、理會

□□□

わたし かま
もう私に構わないで！ 你就別再管我了！

ア行 カ行 サ行 タ行 ナ行 ハ行 マ行 ヤ行 ラ行 ワ行

噛(か)む 咬、咀嚼 □□□

あの子(こ)はガムを噛(か)んでいる。 那個孩子在咀嚼口香糖。

通(かよ)う 來往 □□□

週(しゅう)に二回(にかい)ジムに通(かよ)っています。 我每週會去兩次健身房。

借(か)りる 借入 □□□

母親(ははおや)からお金(かね)を借(か)りました。 我向母親借錢。

Track 165

枯(か)れる 枯萎、乾枯、老練 □□□

大事(だいじ)に育(そだ)てていたサボテンが枯(か)れてしまった。
我小心培育的仙人掌枯死了。

可愛(かわい)がる 愛惜、愛護 □□□

子供(こども)はいつも親(おや)に可愛(かわい)がられる。 孩子們都一定被雙親愛護著。

乾(かわ)かす 使乾燥 □□□

濡(ぬ)れたパンツを乾燥機(かんそうき)で乾(かわ)かす。 將濕掉的內褲放到烘乾機裡乾燥。

渇(かわ)く 口渴、渴望 □□□

のどが渇(かわ)いたから、水(みず)を頂戴(ちょうだい)。 我口渴了，給我水。

乾く（かわく） 乾、冷漠

分（わ）かれてから十年（じゅうねん）で、彼女（かのじょ）の心（こころ）はもう乾（かわ）いた。

分開十年後，她的心以變得冷漠。

Track 166

変わる（かわる） 變化、經過、轉移

季節（きせつ）が変（か）わった。もう冬（ふゆ）です。 季節變化，已經是冬天了。

替わる（かわる） 交換、替換

今回（こんかい）の選挙（せんきょ）で政権（せいけん）が替（か）わりました。 這次選舉使政權替換。

代わる（かわる） 代替

明日（あした）のバイトを代（か）わってくれない？ 可以幫我代班明天的打工嗎？

考える（かんがえる） 想、思考

何（なに）を考（かんが）えていますか。 你在想什麼？

頑張る（がんばる） 努力、盡力

今度（こんど）の試合（しあい）、頑張（がんば）ってください。 請努力於下次的比賽。

Track 167

着替える（きがえる） 更衣

出掛（でか）けるから着替（きが）えて。 要出門了，去換衣服。

聞(き)く、聴(き)く　聽、打聽

□□□

ちょっと黙(だま)って。ラジオを聴(き)いているから。

稍微安靜一點，我在聽收音機。

効(き)く　有效、發揮作用

□□□

薬(くすり)が効(き)いて咳(せき)が治(おさ)まった。　藥效發揮作用，咳嗽停了。

聞(き)こえる　聽見

□□□

何(なに)か聞(き)こえない？　你有沒有聽見什麼聲音？

刻(きざ)む　剁碎、雕刻、銘記、鐘錶計時

□□□

玉(たま)ねぎを小(ちい)さく刻(きざ)んでください。　請將洋蔥剁碎成小塊。

Track 168

着(き)せる　使穿上、使背負

□□□

今日(きょう)は寒(さむ)いから娘(むすめ)にコートを着(き)せた。

今天很冷所以讓女兒穿上了大衣。

気付(きづ)く　察覺、清醒

□□□

罠(わな)だと気付(きづ)いた時(とき)はもう遅(おそ)い。　察覺到這是陷阱時已經太遲了。

気(き)に入(い)る　中意

□□□

先生(せんせい)はあの子(こ)がすごく気(き)に入(い)っている。　老師很喜歡那孩子。

決まる 決定

注文は決まりましたか。 決定好要點什麼了嗎？

決める 決定

このかばんを買うことに決めた。 我決定要買這個包包了。

Track 169

嫌う 厭惡

彼を嫌う人はこのクラスに一人もいない。

這個班上討厭他的人一個也沒。

着る 穿

その制服を着ている子は私の娘です。

穿著那個制服的孩子是我的女兒。

切る 剪、切、割

あした髪の毛を切りに行くつもりです。 預定明天去剪頭髮。

切れる 中斷、斷裂、用盡、鋒利、精明

話の途中で電話が切れた。 話說到一半電話就斷了。

気をつける 小心

風邪を引かないように気をつけてください。 請小心別感冒了。

くさ
腐る 腐壞、墮落

Track 170 □□□

こうぎしゃ　けんせつがいしゃ　くさ　たまご　な
抗議者は建設会社に腐った卵を投げつけた。
抗議者對建設公司砸臭雞蛋。

くず
崩す 拆毀、粉碎、打亂、找零

□□□

ひざ　くず
どうぞ膝を崩してください。 不用跪著坐，可以坐自在些。

くだ
下さる （くれる的敬語）給、贈

□□□

わたし　くだ
このプレゼントは私に下さるのですか。
請問這個禮物是贈與我的嗎？

くば
配る 分配

□□□

いいん　つうちしょ　くば
委員は通知書をみんなに配っている。 委員正將通知書分配給大家。

く　た
組み立てる 組織、安裝

□□□

おお　おとこ　こ　もけい　く　た
多くの男の子は模型を組み立てることがすきです。
男生大多都很愛組裝模型。

くや
悔やむ 後悔

Track 171 □□□

ごねんまえ　けってい　だ　くや
五年前その決定を出したのを悔やんでいる。
我後悔五年前做出那個決定。

暮(く)らす　過生活、度日

ずっと一人(ひとり)で暮(く)らして、とても寂(さび)しいです。
一直都一個人過生活，非常地寂寞。

比(くら)べる　比較

去年(きょねん)と比(くら)べて、今年(ことし)の人口(じんこう)がさらに増(ふ)えた。
比起去年，今年的人口又更增加了。

繰(く)り返(かえ)す　反覆、重複

どうして同(おな)じことを繰(く)り返(かえ)していますか。
為什麼又反覆做了同樣的事呢？

来(く)る　來

ちょっと待(ま)って。彼(かれ)はもうすぐ来(く)るから。
等一下，他馬上就來了。

Track 172

くれる　給予

この本(ほん)は私(わたし)にくれるのですか。　這本書是給我的嗎？

暮(く)れる　天黑、日暮

早(はや)くしないと日(ひ)が暮(く)れるよ。　動作不快點太陽就要下山了喔。

加(くわ)える　附加、添加、加

彼(かれ)を加(くわ)えて参加者(さんかしゃ)は三十(さんじゅう)名(めい)だった。　加上他共有三十名參加者。

あ行 か行 さ行 た行 な行 は行 ま行 や行 ら行 わ行

消す(け) 關掉、消除 □□□

電気を消してください。 請關掉電燈。

削る(けず) 削、刮、刪去 □□□

ナイフで鉛筆を削る。 用刀子削鉛筆。

Track 173

越える(こ) 越過、度過 □□□

越えるのが難しい壁だが、やるしかない。
雖然是很難跨過的障礙，但也只能去做了！

凍る(こお) 結冰 □□□

この湖は冬になると凍る。 這座湖到了冬天就會結冰。

焦げる(こ) 烤焦、焦 □□□

昨日の火事で、家の壁が焦げた。 昨天的火災導致家裡的牆壁焦化了。

心掛ける(こころが) 留心、留意 □□□

私が心掛けているのは消費者の権利です。
我留心的是消費者們的權利。

志す(こころざ) 立志、志向 □□□

彼女は女優を志していた。 她立志成為一名女演員。

Track 174

こしか
腰掛ける 坐下

いすに腰掛けてください。 請坐在椅子上。

こす
擦る 摩擦、搓、揉

つめが黒板を擦る音が大嫌いです。 我很討厭指甲摩擦黑板的聲音。

こた
答える 回答、答覆

私の質問に答えてください。 請回答我的問題。

ことわ
断る 謝絕、拒絕

彼は私の要求を断った。 他拒絕了我的要求。

この
好む 愛好、喜歡

私は酒よりコーヒーを好む。 比起酒，我更喜歡咖啡。

Track 175

ごまかす 矇混、欺騙

彼は親をごまかして、金を奪った。 他欺騙雙親，並奪取了金錢。

こま
困る 感到困擾、難為

それじゃ困ります。 那樣我會很困擾的。

込(こ)む　擁擠、混亂　□□□

事故(じこ)が起(お)こったから、道(みち)が込(こ)んでいる。

因為發生了事故，道路正陷入混亂。

転(ころ)がる　轉動、倒下　□□□

ボールがテーブルの下(した)へ転(ころ)がっていった。　球滾到桌子下了。

殺(ころ)す　殺死、浪費　□□□

鈴木(すずき)さんは自分(じぶん)の彼氏(かれし)を殺(ころ)した。　鈴木殺死了自己的男友。

Track 176

転(ころ)ぶ　跌倒　□□□

先週(せんしゅう)学校(がっこう)で転(ころ)んで怪我(けが)をした。　上禮拜在學校跌倒受傷了。

壊(こわ)す　損壞、弄壞、破壞　□□□

息子(むすこ)は自分(じぶん)のおもちゃを壊(こわ)した。　兒子把自己的玩具弄壞了。

壊(こわ)れる　壞掉、故障　□□□

テレビが壊(こわ)れたみたいで、何(なに)も映(うつ)らない。

電視好像壞掉了，什麼畫面都沒有。

形容詞

かいてき
快適 舒適、舒服的 Track 177

かいてき　いえ　つく
快適な家を作りたい。 我想營造一個舒適的家。

かしこ
賢い 聰明的、伶俐的

むすこ　かしこ　こ
息子さんは賢い子ですね。 您兒子真是個聰明的小孩呢！

かた
固い 硬的、堅固的、嚴謹的

かれ　けつい　かた　ひと　どうよう
彼は決意の固い人で、いつも動揺しない。
他是個有堅固決心的人，總是不會動搖。

かって
勝手 任意、隨便的
（名詞：狀況、樣子、家計、廚房）

かって
勝手なことをするな。 請不要擅自行動。

かな
悲しい 悲傷的

かな　とき　そら　みあ
悲しい時には空を見上げよう。 傷心難過時就抬頭看看天空吧。

かのう
可能 可能的、可以的（名詞：可能） Track 178

ちゅうもんないよう　へんこう　かのう
注文内容の変更は可能でしょうか。 訂單內容可以變更嗎？

あ行 か行 さ行 た行 な行 は行 ま行 や行 ら行 わ行

辛い（から） 辣的、鹹的 □□□

辛い（から）のはちょっと苦手（にがて）です。 我不擅長吃辣的東西。

からっぽ 空洞的、空無一物的、空虛的（名詞：空無一物） □□□

月末（げつまつ）まではまだ十日間（とおかかん）だが、財布（さいふ）はもうからっぽになった。
到月底還有十天，但錢包已經空無一物。

軽い（かるい） 輕的 □□□

軽い（かるい）布団（ふとん）がほしい。 我想要輕的棉被。

可愛い（かわいい） 可愛的 □□□

彼女（かのじょ）はいつも可愛い（かわいい）顔（かお）をしている。 她總是有著可愛的表情。

Track 179

かわいそう 可憐的 □□□

彼女（かのじょ）は子供（こども）を失（うしな）ってかわいそうだ。 她失去了孩子，真是可憐。

簡単（かんたん） 簡單、容易的 □□□

愛（あい）していると言（い）うのは簡単（かんたん）ではない。 要說出「我愛你」並不容易。

黄色い（きいろい） 黃色的 □□□

私（わたし）は黄色い（きいろい）服（ふく）を買（か）った。 我買了黃色的衣服。

きがる
気軽 輕鬆愉快、舒暢的 □□□

正式な場合ではないから、気軽な服装で大丈夫です。
由於不是正式場合，穿著輕便的衣物也沒關係。

きけん
危険 危險的 □□□

危険な場所に近づかないでください。 請不要靠近危險的場所。

Track 180

きたな
汚い 髒的 □□□

トイレは汚いので、掃除しましょう。
廁所很髒，所以我們來打掃一下吧！

きちょう
貴重 貴重的、寶貴的 □□□

その花瓶は貴重なので、気をつけてください。
那個花瓶很貴重，請小心。

きつい 苛刻的、費力 □□□

今度の任務はきついです。 這次的任務很費力。

き どく
気の毒 可憐、悲慘、於心不忍 □□□

その貧乏な家庭は気の毒な生活をしている。
那個貧窮的家庭過著可憐的生活。

きび
厳しい 嚴厲的 □□□

その厳しい先生は独身ですか。 那位嚴厲的老師是單身嗎？

Track 181

奇妙（きみょう） 奇妙、奇異的

こんなに奇妙（きみょう）な経験（けいけん）を体験（たいけん）できてよかった。

能夠體驗如此奇妙的經驗實在是太好了。

急（きゅう） 急的、突然的

急（きゅう）な用事（ようじ）が入（はい）ってデートに行（い）けなくなってしまった。

突然有急事，沒辦法去約會了。

急速（きゅうそく） 迅速的、急速的

この問題（もんだい）を急速（きゅうそく）に解決（かいけつ）したほうがいいと思（おも）う。

我認為這個問題迅速解決較好。

清い（きよい） 清澈的、純潔的

緊張（きんちょう）しないで。彼（かれ）らはただ清（きよ）い交際（こうさい）をしているだけだから。

別緊張，他們的交往很單純。

器用（きよう） 靈巧的、聰明的、機靈的

彼氏（かれし）は何（なん）でも作（つく）れるほど器用（きよう）な人（ひと）です。

男朋友什麼都會，是個能幹的人。

Track 182

強力（きょうりょく） 強力的

心配（しんぱい）しないで、強力（きょうりょく）な後援者（こうえんしゃ）がいるから。

別擔心，你有強力的後援呢！

嫌い（きら） 討厭的、不喜歡的 □□□

野菜と果物が嫌いである。 我討厭蔬菜和水果。

気楽（きらく） 舒適的、快活的 □□□

お金がたくさんあるので毎日気楽に生きている。
因為有很多財富，所以每天生活很輕鬆

綺麗（きれい） 美麗的、乾淨的 □□□

この町のいいところは綺麗な空気があることだ。
這個城市優點是乾淨的空氣。

臭い（くさ） 臭的、可疑的 □□□

彼は足が臭いです。 他的腳很臭。

Track 183

くだらない 無用的、無聊的 □□□

くだらないジョークだね。 真是無聊的笑話！

悔しい（くや） 令人悔恨的、感到委屈 □□□

前回の失敗は今でも悔しいです。 上次的失敗至今依然令人悔恨。

暗い（くら） 黑暗的、無知的 □□□

まだ四時だけど、空が暗くなった。 才四點天空就變暗了。

苦しい（くるしい） 痛苦的、困苦的

マスクをしていると息（いき）が苦（くる）しい。 戴著口罩覺得呼吸困難。

黒い（くろい） 黑色的

父親（ちちおや）は黒（くろ）い帽子（ぼうし）をかぶっている。 父親戴著黑色的帽子。

Track 184

詳しい（くわしい） 詳細的、精通的

事情（じじょう）を詳（くわ）しく説明（せつめい）してください。 請詳細說明情況。

けち 吝嗇、小心眼的

彼（かれ）はそんなにけちな男（おとこ）ではない。 他不是那麼小心眼的男子。

結構（けっこう） 足夠、相當好的

彼（かれ）が結構（けっこう）な金額（きんがく）を出（だ）して、私（わたし）は驚（おどろ）いた。
他出了頗高的金額，我嚇到了。

元気（げんき） 健康的、有精神的

楽（たの）しくて、元気（げんき）な雰囲気（ふんいき）を作（つく）りたい。
我想製造出歡樂又有精神的氣氛。

濃い（こい） 濃的

濃（こ）いミルクが大嫌（だいきら）いです。 我很討厭濃的牛奶。

Track 185

こま
細かい　細小、零碎、仔細

そんな細かいことは気にするな。　如此細碎的事情就別在意了。

こわ
怖い　可怕的

あの暗いところは怖いと思う。　我覺得那個黑暗的地方很可怕。

こんな　這樣的、這麼

こんなおいしいもの、食べたことがない。
我從沒吃過這麼好吃的東西。

こんなん
困難　困難的、困苦的（名詞：困難）

いまさら企画の変更は困難である。　現在才要變更企劃實在有些困難。

副詞

Track 186

必ず（かならず） 必定

必（かなら）ず戻（もど）ってくるから、ここで待（ま）ってて。

我絕對會回來找你，所以你待在這等我。

きちんと 整齊、準確

（—する：使整齊）

宿題（しゅくだい）はきちんとできましたか。 作業有好好做完了嗎？

きっと 一定

ちゃんと話（はな）せばお父（とう）さんもきっと分（わ）かってくれるよ。

好好和他說的話，你父親一定也會理解的。

ぐっすり 熟睡

昨日（きのう）はぐっすり眠（ねむ）れました。 昨晚睡得很好。

隨堂小測驗

請根據題意選出正確的選項。

(　) 1. どうして同(おな)じことを「繰(く)り返(かえ)しています」か。

(A) 犯錯　(B) 執行　(C) 反覆　(D) 忘記

(　) 2. 事故(じこ)が起(お)こったから、道(みち)が「込(こ)んでいる」。

(A) 混亂　(B) 塞車　(C) 修路　(D) 繞道

(　) 3. これからは一番難(いちばんむずか)しい「箇所(かしょ)」だけど、頑張(がんば)ってください。

(A) 部分　(B) 題目　(C) 角落　(D) 案件

(　) 4. 今度(こんど)の任務(にんむ)は「きつい」です。

(A) 不合理　(B) 費力　(C) 簡單　(D) 耗時

(　) 5. あの歌手(かしゅ)は多(おお)くの記者(きしゃ)に「囲(かこ)まれている」。

(A) 圍繞　(B) 迴轉　(C) 訪問　(D) 追趕

(　) 6. 月末(げつまつ)まではまだ十日間(とおかかん)だが、財布(さいふ)はもう「からっぽ」になった。

(A) 破爛　(B) 遺失　(C) 空無一物　(D) 飽滿

(　) 7. 彼氏(かれし)は何(なん)でも作(つく)れるほど「器用(きよう)」な人(ひと)です。

(A) 器具　(B) 機器　(C) 靈巧　(D) 用品

(　) 8. 去年(きょねん)のあの事件(じけん)の「記事(きじ)」はまだ捨(す)ててないよ。

(A) 記事　(B) 報導　(C) 隨筆　(D) 留言

解答：1. (C)　2. (A)　3. (A)　4. (B)
5. (A)　6. (C)　7. (C)　8. (B)

JLPT N3

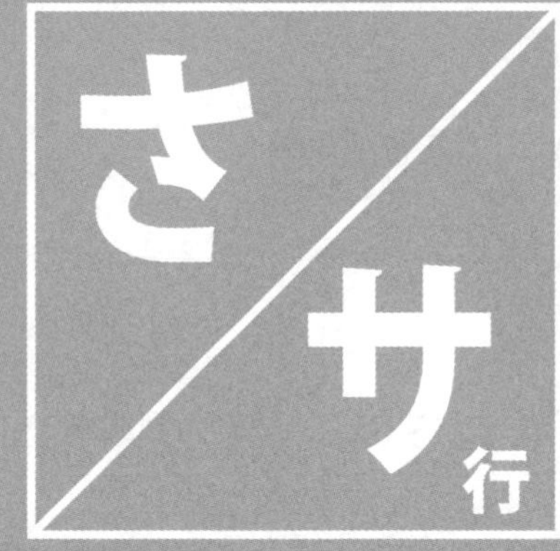

【一般名詞】

Track 187

さ
差 差別 □□□

両者の性能にほとんど差がない。 兩者的性能幾乎沒有差別。

サービス 服務、優惠
（―する：服務、優惠） □□□

そのホテルのサービスは本当にいいです。 那間飯店的服務真的很好。

さいきん
最近 最近 □□□

最近はどうですか。 你最近如何呢？

さいご
最後 最後 □□□

最後まで頑張ってください。 請努力到最後。

さいこう
最高 最高、最佳
（形容詞：最高的、最佳的） □□□

このドラマの最終回はテレビ史上最高の視聴率を記録した。 這部戲的最後一集寫下了電視史上最高收視率的紀錄。

Track 188

ざいさん
財産 財產 □□□

自分の財産をちゃんと管理しないとだめです。
你得好好管理自己的財產。

さいしょ
最初 最初

かのじょ　えがお　み　さいしょ　さいご
彼女の笑顔を見たのは、それが最初で最後でした。
那是我第一次也是最後一次看見她的笑容。

サイズ 尺寸

ふく　あ
服のサイズが合わないんです。 衣服的尺寸不合。

さいだい
最大 最大

せんごさいだい　じこ
それは戦後最大の事故である。 這是戰後最大的事故。

さいてい
最低 最低、差勁
（形容詞：最低的、差勁的）

ひとつき　さいてい　にまんえん　せいかつひ　ひつよう
一月に最低二万円の生活費が必要です。
一個月最低需要兩萬日幣的生活費。

Track 189

さいふ
財布 錢包

さいふ　たか
そのブランドの財布は高いでしょ。 那個品牌的錢包很貴吧？

さいよう
採用 採用、錄取（—する：採用、錄取）

わたし　ていあん　さいよう
私の提案を採用してほしい。 希望能採用我的提案。

さか
坂 坡、斜坡

かれ　がっこう　さか　うえ
彼の学校は坂の上にあった。 他的學校位於斜坡上。

ア行 カ行 サ行 タ行 ナ行 ハ行 マ行 ヤ行 ラ行 ワ行

さかい
境 界線、境界

国（くに）の境（さかい）はどこですか。 國境在哪裡呢？

さかな
魚 魚

魚（さかな）の食（た）べ方（かた）はちょっと苦手（にがて）です。 我不擅長吃魚。

Track 190

さき
先 尖端、前方、先前

先（さき）に話（はな）しかけた女性（じょせい）はだれですか。 先一步搭話的女性是誰？

さぎょう
作業 工作、操作
（—する：工作、操作）

工場（こうじょう）が作業中（さぎょうちゅう）のときは入（はい）ってはいけない。
工廠在作業中禁止進入。

さくじつ
昨日 昨天、昨日

あの時（とき）のことはまるで昨日（さくじつ）の事（こと）のようである。
那時發生的事猶如昨日。

さくひん
作品 作品、製成品

三年（さんねん）かかって、やっとこの作品（さくひん）を完成（かんせい）した。 花費三年，終於完成這個作品了。

さくぶん
作文 作文

田中君（たなかくん）は作文（さくぶん）がとても上手（じょうず）だ。 田中同學很會寫作文。

あ行 か行 さ行 た行 な行 は行 ま行 や行 ら行 わ行

Track 191

作物（さくもつ）　農作物

日本の主な作物は何ですか。　日本主要的農作物為何？

桜（さくら）　櫻花

来週一緒に桜を見に行きませんか。　下週要一起去看櫻花嗎？

刺身（さしみ）　生魚片

日本人は刺身が大好きです。　日本人很喜歡生魚片。

札（さつ）　鈔票

五千円札に描かれている人物は誰ですか。
五千元鈔票上印著的人物是誰？

サッカー　英式足球

あのサッカー選手はすごくかっこいいです。
那名足球選手非常帥氣。

Track 192

雑誌（ざっし）　雜誌

今月の雑誌は出版しましたか。　這個月的雜誌出版了嗎？

砂糖（さとう）　砂糖

紅茶に砂糖を入れてください。　請把砂糖加入紅茶中。

～様（さま） 對人的敬稱

鈴木様（すずきさま）はいらっしゃいますか。 請問鈴木先生在嗎？

左右（さゆう） 左右、旁邊、身邊（—する：左右）

交差点（こうさてん）を渡（わた）るとき、左右（さゆう）をよく見（み）てください。
通過十字路口時，請仔細注意左右來車。

作用（さよう） 作用（—する：作用、影響）

この薬（くすり）は脳（のう）にどんな作用（さよう）をおよぼしますか。
這個藥對腦部有什麼作用？

Track 193

皿（さら） 盤子

皿（さら）を洗（あら）ってくれますか。 可以幫忙洗碗嗎？

再来年（さらいねん） 後年

今年（ことし）の試験（しけん）は不合格（ふごうかく）でしたが、再来年（さらいねん）また頑張（がんば）りましょう。
今年的考試沒有合格，後年再加油吧！

サラダ 沙拉

おすすめのサラダはありますか。 你有推薦的沙拉嗎？

サラリーマン 上班族

そのサラリーマンは私（わたし）の友達（ともだち）です。 那位上班族是我的朋友。

さる
猿 猴子

猿でもわかるように説明してやる。
我用連猴子都聽得懂的方式說明給你聽。

さん
三 三

Track 194

三時のおやつにドーナツはいかがですか。
下午三點的點心時間，來個甜甜圈怎麼樣呢？

さんか
参加 参加（―する：参加）

ぜひ私の誕生日会に参加してください。
請一定要來參加我的生日派對。

さんぎょう
産業 產業

政府は地域産業の活性化に力を入れている。
政府正致力於地方產業的活性化。

ざんぎょう
残業 加班（―する：加班）

今日は残業するから、そこに行けない。 今天加班所以無法到場。

サングラス 太陽眼鏡

あのサングラスをかけている女性は芸能人だそうです。
聽說那位戴著太陽眼鏡的女性是位藝人。

さんせい
賛成 贊成、贊同（―する：贊成、贊同）

Track 195

私が提出した企画に賛成ですか。 贊成我提出的企劃嗎？

ア行 カ行 サ行 タ行 ナ行 ハ行 マ行 ヤ行 ラ行 ワ行

あ行
か行
さ行
た行
な行
は行
ま行
や行
ら行
わ行

サンダル 涼鞋

あのサンダルを履(は)いている子供(こども)は誰(だれ)ですか。
那位穿著涼鞋的孩子是誰？

サンドイッチ 三明治

私(わたし)たちは公園(こうえん)でサンドイッチを食(た)べている。
我們在公園吃著三明治。

散歩(さんぽ) 散步（―する：散步）

食事(しょくじ)のあと、母(はは)と散歩(さんぽ)する。 吃完飯後我跟母親去散步。

四(し) 四

四月一日(しがつついたち)は何(なん)の日(ひ)か知(し)っていますか。
你知道四月一日是什麼日子嗎？

Track 196

市(し) 市（行政區）

愛知県(あいちけん)の県庁(けんちょう)は名古屋市(なごやし)にあります。 愛知縣的縣廳位於名古屋市。

字(じ) 字

彼(かれ)の書(か)いた字(じ)はすごく見(み)にくいです。 他寫的字很難看懂。

試合(しあい) 比賽（―する：比賽）

彼氏(かれし)が出(で)ている野球(やきゅう)の試合(しあい)を応援(おうえん)する。
我會幫男友出場的棒球比賽加油。

幸(しあわ)せ　幸福（形容詞：幸福的）

あなたの幸(しあわ)せが私(わたし)の幸(しあわ)せだ。　你的幸福就是我的幸福。

CD(シーディー)　CD

あの歌手(かしゅ)のＣＤはいつも大(だい)ヒットです。
那個歌手的 CD 總是大受歡迎。

Track 197

ジーンズ　牛仔褲

このジーンズは履(は)き心地(ごこち)がすごくいい。
這條牛仔褲穿起來非常舒適。

塩(しお)　鹽巴

塩(しお)を加(くわ)え過(す)ぎないように注意(ちゅうい)して。　注意不要加太多鹽巴了。

潮(しお)　潮汐

気(き)をつけて、潮(しお)が満(み)ちるよ。　小心一點，要漲潮了。

資格(しかく)　資格

美容師(びようし)になりたいのですが、何(なに)か資格(しかく)が必要(ひつよう)ですか。
想成為美容師必須要有什麼資格？

仕方(しかた)　方法、辦法

他(ほか)の仕方(しかた)でやりましょう。　用別的方法來做吧！

Track 198

時間（じかん） 時間、時刻

□□□

忙（いそが）しくて、食事（しょくじ）をする時間（じかん）もない。 太忙了，連吃飯的時間都沒有。

四季（しき） 四季

□□□

日本（にほん）は四季（しき）折々（おりおり）の眺（なが）めを楽（たの）しめる国（くに）です。

日本是個能享受四季應時景緻的國家。

時期（じき） 時期、期間、季節

□□□

もう卒業（そつぎょう）の時期（じき）ですね。 已經到畢業的季節了呢！

試験（しけん） 考試（—する：考試）

□□□

大学（だいがく）の入学（にゅうがく）試験（しけん）に自信（じしん）がない。 我對大學的入學考試沒有自信。

事故（じこ） 事故、意外

□□□

その交差点（こうさてん）で交通（こうつう）事故（じこ）が起（お）きた。 那個十字路口發生事故了。

Track 199

時刻（じこく） 時刻、時候、時機

□□□

ただいまの時刻（じこく）は午前（ごぜん）九時（くじ）三十（さんじゅう）五分（ごぶん）です。

現在的時刻是上午九點三十五分。

時刻表（じこくひょう） 時刻表

□□□

駅（えき）の時刻表（じこくひょう）を見（み）ている。 我在看車站的時刻表。

しごと
仕事 工作（—する：工作） □□□

家庭(かてい)の仕事(しごと)も手伝(てつだ)ってください。 請幫忙家裡的工作。

じしょ
辞書 字典 □□□

わからないなら、辞書(じしょ)で調(しら)べてください。
若不明白的話，請查詢字典。

じしん
自信 自信、信心 □□□

私(わたし)は日本語(にほんご)には自信(じしん)がある。 我對日文很有自信。

Track 200

じしん
地震 地震 □□□

昨日(きのう)の地震(じしん)は怖(こわ)かった。 昨天的地震很可怕。

しぜん
自然 哈欠 □□□

都会(とかい)に住(す)んでいるとこのような自然(しぜん)に触(ふ)れる機会(きかい)があまりないです。 住在都會裡很少有機會像這樣接觸大自然。

した
下 下面、下方 □□□

机(つくえ)の下(した)に何(なに)がありますか。 桌子下方有什麼嗎？

した
舌 舌頭 □□□

舌(した)を噛(か)んじゃった。 不小心咬到舌頭了。

あ行
か行
さ行
た行
な行
は行
ま行
や行
ら行
わ行

時代（じだい） 時代 □□□

昔（むかし）と比（くら）べて、時代（じだい）が変（か）わった。 和以前相比，時代已經改變了。

Track 201

下着（したぎ） 內衣 □□□

下着（したぎ）を買（か）いに行（い）った。 我去買了內衣。

支度（したく） 準備（—する：準備） □□□

彼女（かのじょ）はデートの支度（したく）をしている。 她在做約會的準備。

七（しち） 七 □□□

七月（しちがつ）二十日（はつか）は暇（ひま）ですか。 你七月二十日有空嗎？

実感（じっかん） 實感（—する：實感） □□□

今度（こんど）の事件（じけん）で、彼（かれ）の大切（たいせつ）さを実感（じっかん）した。
經過這次的事件，我實際感受到他的重要性。

実現（じつげん） 實現（—する：實現） □□□

あなたの希望（きぼう）が実現（じつげん）する。 我會實現你的願望。

Track 202

実行（じっこう） 實行（—する：實行） □□□

その理論（りろん）を実行（じっこう）に移（うつ）す。 將那個理論實行。

じっさい
実際　實際、事實（副詞：實際上）　□□□

その物（もの）の実際（じっさい）の価値（かち）は高（たか）いでしょう。　那個物品實際的價值很高吧？

しつど
湿度　濕度　□□□

絶対湿度（ぜったいしつど）の概念（がいねん）をわかりやすく説明（せつめい）してください。
請以簡單好懂的方式說明絕對濕度的概念。

しっぱい
失敗　失敗（―する：失敗）　□□□

失敗（しっぱい）したらどうしよう。　要是失敗了該怎麼辦？

しつもん
質問　問題（―する：提問）　□□□

何（なに）か疑問（ぎもん）があったら、質問（しつもん）してください。
所有任何疑問，請提問。

じつよう
実用　實用（―する：實用）　*Track 203*　□□□

これは実用性（じつようせい）がある機械（きかい）です。　這是個相當實用的機械。

しつれい
失礼　失禮、抱歉
（―する：失禮、告辭／形容詞：失禮的）　□□□

失礼（しつれい）ですが、お名前（なまえ）は？　不好意思，請問您貴姓大名？

してき
指摘　指摘、指出（―する：指謫、指出）　□□□

誤（あやま）りがあったら、指摘（してき）してください。　若有錯誤之處，請您指出。

じてん
辞典 辭典 □□□

こくごじてん　か
国語辞典を貸してください。 請借我國語辭典。

じてんしゃ
自転車 腳踏車 □□□

まいにちじてんしゃ　がっこう　い
毎日自転車で学校に行く。 我每天騎腳踏車去學校。

Track 204

しどう
指導 指導、指教（—する：指導、指教） □□□

せんせい　しどう　かんしゃ
先生の指導にとても感謝しています。 我很感謝老師的指導。

じどうしゃ
自動車 汽車 □□□

じどうしゃ　うみ　い
自動車で海へ行きました。 我開車去了海邊。

しなもの
品物 商品 □□□

しょうてん　しなもの　ほうふ　そろ
その商店は品物が豊富に揃っている。
那間商店的商品很齊全。

じびき
字引 字典 □□□

じびき　しら　じ　いみ
字引で調べても、その字の意味がわからない。
即使查了字典還是不懂那個字的意義。

じぶん
自分 自己 □□□

じぶん　こと　じぶん　き
自分の事は自分で決めてください。 自己的事請自己決定。

しぼう
死亡 死亡（—する：死亡）

Track 205

おや かじ しぼう
親は火事で死亡しました。 雙親死於火災。

しま
島 島

かねも しま か
そのお金持ちは島を買った。 那位有錢人買了一座島。

しまい
姉妹 姐妹、同一系統之物

わたし さんにん しまい
私は三人姉妹である。 我家是三姐妹。

じまん
自慢 自大、得意（—する：自誇）

えいご わたし じまん かもく
英語は私の自慢の科目です。 英語是我得意的科目。

しみん
市民 市民

きょう しみんうんどうかい あめ えんき
今日の市民運動会は雨で延期になりました。
今天的市民運動會因為下雨而延期了。

じむしょ
事務所 辦公室

Track 206

しゃちょう じむしょ ま
社長は事務所で待っています。 社長在辦公室等著。

じめん
地面 地面、土地

あめ ふ じめん ぬ
さっき雨が降ったから、地面は濡れている。
因為剛才下了雨，所以地面濕濕的。

ア行 カ行 サ行 タ行 ナ行 ハ行 マ行 ヤ行 ラ行 ワ行

シャープペンシル 自動鉛筆 □□□

むすこ　か　い
息子はシャープペンシルを買いに行った。 兒子去買自動鉛筆了。

しゃいん
社員 公司的職員 □□□

かいしゃ　しゃいん　なんにん
その会社の社員は何人ですか。 那間公司的職員有幾人？

しゃかい
社会 社會 □□□

いぞんしょう　しゃかいもんだい
ネット依存 症 はもはや社会問題である。 網路成癮症已然成為社會問題。

Track 207

しやくしょ
市役所 市政府 □□□

わたし　ちち　しやくしょ　つと
私 の父は市役所に務めている。 我的父親在市政府工作。

ジャケット 外套 □□□

にあ
このジャケットはあなたにすごく似合っている。
這件外套非常適合你。

しゃしん
写真 照片 □□□

しゃしん　と
写真を撮ってくれませんか。 可以幫我拍照嗎？

しゃちょう
社 長 社長、老闆 □□□

しゃちょう　わた
このファイルを社 長に渡してください。 請將這份檔案交給社長。

シャツ 襯衫 □□□

か　かれし
クリスマスにシャツを買って、彼氏にあげた。
我在聖誕節時買了襯衫送給男友。

Track 208

しゃっくり 打嗝（—する：打嗝） □□□

どうしよう、しゃっくりが止（と）まらない。
怎麼辦，我沒止住打嗝。

じゃま
邪魔 妨礙（—する：妨礙／—な：礙事的） □□□

通路（つうろ）に荷物（にもつ）を置（お）くと邪魔（じゃま）になります。 在走廊堆放東西，會妨礙通行

ジャム 果醬 □□□

トーストにジャムを塗（ぬ）って食（た）べる。 把烤土司抹上果醬吃。

シャワー 淋浴 □□□

母親（ははおや）がシャワーを浴（あ）びている。 母親正在淋浴。

じゃんけん 猜拳（—する：猜拳） □□□

じゃんけんで負（ま）けた人（ひと）には買（か）い出（だ）しをお願（ねが）い！
猜拳猜輸的人負責採買！

Track 209

しゃんはい
上海 上海 □□□

上海（しゃんはい）はとても賑（にぎ）やかな所（ところ）です。 上海是個很熱鬧的地方。

じゆう
自由 自由、隨意（—な：自由的、隨意的） □□□

心配（しんぱい）しないで、自由（じゆう）にやりなさい。 別擔心，請隨意地去做。

しゅう
週 週 □□□

週（しゅう）に一度（いちど）ピアノ教室（きょうしつ）に通（かよ）っています。 我每週會上一次鋼琴課。

あ行
か行
さ行
た行
な行
は行
ま行
や行
ら行
わ行

じゅう
十 十

十数えたら目を開けて。 數到十的時候就睜開眼睛吧。

しゅうかん
～週間 ～星期

三週間かかって、やっと報告を完成した。
花了三個星期，終於完成報告了。

Track 210

しゅうかん
習慣 習慣、風俗

年を取った人はほとんど早起きの習慣がある。
上了年紀的人大多有早起的習慣。

しゅうごう
集合 集合（—する：集合）

みんなは教室に集合しました。 大家已經在教室集合了。

じゅうしょ
住所 住址

彼の住所を教えてもらえませんか。 可以告訴我他家的住址嗎？

ジュース 果汁

娘はオレンジジュースが大好きです。 女兒很喜歡柳橙汁。

じゅうたく
住宅 住宅

そこはとても有名な住宅地です。 那兒是有名的住宅區。

Track 211

しゅうちゅう
集中　集中（—する：集中）

□□□

先生(せんせい)の演説(えんぜつ)に集中(しゅうちゅう)してください。 請專心聽老師的演說。

しゅうてん
終点　終點

□□□

この列車(れっしゃ)の終点(しゅうてん)はどこですか。 這輛列車的終點是哪裡？

じゅうどう
柔道　柔道

□□□

父(ちち)の影響(えいきょう)で柔道(じゅうどう)を始(はじ)めた。 受我父親的影響而開始練柔道。

しゅうへん
周辺　周圍、附近

□□□

この町(まち)の周辺(しゅうへん)はとても便利(べんり)である。 這個城鎮的周邊非常便利。

しゅうまつ
週末　週末

□□□

週末(しゅうまつ)に何(なに)か計画(けいかく)がありますか。 週末有什麼規劃嗎？

Track 212

じゅうみん
住民　住民、居民

□□□

その住宅地(じゅうたくち)の住民(じゅうみん)はほとんど外国人(がいこくじん)だ。
那個住宅區的居民大多為外國人。

じゅうよっか
十四日　十四日、十四號

□□□

二月十四日(にがつじゅうよっか)はバレンタインデーである。 二月十四號是情人節。

しゅうり
修理 修理（—する：修理）

この古い時計はもう修理できない。 這個老時鐘已經無法修理了。

しゅうりょう
終了 終了、完了、結束
（—する：結束）

よかった、父の手術は無事に終了した。
太好了，父親的手術順利結束了。

じゅうりょう
重量 重量

この携帯の重量はとても軽いです。 這個手機的重量很輕。

Track 213

じゅぎょう
授業 授課、課堂（—する：授課）

昨日の授業に出なかった人は立ってください。
昨天沒有出席課堂的人請起立。

しゅくだい
宿題 功課、作業

宿題を出さなかった人は立ってください。
沒交作業的人請站起來。

じゅけん
受験 應試（—する：應試）

受験に向けて勉強している。 讀書準備應考。

しゅじゅつ
手術 手術（—する：做手術）

あしたひざの手術を受ける予定です。 明天預計要接受膝蓋手術。

しゅしょう
首相 首相、內閣總理大臣 □□□

彼女（かのじょ）の父親（ちちおや）が首相（しゅしょう）である。 她的父親是首相。

しゅじん
主人 主人、男主人 Track 214 □□□

お宅（たく）のご主人（しゅじん）はいらっしゃいますか。 府上的主人在嗎？

しゅだん
手段 手段、方法 □□□

目的（もくてき）を達成（たっせい）するためには、どんな手段（しゅだん）でも使（つか）います。
為達成目的不計手段。

しゅつじょう
出場 出場、上場 □□□
（—する：出場、上場）

彼氏（かれし）はスポーツ選手（せんしゅ）で、今度（こんど）のオリンピックに出場（しゅつじょう）した。
我的男友是運動選手，他在這次的奧運有上場。

しゅっせき
出席 出席（—する：出席） □□□

明日（あした）も出席（しゅっせき）ですか。 明天也要出席嗎？

しゅっちょう
出張 出差（—する：出差） □□□

明日（あした）は大阪（おおさか）へ出張（しゅっちょう）に行（い）きます。 我明天要去大阪出差。

しゅっぱつ
出発 出發（—する：出發） Track 215 □□□

今週（こんしゅう）の月曜日（げつようび）に出発（しゅっぱつ）する予定（よてい）です。 預定於本週一出發。

ア行 カ行 サ行 タ行 ナ行 ハ行 マ行 ヤ行 ラ行 ワ行

しゅと
首都 首都

アメリカの首都(しゅと)はどこですか。 美國的首都是哪裡呢？

しゅふ
主婦 主婦

スーパーのタイムセールは主婦(しゅふ)たちの戦場(せんじょう)だ。
超市的限時特賣是主婦們的戰場。

しゅみ
趣味 興趣

お母(かあ)さんの趣味(しゅみ)は何(なん)ですか。 令堂的興趣為何？

じゅみょう
寿命 壽命、物品的耐用期限

平均寿命(へいきんじゅみょう)が一番長(いちばんなが)い動物(どうぶつ)は何(なん)ですか。 平均壽命最長的動物為何？

Track 216

じゅんばん
順番 順序、先後、依序

順番(じゅんばん)を守(まも)ってください。 請按照順序。

じゅんび
準備 準備（―する：準備）

私(わたし)は旅行(りょこう)の準備(じゅんび)をしている。 我在做旅行的準備。

しょうかい
紹介 介紹（―する：介紹）

自己紹介(じこしょうかい)をしてください。 請做自我介紹。

しょうがくせい
小学生 小學生 □□□

妹はまだ小学生です。 我妹妹還是小學生。

しょうがつ
正月 一月、新年 □□□

正月は何をしていましたか？ 你過年在做什麼？

Track 217

しょうがっこう
小学校 小學 □□□

彼女は小学校の息子がいる。 她有一個上小學的兒子。

じょうきょう
状況 狀況、情況 □□□

今の状況はちょっと微妙ですね。 現在的狀況有些微妙。

じょうけん
条件 條件 □□□

彼の提案はボスの条件に合わない。 他的提案與老闆給出的條件不符。

じょうしゃけん
乗車券 車票 □□□

記念乗車券を買うために、徹夜しました。 為了買車票熬通宵了。

しょうじょう
症状 症狀 □□□

母の症状が急に悪化してしまいました。 母親的症狀突然惡化了。

Track 218

しょうせつ
小説 小說 □□□

毎晩寝る前に必ず小説を読みます。 我每晚睡覺前一定會看小說。

あ行 か行 **さ行** た行 な行 は行 ま行 や行 ら行 わ行

しょうせつか
小説家　小說家

その小説家（しょうせつか）を尊敬（そんけい）している。我很尊敬那名小說家。

しょうたい
招待　邀請、招待（—する：邀請、招待）

彼（かれ）の招待（しょうたい）を受（う）けて、パーティに参加（さんか）した。
我接受他的邀請，參加了派對。

じょうたつ
上達　進步、上進（—する：進步）

日本語（にほんご）がぐんぐん上達（じょうたつ）しています。日文正迅速地進步。

しょうちょう
象徴　象徵（—する：象徵）

ハトは平和（へいわ）を象徴（しょうちょう）している。鴿子是和平的象徵。

Track 219

しょうてん
焦点　焦點、中心、核心

この問題（もんだい）の焦点（しょうてん）はいったい何（なん）ですか。這個問題的核心為何？

しょうねん
少年　少年

あの少年（しょうねん）は昔（むかし）の僕（ぼく）とよく似（に）ている。那個少年和以前的我很像。

しょうひしゃ
消費者　消費者

消費者（しょうひしゃ）の利益（りえき）を保護（ほご）してください。請保護消費者的利益。

しょうひん
商品 商品

みせ しんしょうひん そろ
この店は新商品が揃っています。 這間店最新商品一應俱全。

じょうほう
情報 情報、消息

わたし しごと じょうほう あつ
私の仕事は情報を集めることである。 我的工作是搜集情報。

Track 220

しょうめん
正面 正面、對面、直接了當

へや しょうめん ふじさん み
この部屋の正面に富士山が見える。 這間房間的對面看得見富士山。

しょうゆ
醤油 醬油

りょうり しょうゆ ひつよう
この料理には醤油が必要です。 這個料理一定要使用醬油。

しょうらい
将来 將來、未來

しょうらい ひと
将来どんな人になりたいですか。 將來你想成為怎麼樣的人呢？

ジョギング 慢跑

まいにち からだ
毎日ジョギングをすることは体にいいです。
每天慢跑對身體有益。

しょくじ
食事 用餐、餐點（—する：用餐）

いっしょ しょくじ
あした一緒に食事しませんか。 明天要一起吃飯嗎？

しょくどう
食堂 餐廳

Track 221

かれ がくせい しょくどう けいえい
彼は学生の食堂を経営している。 他經營學生餐廳。

しょくば
職場 工作場所、職場

こども う にかげつ しょくば ふっき
子供を生んでから二か月で、職場に復帰する。
生完小孩後兩個月即回到職場。

しょくひん
食品 食品

かこうしょくひん からだ
加工食品は体によくないです。 加工食品對身體不好。

しょくぶつ
植物 植物

しょくぶつえん い
あした植物園に行こうよ。 明天一起去植物園吧！

しょくりょうひん
食料品 食品、乾貨

はは しょくりょうひん う ば い
母は食料品の売り場に行きました。 媽媽去了食品賣場。

じょし
女子 女生

Track 222

じょし さわ
クラスの女子たちが騒いでいる。 班上的女生們鬧哄哄的。

じょせい
女性 女性

うつく じょせい だれ
その美しい女性は誰ですか。 那名美麗的女性是誰？

しょり
処理 處理、辦理（—する：處理） □□□

この紛争(ふんそう)は簡単(かんたん)に処理(しょり)できない。 這場紛爭不好處理。

しり
尻 屁股、尾部 □□□

ずっと座(すわ)りっぱなしでお尻(しり)が痛(いた)い。 一直坐著屁股好痛。

しりょう
資料 資料 □□□

みんなは研究(けんきゅう)のために、資料(しりょう)を集(あつ)めています。
大家都在為了研究搜集資料中。

Track 223

しろ
白 白色 □□□

あの男(おとこ)の子(こ)はいつも白(しろ)の服(ふく)を着(き)ている。
那個男子總是穿一身白色的衣服。

しろ
城 城、城堡 □□□

こんなところに城(しろ)があるんだ！ 這種地方居然有座城啊！

シンガポール 新加坡 □□□

シンガポールは法律(ほうりつ)が厳(きび)しい国(くに)です。 新加坡是法律很嚴格的國家。

しんかんせん
新幹線 新幹線 □□□

新幹線(しんかんせん)に乗(の)ったことがありますか。 你有搭過新幹線嗎？

しんごう
信号 紅綠燈

□□□

信号(しんごう)が赤(あか)になったら、止(と)まってください。 紅燈的時候請停止前行。

じんこう
人口 人口

Track 224

□□□

人口(じんこう)がだんだん減(へ)っている。 人口正逐漸減少。

じんじゃ
神社 神社

□□□

彼女(かのじょ)は神社(じんじゃ)に参拝(さんぱい)しに行(い)った。 她去神社參拜了。

しんじゅく
新宿 新宿

□□□

新宿(しんじゅく)に行(い)った事(こと)がありますか。 你有去過新宿嗎？

しんしゅつ
進出 進入、侵入、新出現
（—する：進入、前進）

□□□

彼(かれ)はこの曲(きょく)で歌壇(かだん)に進出(しんしゅつ)した。 他以這首歌進入歌壇。

じんせい
人生 人生、生涯

□□□

人生(じんせい)はつらいけど、頑張(がんば)ってください。 人生雖很艱難，請加油下去。

しんせき
親戚 親戚

Track 225

□□□

彼(かれ)とは遠(とお)い親戚(しんせき)です。 我和他是遠房親戚。

しんぱい
心配 擔心
（—する：擔心／—な：擔心的）

かれし　あんぜん　しんぱい
彼氏の安全を心配している。 我擔心男友的安全。

しんぶん
新聞 報紙

きょう　しんぶん
今日の新聞はどこですか。 今天的報紙在哪裡？

しんぽ
進歩 進步（—する：進步）

いがく　しんぽ
医学がたいへん進歩しました。 醫學進步了很多。

じんめい
人命 人命

じんめい　そんちょう
人命を尊重してください。 請尊重人命。

しんり
心理 心理

Track 226

ししゅんき　とくゆう　しんり
それは思春期特有の心理です。 那是思春期特有的心理現象。

しんりん
森林 森林

よる　しんりん　ある　こわ
夜、森林を歩くのは怖いです。 晚上走在森林裡很恐怖。

すいえい
水泳 游泳（—する：游泳）

わたし　しゅみ　すいえい
私の趣味は水泳である。 我的興趣是游泳。

スイス　瑞士

スイスはとても平和なところです。　瑞士是非常和平的地方。

スイッチ　開關

スイッチを切ってください。　請切掉開關。

Track 227

水道（すいどう）　自來水、自來水管

水道の蛇口を閉めても水が止まらない。
就算把水龍頭關上水還是會流出來。

水平（すいへい）　水平、平坦（形容詞：水平的）

腕を地面と水平に保つ運動がある。　有一種胳臂與地面保持水平的運動。

水曜日（すいようび）　星期三

水曜日に彼との約束がある。　星期三和他約好了。

数字（すうじ）　數字

こちらに書いてある数字を読み上げてください。
請將寫在這邊的數字唸出來。

スーツ　西裝

面接のために、スーツを買った。　為了面試，我買了西裝。

Track 228

スーツケース　行李箱

スーツケースはコインロッカーに預(あず)けた。
行李箱已經寄放在投幣式置物櫃了。

スーパー［マーケット］
超級市場

お母(かあ)さんがスーパーに行(い)った。 媽媽去了超級市場。

スープ 湯

母(はは)が作(つく)ったスープが大好(だいす)きです。 我很喜歡母親煮的湯。

数名(すうめい) 幾個人

研究室(けんきゅうしつ)に数名(すうめい)の人員(じんいん)がいます。 研究室有幾位人員。

スカート 裙子

パーティのために、彼女(かのじょ)はスカートを買(か)いに行(い)った。
為了派對，她去買了裙子。

Track 229

姿(すがた) 姿態、舉止、風度、裝扮、面貌

彼女(かのじょ)は姿(すがた)のいい人(ひと)です。 她是姿態極佳的人。

スキー 滑雪

今年(ことし)の冬休(ふゆやす)みに軽井沢(かるいざわ)へスキーに行(い)きたい。
今年的寒假我想去輕井澤滑雪。

透(す)き間(ま) 縫、間隙、空暇

窓(まど)の透(す)き間(ま)から光(ひかり)が漏(も)れた。 光從窗戶間隙透進來。

ア行 カ行 サ行 タ行 ナ行 ハ行 マ行 ヤ行 ラ行 ワ行

すき焼き　壽喜燒

□□□

楽しい事があったとき、いつもすき焼きを食べたい。
有值得開心的事時，總是想吃壽喜燒。

スクリーン　螢幕

□□□

この映画は大きなスクリーンで見たらきっともっと迫力があるんだろう。 這部電影要是用大螢幕看肯定會更有魄力吧。

Track 230

スケート　溜冰

□□□

娘を子供向けのスケート教室に行かせている。
我讓女兒去上兒童溜冰教室。

すし　壽司

□□□

多くの日本人はすしが大好きです。
大部分的日本人喜歡吃壽司。

ステーキ　牛排

□□□

ステーキも付け合わせのマッシュポテトもおいしかった。
牛排和旁邊附的薯泥都很好吃。

ステレオ　立體音響、立體聲

□□□

ボーナスでステレオを買いました。 用獎金買了台立體音響。

ストーブ　火爐

□□□

こういう寒い天気にストーブがあったらいいですね。
這麼冷的天氣，要是有個火爐就好了！

Track 231

すな
砂 沙子 □□□

みんなで砂(すな)のお城(しろ)を作(つく)りましょう。 大家一起用沙子蓋一座城堡吧。

スパゲッティ 義大利麵 □□□

お昼(ひる)に食(た)べたスパゲッティはあまりおいしくなかった。
中午吃的義大利麵不太好吃。

スピーチ 演講 □□□

首相(しゅしょう)はすばらしいスピーチをしました。 首相的演講非常成功。

スプーン 湯匙 □□□

あの子(こ)はスプーンでスープを飲(の)んでいる。 那個人正在用湯匙喝湯。

スポーツ 運動、體育 □□□

彼(かれ)はスポーツ万能(ばんのう)で、女(おんな)の子(こ)にモテる。
他運動萬能，很受女孩子歡迎。

Track 232

ズボン 褲子、長褲 □□□

彼(かれ)はいつも高(たか)いズボンを履(は)いている。 他總是穿著很昂貴的褲子。

すみ
隅 角落 □□□

その隅(すみ)に立(た)っている人(ひと)は誰(だれ)ですか。 站在那個角落的人是誰？

すもう
相撲 相撲 □□□

多(おお)くの日本人(にほんじん)は相撲(すもう)が好(す)きです。 大部分的日本人都喜歡相撲。

スリッパ　拖鞋

娘にうさぎの様式のスリッパを買ってあげた。
我買了兔子樣式的拖鞋給女兒。

背（せ）　身高

背の高い男の人が好きです。　我喜歡高的男生。

Track 233

性格（せいかく）　性情、性格、特性

彼は性格が明るくて、みんなに人気がある。
他的性格明朗，非常有人氣。

生活（せいかつ）　生活（—する：生活）

彼は生活の品質を重視している。　他很重視生活的品質。

世紀（せいき）　世紀、時代

もうすぐ二十世紀になります。　就快要二十世紀了。

請求（せいきゅう）　請求、要求、索取

（—する：請求、要求、索取）

会社に交通費の請求をする。　跟公司請交通費。

税金（ぜいきん）　稅款、稅金

税金を払うのは国民の義務です。　付稅金是國民的義務。

せいこう
成功　成功、成就（—する：成功）　Track 234 □□□

今度(こんど)のコンサートは大成功(だいせいこう)でした。　這次的演唱會大成功。

せいざ
星座　星座、星宿　□□□

鈴木(すずき)さんの星座(せいざ)は何(なん)ですか。　鈴木先生的星座為何？

せいさん
生産　生產、製造（—する：生產）　□□□

私(わたし)が住(す)んでいる町(まち)ではガラスが生産(せいさん)されている。
我居住的城市生產玻璃。

せいじ
政治　政治　□□□

今(いま)の若者(わかもの)は全(まった)く政治(せいじ)に無関心(むかんしん)である。
現在的年輕人完全不關心政治。

せいしん
精神　精神　□□□

試合(しあい)の前(まえ)に精神(せいしん)を統一(とういつ)する。　比賽前要集中精神。

せいぞう
製造　製造、生產（—する：製造）　Track 235 □□□

あの工場(こうじょう)では、部品(ぶひん)を製造(せいぞう)している。　這個工廠生產零件。

せいちょう
成長　成長、成熟（—する：成長）　□□□

息子(むすこ)の成長(せいちょう)を期待(きたい)している。　我期待兒子的成長。

あ行 か行 **さ行** た行 な行 は行 ま行 や行 ら行 わ行

せいと
生徒 學生

その先生(せんせい)は生徒(せいと)たちに人気(にんき)がある。 那位老師在學生中很受歡迎。

せいねんがっぴ
生年月日 出生年月日

ここに生年月日(せいねんがっぴ)をご記入(きにゅう)ください。 請在這裡填寫您的出生年月日。

せいのう
性能 性能、效能

この車(くるま)は性能(せいのう)がいい。 這台車的性能很好。

Track 236

せいひん
製品 產品、製品

日本製品(にほんせいひん)の品質(ひんしつ)を信頼(しんらい)している。 我很信賴日本產品的品質。

せいふ
政府 政府

政府(せいふ)の政策(せいさく)を支持(しじ)してください。 請支持政府的政策。

せいべつ
性別 性別

年齢(ねんれい)と性別(せいべつ)を記入(きにゅう)してください。 請填寫年齡及性別。

せいめい
生命 生命

この地震(じしん)で三十人(さんじゅうにん)の生命(せいめい)が失(うしな)われた。
這次地震奪走了三十人的生命。

せいよう
西洋 西洋

西洋の国々ではクリスマスはどのようにして過ごしますか。
西方各國是怎麼過聖誕節的呢？

Track 237

せいり
整理 整理、清理（—する：整理）

汚いですから、部屋を整理して。 你的房間非常髒亂，趕快整理！

セーター 毛衣

その黒いセーターを着ている人は誰ですか。
那個穿著黑色毛衣的人是誰？

せかい
世界 世界

世界の中で、一番好きな国はどこですか。
全世界你最喜歡哪個國家？

せき
席 座位

ここは禁煙席である。 這裡是禁菸席。

せき
咳 咳

娘が咳をしています。 女兒在咳嗽。

Track 238

せきにん
責任 責任

それは保護者としての責任でしょ。 那是作為監護人的責任吧！

ア行 カ行 サ行 タ行 ナ行 ハ行 マ行 ヤ行 ラ行 ワ行

せっけい
設計 設計、規劃（―する：設計）

たてもの　せっけい　ひと　だれ
この建物を設計した人は誰ですか。 設計這棟建築的人是誰？

せっけん
石鹸 肥皂

せっけん　て　あら
石鹸で手を洗った。 用肥皂洗手。

せっしょく
接触 接觸、來往（―する：接觸）

でんき　き　せっしょく　もんだい
電気が切れた。接触の問題かな。 跳電了，會是接觸的問題嗎？

ぜったい
絶対 絕對
（形容詞：絕對的／副詞：絕對）

じょうし　めいれい　ぜったい　ふくじゅう
上司の命令には絶対に服従しなければならない。
必須絕對服從上司的命令。

Track 239

せつめい
説明 說明（―する：說明）

こうちょうせんせい　こうそく　せつめい
校長先生は校則を説明している。 校長正在說明校規。

せなか
背中 背

ころ　せなか　う
転んで背中を打った。 跌倒撞到了背。

せびろ
背広 西裝

めんせつ　せびろ　き
面接のとき、背広を着たほうがいいです。 面試時最好穿著西裝。

あ行 か行 さ行 た行 な行 は行 ま行 や行 ら行 わ行

ゼミ　專題研究、研討會

大学のゼミに入らなかったことを後悔している。
我很後悔沒有參加大學的專題研究。

ゼロ　零

一億にはゼロがいくつありますか。　一億有幾個零？

Track 240

セロテープ　透明膠帶

彼はセロテープを買いに行った。　他去買透明膠帶。

世話（せわ）　照顧（―する：照顧）

いつもお世話になっております。　一直都受您的照顧。

千（せん）　千

二千円貸していただけませんか。　可以借我兩千日幣嗎？

線（せん）　線、線路、路線

この二つの点を線で繋いでください。　請將這兩個點用線連接起來。

先月（せんげつ）　上個月

先月の十日は彼氏の誕生日です。　上個月的十號是男友的生日。

Track 241

専攻（せんこう）　專攻、專門研究（―する：專攻）

私の専攻は日本語である　我的專攻為日文。

あ行 か行 **さ行** た行 な行 は行 ま行 や行 ら行 わ行

ぜんこく
全国 全國 □□□

てんこう　ぜんこくかくち　のうさくぶつ　ひがい　う
天候のため全国各地の農作物が被害を受けた。

天候因素造成全國各地的農作物災害。

せんしゅ
選手 選手、運動員 □□□

かれし　せんしゅ
彼氏はオリンピックの選手である。 男友是奧運選手。

せんしゅう
先週 上週 □□□

せんしゅう　にちようび　なに
先週の日曜日に何をしましたか。 上週日你做了些什麼呢？

せんせい
先生 老師 □□□

なに　しつもん　せんせい　き
何か質問があったら、先生に聞いてください。

有問題的話，請詢問老師。

Track 242

せんそう
戦争 戰爭（—する：戰爭） □□□

いませんそうちゅう
アメリカとイラクは今戦争中です。 美國與伊拉克正在戰爭中。

ぜんたい
全体 全體、全身、整個 □□□

かいしゃぜんたい　いけん　ていしゅつ
会社全体の意見をまとめてから、提出してください。

請整理全公司意見後提出。

せんたく
洗濯 洗衣服、洗濯（—する：洗衣服） □□□

かわ　せんたく　い
おばあさんは川へ洗濯に行きました。 老婆婆去河邊洗衣服了。

センチ［メートル］ 公分

あなたの身長（しんちょう）は何（なん）センチですか。 你的身高是幾公分？

先輩（せんぱい） 前輩、學長姐

先輩（せんぱい）の指示（しじ）に従（したが）ってください。 請遵從前輩的指示。

Track 243

全部（ぜんぶ） 全部

全部（ぜんぶ）忘（わす）れてしまいました。 我全部都忘記了。

専門（せんもん） 專業、專長

彼（かれ）の専門（せんもん）は生命科学（せいめいかがく）です。 他的專業是生命科學。

象（ぞう） 大象

象（ぞう）の体重（たいじゅう）はどのくらいありますか。 大象的體重大概有多重？

相応（そうおう） 適合、相稱

（―する：相稱／形容詞：相稱的）

あなたがそんな態度（たいど）なら、私（わたし）もそれ相応（そうおう）の対応（たいおう）をしますよ。

你是那種態度的話，我也會採取相應的措施。

増加（ぞうか） 增加（―する：增加）

応募者（おうぼしゃ）の増加（ぞうか）で機会（きかい）が少（すく）なくなった。

由於應徵者的增加，機會變得更少了。

ア行 カ行 サ行 タ行 ナ行 ハ行 マ行 ヤ行 ラ行 ワ行

Track 244

そうさ
操作 操作、操縱（—する：操作、操縱）

指示(しじ)に従(したが)って、機械(きかい)を操作(そうさ)する。 遵從只是操作機械。

そうじ
掃除 掃除、清除（—する：打掃）

教室(きょうしつ)を掃除(そうじ)してください。 請打掃教室。

そうぞう
想像 想像（—する：想像）

彼女(かのじょ)は想像力(そうぞうりょく)のいい人(ひと)だ。 她是個富有想像力的人。

そうだん
相談 商量（—する：商量）

悩(なや)みがあったら、いつでも相談(そうだん)してください。
若有煩惱的話，請隨時找我商量。

ソース 醬汁、醬料

お母(かあ)さんはソースを作(つく)っている。 媽媽正在做醬汁。

Track 245

そくたつ
速達 限時信

この紙(かみ)を速達(そくたつ)で送(おく)ってください。 這張紙請用限時信寄出。

そこ 那裡

そこに立(た)っている人は誰(だれ)ですか。 站在那裡的人是誰？

そこ
底 底部、比面、深處

私(わたし)のネックレスが海(うみ)の底(そこ)に沈(しず)んだ。 我的項鍊沉到海底了。

そちら 那邊

そちらに座（すわ）っている人（ひと）は妹（いもうと）です。 坐在那邊的人是我妹妹。

卒業（そつぎょう） 畢業（—する：畢業）

彼（かれ）は大学（だいがく）を卒業（そつぎょう）した後（あと）、アメリカに留学（りゅうがく）しました。
他大學畢業後留學美國。

Track 246

卒業式（そつぎょうしき） 畢業典禮

卒業式（そつぎょうしき）でみんな泣（な）いていた。 在畢業典禮時大家都哭了。

そっち 那裡、你那兒

そっちの人（ひと）もお入（はい）りください。 那裡的人也請進。

外（そと） 外面

今日（きょう）は外（そと）で食事（しょくじ）しよう。 今天外食吧！

傍（そば） 旁邊、附近

私（わたし）はずっと傍（そば）にいるよ。 我會一直在你身旁。

蕎麦（そば） 蕎麥、蕎麥麵

お昼（ひる）は久（ひさ）しぶりに蕎麦（そば）を食（た）べました。 午餐久違地吃了蕎麥麵。

Track 247

祖父（そふ） 爺爺、外公

私（わたし）の祖父（そふ）は医者（いしゃ）です。 我的爺爺是位醫生。

ソファー 沙發

ソファーで寝（ね）ると風邪（かぜ）を引（ひ）いちゃうよ。 睡在沙發上會感冒喔。

ソフト 軟體

そのゲームソフトは若者（わかもの）に人気（にんき）がある。

那個遊戲軟體在年輕人之間很有人氣。

祖母（そぼ） 奶奶、外婆

私（わたし）の祖母（そぼ）は今年（ことし）９０歳です。 我奶奶今年 90 歲。

空（そら） 天空

広（ひろ）い空（そら）を見（み）る事（こと）が大好（だいす）きです。 我很喜歡看寬廣的天空。

Track 248

それ 那個

それは校則違反（こうそくいはん）の行為（こうい）です。 那是違反校規的行為。

それぞれ 分別、各自

幸（しあわ）せの定義（ていぎ）は人（ひと）それぞれです。 幸福的定義每人各不相同。

損害（そんがい） 損害、損失（―する：損害）

今度（こんど）の台風（たいふう）で約八千万円（やくはっせんまんえん）の損害（そんがい）が出（で）た。

這次的颱風造成了約八千萬日幣的損害。

尊敬（そんけい） 尊敬、恭敬（―する：尊敬）

先生（せんせい）の才能（さいのう）をすごく尊敬（そんけい）している。 我非常尊敬老師的才華。

存在（そんざい） 存在（—する：存在） □□□

みんな彼（かれ）の存在（そんざい）を無視（むし）している。 大家都無視他的存在。

Track 249

探す（さが） 找、尋找 □□□

家賃（やちん）の安（やす）い部屋（へや）を探（さが）しています。 我在找租金便宜的房子。

逆らう（さか） 違反、反抗 □□□

鮭（さけ）が川（かわ）の流（なが）れに逆（さか）らって進（すす）む。 鮭魚會逆流而上。

下がる（さ） 下降、退後、垂懸 □□□

薬（くすり）を飲（の）んだけど熱（ねつ）がまだ下（さ）がっていない。

藥已經吃了但是燒還沒退。

避ける（さ） 迴避 □□□

危険性（きけんせい）の高（たか）い場所（ばしょ）を避（さ）けたほうがいい。 迴避危險性高的場所較好。

下げる（さ） 降低、提取 □□□

来年（らいねん）はレベルを下（さ）げてもう一回挑戦（いっかいちょうせん）する。

明年降低難度，再挑戰一次。

Track 250

ささ
支える 支撐、維持 □□□

妻は夫を支える義務がある。 妻子有義務要支持丈夫。

さ　あ
差し上げる （あげる的敬語）給予 □□□

ご飯をもう一杯差し上げましょうか。 再幫您添一碗飯嗎？

さ
差す 撐（傘） □□□

雨が降ったから、彼女に傘を差してあげた。
下雨了，所以我幫她撐傘。

さ
刺す 螫、咬、刺傷 □□□

あの暴徒は短刀で人を刺した。 那名暴徒以短刀刺傷路人。

さそ
誘う 邀請、引發、引誘 □□□

友達を誘って遊園地に行きたい。 想要邀朋友一起去遊樂園玩。

Track 251

さ
覚ます 使清醒 □□□

眠気を覚ましたいならこのツボを押してみるといい。
想趕跑睡意的話，可以試著按壓這個穴道。

さ
冷める 變冷、降溫 □□□

コーヒーが冷めないように早く飲みなさい。
請在咖啡降溫前盡快飲用。

さ
覚める 清醒 □□□

目が覚めたら知らないところにいた。
我醒來時人在一個我不認識的地方。

さ
去る 去除、疏遠 □□□

冬が去って春が来た。 冬天離去，春天到來。

さわ
騒ぐ 吵鬧、騷動 □□□

こんな些細なことで騒ぐな。 別為了這點小事吵吵鬧鬧的。

Track 252

さわ
触る 觸碰、摸 □□□

展示品に触ってはいけない。 不可以觸碰展示品。

しか
叱る 叱責、責備 □□□

昨日 妹 が母に叱られた。 昨天妹妹被母親責備了。

しず
沈む 下沉、沉沒、陰沉、深沉 □□□

日が沈む前に早く家に帰ろう。 在太陽下山前趕緊回家吧。

したが
従う 跟隨、遵照 □□□

上 司の命令に 従 うべきだ。 必須遵照上司的命令。

死ぬ（し） 死亡

父（ちち）は事故（じこ）で死（し）んでしまいました。 我父親因意外過世。

Track 253

縛る（しば） 捆、綁

荷物（にもつ）をひもで縛（しば）った。 用袋子保住行李。

閉まる（し） 關閉

ドアが閉（し）まります。 門要關了。

占める（し） 佔有、佔領

彼女（かのじょ）はいつも一位（いちい）を占（し）めている。 她一直佔領第一名。

締める（し） 勒緊、繫上、關閉

車（くるま）に乗（の）るとき、ベルトを締（し）めてください。
乘車時請繫上安全帶。

閉める（し） 關閉

この辺（へん）の店（みせ）は大体何時（だいたいなんじ）に閉（し）めますか。
這附近的店家大多幾點關門？

Track 254

しゃぶる 吸吮

赤（あか）ちゃんは指（ゆび）をしゃぶる習慣（しゅうかん）がある。 嬰兒有吸吮手指的習慣。

しゃべる 說話 □□□

英語がペラペラ喋れる人が羨ましい。
很羨慕英文能講得很流利的人。

知らせる 知道、通知 □□□

できるだけ早く知らせてください。 請盡可能提早通知。

調べる 調查、得知 □□□

警察はその殺人事件の原因を調べている。
警察在調查那件殺人事件的原因。

知る 知道、認識 □□□

あの人を知りません。 我不認識那個人。

吸う 吸 Track 255 □□□

たばこを吸わないでください。 請不要吸菸。

過ぎる 經過、過去、過分 □□□

過ぎたことを今更後悔してもどうにもならない。
已經過去的事情現在才來後悔也無濟於事。

空く 空、空間 □□□

お腹が空いて動かない。 肚子餓得動不了。

優(すぐ)れる　出色、卓越

彼女(かのじょ)のセンスは他(ほか)の人(ひと)より優(すぐ)れている。　她的品味比他人出色。

過(す)ごす　度過

休日(きゅうじつ)は家(いえ)でのんびり過(す)ごしたい。　假日想要在家悠閒地度過。

Track 256

進(すす)む　向前、進步

彼女(かのじょ)は芸術(げいじゅつ)の道(みち)に進(すす)もうとしている。

她決定往藝術領域發展。

進(すす)める　使前進、進行、（鐘錶）快了

この方向(ほうこう)で進(すす)めてください。　請按這個方向進行。

勧(すす)める　勸說、推薦

友達(ともだち)に勧(すす)められてヨガを始(はじ)めた。　在朋友的推薦下開始做瑜珈。

捨(す)てる　丟棄、拋棄

使(つか)い終(お)わった割(わ)り箸(ばし)をゴミ箱(ばこ)に捨(す)てた。

把用完的免洗筷丟進了垃圾桶。

滑(すべ)る　滑行、滑溜、滑倒、失口、沒考上

ここは雨(あめ)で濡(ぬ)れると滑(すべ)るので気(き)をつけてください。

這裡只要被雨打濕就會滑，請多加留意。

Track 257

住む 居住 □□□

彼女はその平和な町に住んでいる。 她住在那個和平的城鎮。

済む 完結、解決 □□□

何回謝られたら気が済むんだ？ 要別人跟你道歉多少次你才甘心啊？

する 做 □□□

あした何をするつもりですか。 你明天打算做些什麼呢？

擦れ違う 錯過、交錯 □□□

みんなの意見が擦れ違って、結論が出ない。
大家的意見交錯，無法得出結論。

ずれる 移動、偏離、錯開 □□□

彼とはいつもタイミングがずれている。 他一直錯開時機。

Track 258

座る 坐 □□□

そこに座ってください。 請坐在那兒。

責める 責備、逼迫 □□□

私のせいですから、彼女を責めないでください。
這都是我的錯，請不要責備她。

あ行
か行
さ行
た行
な行
は行
ま行
や行
ら行
わ行

属する 屬於、歸於

私は合唱部に属している。 我屬於合唱社。

育つ 發育、成長

彼氏は野球で育った人である。 他是打棒球長大的人。

育てる 培育、撫養

彼氏は野球に育てられた子です。 男友是打棒球長大的孩子。

Track 259

供える 進貢、供奉

お団子を神様に供える。 將丸子進貢給神明。

備える 準備、具備

台風に備えて、インスタントラーメンをたくさん買った。
為準備度過颱風天，我買了大量的泡麵。

それる 偏離、離題

矢がそれて、一位にはなれなかった。
箭偏離了，我並沒有成為第一名。

揃える 湊齊、聚集、使……一致

脱いだ靴はちゃんと揃えるのがマナーです。
把脫下來的鞋子整齊放好是一種禮貌。

形容詞

Track 260

さかさま
逆様 倒、逆、顛倒的

かれ　かびん　さかさま
彼は花瓶を逆様にします。 他將花瓶放顛倒。

さか
盛ん 興盛的、繁榮的

げんき さか　わかもの
元気盛んな若者がたくさんいる。 有許多精力充沛的年輕人。

さび
寂しい 孤獨的、寂寞的

かれし　さび　おも
彼氏がいなくて、寂しいと思う。 沒有男朋友真是寂寞。

さむ
寒い 寒冷的

さむ　ひ　お
こんな寒い日には起きたくない。 這麼冷的天真不想起床。

さわ
騒がしい 吵鬧的、騷動的

さわ
クラスのみんなはいつも騒がしい。 班裡的大家一直都很吵鬧。

Track 261

さわ
爽やか 爽快、清爽、清楚的

てんき　さわ　あき
天気がいいですね、爽やかな秋になりました。
天氣真好，變為清爽的秋季了。

ア行 カ行 サ行 タ行 ナ行 ハ行 マ行 ヤ行 ラ行 ワ行

ざんねん
残念 可惜、悔恨、遺憾的 □□□

残念な結果ですけど、悲しまないでください。
雖然是遺憾的結果，但請不要感到悲傷。

しかく
四角い 四方形的 □□□

四角いスイカを見たことがありますか。 你看過方形的西瓜嗎？

しず
静か 安靜的 □□□

こんな静かな夜に、私は一人ぼっちである。
這麼安靜的夜裡，我孤拎拎一個人。

した
親しい 親近的 □□□

彼女は私の一番親しい友人です。 她是我最親近的友人。

Track 262

しつこい 絮叨的、糾纏不休的 □□□

あなたは本当にしつこい子だね。 你真的是個絮絮叨叨的孩子呢！

じゅうぶん
十分 充足的 □□□

十分に休憩したら、気分がよくなりました。
充足休息之後我覺得心情好多了。

じゅんちょう
順調 順利的 □□□

この件は順調に進んでよかった。 這件事能順利進行真是太好了。

しょうきょく
消極 消極的

こんなに消極的では、問題を解決できないと思う。
這麼消極是無法解決問題的。

しょうじき
正直 誠實的

怒らないから正直に言いなさい。 你老實說，我不會生氣。

Track 263

じょうず
上手 好的、擅長的

みんなの前での上手な話し方を教えてください。
請教我在大家面前能好好說話的方法。

じょうぶ
丈夫 健康、結實的

丈夫な体を持つ男性が好きです。 我喜歡身體結實的男性。

しろ
白い 白色的

顔色が白いけど、体の状況は大丈夫ですか。
你的臉色很蒼白，身體的狀況還好嗎？

しんこく
深刻 沈重、嚴重的

こんなに深刻な事態に逢ったことがない。 我從沒遇過如此嚴重的事態。

しんせつ
親切 親切的（名詞：好意）

親切な招待に感謝している。 我很感謝親切的招待。

Track 264

新鮮（しんせん） 新鮮的

果物（くだもの）は新鮮（しんせん）なうちに食（た）べなさい。 趁水果還新鮮的時候趕快食用。

慎重（しんちょう） 慎重的、小心的

未来（みらい）に関（かん）しては慎重（しんちょう）な態度（たいど）が必要（ひつよう）である。

關於未來之事必須採取慎重的態度。

図々しい（ずうずう） 厚顏無恥的

あなたの図々（ずうずう）しさは信（しん）じられない。

你非常厚顏無恥，根本無法相信。

好き（す） 喜歡的、愛好的

息子（むすこ）さんが好（す）きな料理（りょうり）は何（なん）ですか。 您兒子喜歡的料理是什麼？

少ない（すく） 少的

台湾（たいわん）ではフランス語（ご）がしゃべれる人（ひと）は少（すく）ない。

在台灣能說法語的人很少。

Track 265

凄い（すご） 厲害的

彼（かれ）は凄（すご）い特技（とくぎ）を持（も）っている。 他有很厲害的特技。

涼しい（すず） 涼的

涼（すず）しい風（かぜ）が吹（ふ）いている。 現在正吹著涼風。

酸（す）っぱい　酸的、有酸味的

□□□

酸（す）っぱいのは苦手（にがて）です。　我不喜歡酸的味道。

素敵（すてき）　很棒的

□□□

こんなに素敵（すてき）な奥（おく）さんがいて、羨（うらや）ましいです。

有這麼棒的妻子，真令人羨慕。

素早（すばや）い　敏捷、靈活

□□□

あの泥棒（どろぼう）は素早（すばや）く逃（に）げた。　那個小偷敏捷的逃掉了。

Track 266

素晴（すば）らしい

□□□

精彩的、了不起的、優秀的

彼（かれ）が提出（ていしゅつ）した提案（ていあん）は素晴（すば）らしいと思（おも）う。

我認為他提出的提案非常優秀。

速（すみ）やか　快的、迅速的

□□□

速（すみ）やかに処置（しょち）してください。　請迅速處置。

ずるい　狡猾的、滑頭的

□□□

彼（かれ）はずるい男（おとこ）だから、油断（ゆだん）しないで。

他是個狡猾的男人，請別疏忽大意了！

鋭（するど）い　尖銳的、敏銳的

□□□

彼女（かのじょ）は鋭（するど）いナイフで人（ひと）を刺（さ）した。　她用尖銳的刀子刺人。

あ行
か行
さ行
た行
な行
は行
ま行
や行
ら行
わ行

せいかく
正確 正確的

正確(せいかく)な情報(じょうほう)を教(おし)えてください。 請告訴我正確的情報。

Track 267

せっきょく
積極 積極的

今度(こんど)の活動(かつどう)に積極的(せっきょくてき)に参加(さんか)してください。請積極參加此次的活動。

せま
狭い 狹窄的、小的（房間）

彼(かれ)の部屋(へや)は狭(せま)くて、散乱(さんらん)している。 他的房間很小又很亂。

そそっかしい 冒失的、輕率的

この会社(かいしゃ)はそそっかしい人(ひと)を受(う)け入(い)れられない。
這間公司不會接受冒失的人。

そまつ
粗末 簡陋、粗糙、不愛惜的

親(おや)を粗末(そまつ)にすると、将来(しょうらい)はきっと後悔(こうかい)するよ。
不好好愛惜雙親，將來一定會後悔喔！

そんな 那樣的、那麼

そんな顔(かお)をしてても無理(むり)なものは無理(むり)です。
就算你擺出那副表情，辦不到的事情就是辦不到。

副詞

Track 268

随分（ずいぶん） 相當

最近（さいきん）体重（たいじゅう）が随分（ずいぶん）増（ふ）えた。 最近體重增加了不少。

少し（すこし） 一點、稍微

コーヒーに牛乳（ぎゅうにゅう）を少（すこ）し入（い）れる。 在咖啡裡加入少許牛奶。

是非（ぜひ） 務必（名詞：是非）

今度（こんど）是非（ぜひ）うちへ遊（あそ）びに来（き）てください。 下次請務必來我家玩。

隨堂小測驗

請根據題意選出正確的選項。

(　　) 1. この件は「順調」に進んでよかった。
(A) 阻塞　(B) 調整　(C) 延遲　(D) 順利

(　　) 2. 誤りがあったら、「指摘」してください。
(A) 摘要　(B) 修正　(C) 縮寫　(D) 指出

(　　) 3. 赤ちゃんは指を「しゃぶる」習慣がある。
(A) 吸吮　(B) 啃咬　(C) 舔舐　(D) 玩弄

(　　) 4. この会社は「そそっかしい」人を受け入れられない。
(A) 吵雜的　(B) 謹慎的　(C) 傲慢的　(D) 冒失的

(　　) 5. どうしよう、「しゃっくり」が止まらない。
(A) 打哈欠　(B) 打嗝　(C) 打噴嚏　(D) 咳嗽

(　　) 6. 矢が「それて」、一位にはなれなかった。
(A) 遺失　(B) 掉落　(C) 刺穿　(D) 偏離

(　　) 7. 窓の「透き間」から光が漏れた。
(A) 房間　(B) 交接處　(C) 間隙　(D) 邊緣

(　　) 8. 彼は「ずるい」男だから、油断しないで。
(A) 狡猾的　(B) 可靠的　(C) 危險的　(D) 可疑的

解答：1. (D)　2. (D)　3. (A)　4. (D)
5. (B)　6. (D)　7. (C)　8. (A)

JLPT N3

た
タ
行

【一般名詞】

Track 269

タイ 泰國

今度（こんど）の卒業旅行（そつぎょうりょこう）はタイに行（い）く予定（よてい）です。

這次的畢業旅行預定去泰國。

～台（だい）（計算機械、車輛等）台

社長（しゃちょう）は自動車（じどうしゃ）を三台（さんだい）買（か）いました。 社長買了三台汽車。

～代（だい） 一代、時代、費用、年齡範圍

今月（こんげつ）の電気代（でんきだい）はびっくりするほど高（たか）かった。

這個月的電費貴得嚇人。

退院（たいいん） 出院（—する：出院）

田中（たなか）さんはもう退院（たいいん）しました。 田中先生已經出院了。

ダイエット

瘦身、減肥（—する：減肥）

彼女（かのじょ）はダイエットをしている。 她正在減肥。

Track 270

大学（だいがく） 大學

大学（だいがく）を卒業（そつぎょう）して、社会（しゃかい）に出（で）る。 大學畢業，並進入社會。

だいがくいん
大学院 研究所

彼（かれ）は法学部（ほうがくぶ）の大学院（だいがくいん）に通（かよ）っている。 他正在就讀法學部的研究所。

だいがくせい
大学生 大學生

最近大学生（さいきんだいがくせい）の間（あいだ）で何（なに）が流行（はや）っているか知（し）っていますか。
你知道最近大學生之間在流行什麼嗎？

たいさく
対策 對策、對付的方法

この事件（じけん）のために、対策（たいさく）をたてる。 為這個事件謀劃對策。

たいしかん
大使館 大使館

ロンドンには日本（にほん）の大使館（たいしかん）がある。 在倫敦有日本的大使館。

Track 271

だいせいこう
大成功 非常成功
（─する：獲得極大成功）

今度（こんど）の公演（こうえん）は大成功（だいせいこう）だった。 這次的公演非常成功。

たいせき
体積 體積

この容器（ようき）の体積（たいせき）はどれぐらいですか。 這個容器的體積有多少？

だいたい
大体 概要（副詞：大體上、根本上）

大体（だいたい）の事情（じじょう）は分（わ）かりました。 事情我大致知道了。

ア行 カ行 サ行 タ行 ナ行 ハ行 マ行 ヤ行 ラ行 ワ行

たいど
態度　態度、舉止

みんなが彼の態度に不満を持ってる。　大家都不滿他的態度。

だいとうりょう
大統領　總統

アメリカの大統領は誰ですか。　美國的總統是誰？

Track 272

だいどころ
台所　廚房

母は台所で晩御飯を作っている。　母親在廚房準備晚餐。

ダイニングキッチン　飯廳

みんなダイニングキッチンで食事をしている。　大家在飯廳吃飯。

だいひょう
代表　代表（—する：代表）

彼女は学校の代表として、演説のコンテストに出た。　她作為學校的代表參加了演說比賽。

タイプ　類型

どんなタイプの女性が好きですか。　你喜歡什麼類型的女性？

たいふう
台風　颱風

台風はこの島を襲いました。　颱風侵襲了這座島。

Track 273

たいよう
太陽　太陽

太陽が東から昇ることは常識でしょ。　太陽從東邊升起是常識吧！

たいりく
大陸 大陸

大陸(たいりく)の風景(ふうけい)はすごいですね。 大陸風景非常棒呢！

たき
滝 瀑布

滝(たき)の壮大(そうだい)さに感動(かんどう)しました。 瀑布的壯闊令我感動。

タクシー 計程車

タクシーで病院(びょういん)に急行(きゅうこう)した。 搭乘計程車火速前往醫院。

ただ 免費、只是、普通、無事

こんなことをしてただで済(す)むと思(おも)うなよ。
做出這種事情，你可別以為隨便就能了事。

Track 274

たたか
戦い 戰爭、戰鬥

あの国(くに)は戦(たたか)いを宣告(せんこく)した。 那個國家宣佈了戰爭。

たたみ
畳 榻榻米

祖父(そふ)は畳(たたみ)の部屋(へや)が大好(だいす)きです。 爺爺很喜歡榻榻米的房間。

たて
縦 縱向

縦線(たてせん)を書(か)いてください。 請畫出縱向的線。

ア行 カ行 サ行 タ行 ナ行 ハ行 マ行 ヤ行 ラ行 ワ行

たてもの
建物 建築物

この美術館は平安時代の代表的な建物である。
這間美術館是平安時代的代表性建築物。

Track 275

たと
例え 例子

先生は時々わからない例えをする。
老師有時會打聽不懂的比方

たな
棚 架子、櫃子

電球は棚の最上段に置いてある。 電燈泡放在櫃子的最上層。

たね
種 種子

イチゴの種を買いに行く。 我去買了草莓的種子。

たの
楽しみ 期待、快樂
（—な：期待的、令人期待的）

来週の旅行がすごく楽しみです。 我很期待下週的旅行。

たば
束 把、捆

まきを束にする。 將木柴捆成束。

Track 276

タバコ 菸草、菸

タバコは体に悪い影響がある。 菸對身體有不好的影響。

旅（たび） 旅行

楽（たの）しい旅（たび）になりそうだね！ 感覺會是場愉快的旅行呢！

食べ物（たべもの） 食物

一番（いちばん）好（す）きな食（た）べ物（もの）は何（なん）ですか。 你最喜歡的食物是什麼？

卵（たまご） 雞蛋、蛋

卵（たまご）料理（りょうり）を作（つく）ってあげましょうか。
做雞蛋料理給你吃吧！

為（ため） 有益、為了、原因、目的

こうするのもあなたの為（ため）です。 會這樣做也是為了你好。

Track 277

誰（だれ） 誰

さっき電話（でんわ）した人（ひと）は誰（だれ）ですか。 剛才在和誰講電話？

誰か（だれか） 誰、某人

誰（だれ）か助（たす）けてください。 誰來救救我。

誕生日（たんじょうび） 生日

誕生日（たんじょうび）に、何（なに）をもらいましたか。 生日時你收到了些什麼？

ア行
カ行
サ行
タ行
ナ行
ハ行
マ行
ヤ行
ラ行
ワ行

ダンス　跳舞、舞蹈（~をします）

母（はは）の趣味（しゅみ）はダンスをすることです。　母親的興趣是跳舞。

だんせい
男性　男性

どんなタイプの男性（だんせい）が好（す）きですか。
你喜歡什麼類型的男性呢？

Track 278

だんたい
団体　團體、集體

一人（ひとり）より、団体旅行（だんたいりょこう）のほうが安全（あんぜん）だ。
比起一個人，團體旅行較為安全。

たんとう
担当　擔當、負責（—する：擔當、負責）

彼（かれ）はその事件担当（じけんたんとう）の検査官（けんさかん）である。
他是負責那個事件的檢察官。

だんぼう
暖房　暖氣

暖房（だんぼう）をつけてください。　請開暖氣。

だんめ
~段目　第~層

このケーキの一段目（いちだんめ）はプリンです。　這個蛋糕的第一層是布丁。

ち
血　血

血（ち）を見（み）ることは怖（こわ）いと思（おも）う。　我覺得看見血很可怕。

Track 279

地域（ちいき） 地區、地帶

国民の収入にも地域格差がありますか。（こくみん／しゅうにゅう／ちいきかくさ）

國民收入也有地區差距嗎？

チーズ 起司

姉はチーズが大好きです。（あね／だいす） 姊姊很喜歡起司。

知恵（ちえ） 智慧

お願いだから、知恵を貸してください。（ねが／ちえ／か）

拜託請借給我你的智慧！

チェック 確認、檢查、格紋、支票（—する：確認、檢查）

鏡で自分の動きをチェックする。（かがみ／じぶん／うご） 裡用鏡子確認自己的動作。

地下（ちか） 地下

駐車場は地下二階にある。（ちゅうしゃじょう／ちかにかい） 停車場在地下二樓。

Track 280

近く（ちか） 附近

この近くにコンビニがありますか。（ちか） 這附近有便利商店嗎？

地下鉄（ちかてつ） 地下鐵

地下鉄に乗った事がない。（ちかてつ／の／こと） 我沒有搭過地下鐵。

あ行
か行
さ行
た行
な行
は行
ま行
や行
ら行
わ行

ちから
力 力氣

ちから　か
力を貸してください。 請幫助我。

ち きゅう
地球 地球

ち きゅう　にじゅう よ じ かん　いっかい じ てん　じょうしき
地球が二十四時間に一回自転するのは常識である。
地球二十四小時會自轉一圈是常識。

チケット 票

わす
チケットを忘れないでください。 請別忘了票券。

Track 281

ち こく
遅刻 遲到（―する：遲到）

ち こく
あしたは遅刻しないでください。 明天請別遲到。

ち ず
地図 地圖

ち ず　み　みち
地図を見ても、道がわからない。 即使看了地圖我也找不到路。

ちち
父 父親

わたし　ちちおや　かんしゃ
私は父親に感謝している。 我很感謝我的父親。

ちちおや
父親 父親

わたし　ちちおや　きょう し
私の父親は教師です。 我的父親是一名教師。

ちゃいろ
茶色 咖啡色、茶色

彼氏は茶色のシャツを買いました。 男友買了咖啡色的襯衫。

ちゃわん
茶碗 茶碗、飯碗

Track 282

食事のあと、妹は茶碗を洗った。 吃完飯後，妹妹洗好了飯碗。

チャンス 機會

チャンスをつかんでください。 請把握機會。

ちゅうい
注意 注意、警告

（—する：注意、警告）

工場の中は危ないですから、注意してください。
工廠裡面很危險，請小心注意

ちゅうがく
中学 國中、中學

中学の時はバレー部でした。 我國中時是排球社的。

ちゅうがくせい
中学生 國中生、中學生

中学生の時、髪が短かった。 我讀國中時是短髮。。

ちゅうがっこう
中学校 國中、中學

Track 283

中学校の先生は私の恩師です。 國中的老師是我的恩師。

ちゅうごく
中国 中國

中国(ちゅうごく)の歴史(れきし)はものすごく長(なが)いです。 中國的歷史很長。

ちゅうごくご
中国語 中文

中国語(ちゅうごくご)の小説(しょうせつ)は読(よ)めますか。 你看得懂中文小說嗎？

ちゅうし
中止 中止（—する：中止）

雨(あめ)のため今日(きょう)の運動会(うんどうかい)は中止(ちゅうし)になった。
因下雨而中止了今天的運動會。

ちゅうしゃ
注射 注射（—する：注射）

インフルエンザの予防注射(よぼうちゅうしゃ)をしましたか。
你預防注射流行性感冒疫苗了嗎？

Track 284

ちゅうしゃ
駐車 停車（—する：停車）

ここは駐車禁止(ちゅうしゃきんし)です。 這裡禁止停車。

ちゅうしゃじょう
駐車場 停車場

彼(かれ)は駐車場(ちゅうしゃじょう)で待(ま)っている。 他在停車場等著。

ちゅうしん
中心 中心、要點

駅(えき)は市(し)の中心(ちゅうしん)にある。 車站位於市中心。

ちゅうもく
注目 注目、注視

（—する：注目、注視）

その画家(がか)の作品(さくひん)はみんなの注目(ちゅうもく)を集(あつ)めている。

那位畫家的作品吸引大家的注目。

ちょうき
長期 長期

この戦争(せんそう)は長期(ちょうき)にわたると思(おも)う。 我認為這個戰爭會長期持續。

Track 285

ちょうさ
調査 調査（—する：調查）

彼女(かのじょ)の家庭背景(かていはいけい)を調査(ちょうさ)している。 我正在調查她的家庭背景。

ちょうし
調子 情況、狀態

最近(さいきん)体(からだ)の調子(ちょうし)はどうですか。 最近身體的狀態如何？

ちょうしょ
長所 長處、優點

どんな人(ひと)にも何(なに)か長所(ちょうしょ)がある。 不論什麼樣的人都有長處。

ちょうじょう
頂上 山頂、頂峰、頂點

山(やま)の頂上(ちょうじょう)に登(のぼ)ったことがありますか。 你有登上山頂過嗎？

ちょうせつ
調節 調整、調節

（—する：調整、調節）

エアコンの温度(おんど)を調節(ちょうせつ)する。 調整空調的溫度。

ちょうだい
頂戴　領受、接受
（—する：領受、接受）

Track 286

こんなにきれいな花（はな）を頂戴（ちょうだい）して、ありがとうございます。

收到了這麼美麗的花，真的非常感謝。

ちょうてん
頂点　頂點、極點

あの歌手（かしゅ）の人気（にんき）はこれから頂点（ちょうてん）に達（たっ）するでしょ。

那為歌手的人氣從現在開始會登上頂點吧！

ちょうなん
長男　長子

田中君（たなかくん）は長男（ちょうなん）ですか。　田中是長子嗎？

ちょきん
貯金　存錢、存款（—する：存錢）

毎月収入（まいつきしゅうにゅう）の一部（いちぶ）を貯金（ちょきん）する習慣（しゅうかん）がある。

我有將每月收入的一部分存起來的習慣。

チョコレート　巧克力

バレンタインデーにチョコレートを好（す）きな人（ひと）にあげる。

情人節會將巧克力送給喜歡的人。

ちょしゃ
著者　作者

Track 287

あの小説（しょうせつ）の著者（ちょしゃ）は誰（だれ）ですか。　那部小說的作者是誰呢？

地理（ちり） 地理、地理情況

□□□

その先生（せんせい）は台湾（たいわん）の地理（ちり）に明（あか）るい。 那位老師精通台灣地理。

追加（ついか） 追加（—する：追加）

□□□

すみません、ビールを二本追加（にほんついか）したいです。
不好意思，我想追加兩瓶啤酒！

一日（ついたち） 一號

□□□

四月一日（しがつついたち）は嘘（うそ）をついてもいいですよ。 四月一號可以說謊。

通過（つうか） 通過、經過（—する：通過、經過）

□□□

台風（たいふう）が北海道（ほっかいどう）の中心（ちゅうしん）を通過（つうか）した。 颱風通過北海道中心。

月（つき） 月亮

Track 288

□□□

ドアの透（す）き間（ま）から月（つき）の光（ひかり）が射（さ）した。 從門縫透進了月亮的光芒。

次（つぎ） 下一個

□□□

次（つぎ）の駅（えき）で止（と）めてください。 請停在下一個車站。

机（つくえ） 書桌、桌子

□□□

電子辞書（でんしじしょ）は机（つくえ）の上（うえ）にあります。 電子辭典放在桌子上。

つごう
都合 關係、理由、情況、方便（—する：安排／副詞：共計）
□□□

山田君（やまだくん）はいつも自分（じぶん）の都合（つごう）だけで何（なん）でも決（き）めるわがままな人（ひと）です。 山田總是只依自己方便做決定，真是任性的人。

つち
土 土壤、土地
□□□

敗戦（はいせん）した選手（せんしゅ）たちは甲子園（こうしえん）の土（つち）を記念（きねん）に持（も）って帰（かえ）った。
戰敗的選手們將甲子園的土帶回家作紀念。

Track 289

つま
妻 （自己的）妻子
□□□

妻（つま）は私（わたし）より年上（としうえ）です。 妻子的年紀比我大。

つみ
罪 惡行、罪行
□□□

彼（かれ）は罪（つみ）のある人（ひと）です。 他是犯下罪行的人。

つめ
爪 指甲、爪子
□□□

猫（ねこ）に爪（つめ）を立（た）てられた。 被貓抓了。

つもり 打算、意圖
□□□

週末（しゅうまつ）に何（なに）をするつもりですか。 週末有什麼打算？

つゆ
梅雨 梅雨
□□□

もうすぐ梅雨（つゆ）の時期（じき）がやってきます。 梅雨季就快到了。

Track 290

釣り（つ） 釣魚（~をします）

彼の趣味は釣りをすることです。 他的興趣是釣魚。

手（て） 手、手段

手を繋いで、頑張りましょう。 牽起手，一起加油吧。

Tシャツ（ティー） T 恤

娘に私とお揃いのTシャツを着せた。

我給女兒穿上和我成套的T恤。

定期（ていき） 定期、定期票、定存

この活動は定期的に開催される。 這個活動會定期舉辦。

停車（ていしゃ） 停車（—する：停車）

次の駅で停車してください。 請在下一個車站停車。

Track 291

定食（ていしょく） 定食、套餐

お昼の定食は安くて美味しいです。 中午吃的定食便宜又美味。

テープ 錄音帶、帶子

その映画のビデオテープはどこですか。

那個電影的影像帶在哪裡？

テーブル 桌子 □□□

まだ引越ししたばかりなので、テーブルがない。
因為剛搬家過來，所以還沒有桌子。

テープレコーダー 錄音機 □□□

テープレコーダーは故障してしまいました。 錄音機故障了。

手紙 信 □□□

母からの手紙を読んで、泣きました。 讀了媽媽寫的信，我哭了。

Track 292

テキスト 教科書 □□□

英語のテキストはどこに置いたんですか。
英文的教科書放在哪兒了？

出口 出口 □□□

出口の位置を覚えてください。 請記住出口的位置。

でこぼこ 凹凸不平、不平均（形容詞：凹凸不平的／—する：凹凸不平） □□□

その道はでこぼこしている。 那裡的道路凹凸不平。

デザイン 設計（—する：設計） □□□

これは私が自分でデザインした服です。
這件是我自己設計的衣服。

手品（てじな） 戲法、欺騙、手法、詭計 □□□

魔術師の手品は本当に不思議です。 魔術師的手法真的很不可思議。

テスト 考試、檢查

Track 293

（—する：考試、檢查） □□□

テストのために、勉強してください。 為了考試，請念書。

手近（てぢか） 手邊、身邊（形容詞：常見的） □□□

この箱を手近に置いてください。 請將這個箱子放在身邊。

手帳（てちょう） 記事本 □□□

毎日の出来事を手帳に記入する。 將每天發生的事記到記事本中。

鉄（てつ） 鐵 □□□

東京タワーの一部は戦車の鉄でできている。

東京鐵塔一部分是用戰車的鐵製成的。

デッキ 甲板、艙面 □□□

キャプテンはデッキを歩いている。 船長在甲板上走動。

Track 294

テニス 網球 □□□

テニスが上手になりたい。 我想變得擅長網球。

テニスコート 網球場

テニスコートがある学校に入りたい。 我想進入有網球場的學校。

デパート 百貨公司

デパートでショッピングをしている。 我在百貨公司購物。

手袋 手套

冬に灰色の手袋を買いました。 我在冬天買了灰色的手套。

手間 勞力、工夫、人手

この仕事はたいへん手間がかかります。 這個工作非常需要人手。

Track 295

寺 寺廟、佛寺

彼は寺の息子に生まれた。 他出生在管理寺廟的家庭裡。

テレビ 電視

私はテレビを見ている。 我在看電視。

テレホンカード 電話卡

携帯の普及で、テレホンカードを使う人は少なくなった。

因為手機的普及，用電話卡的人越來越少。

点 點、分數

今からこの点について詳しく説明する。

現在將針對這點詳加說明。

てんいん
店員 店員

その店員（てんいん）さんはかわいいです。 那名店員真可愛。

Track 296

てんき
天気 天氣

いい天気（てんき）ですね。 天氣真好呢！

でんき
電気 電燈

電気（でんき）を消（け）してくれませんか。 可以關一下電燈嗎？

でんき
伝記 傳記

ワシントンさんの伝記（でんき）を読（よ）んだことがありますか。
你有讀過華盛頓的傳記嗎？

てんきよほう
天気予報 天氣預報

天気予報（てんきよほう）によると、今日（きょう）は雨（あめ）です。
根據天氣預報，今天是雨天。

てんきん
転勤 調職（—する：調職）

私（わたし）は支社（ししゃ）に転勤（てんきん）しろと命令（めいれい）された。 我被命令調職至分公司。

Track 297

でんしゃ
電車 電車

私（わたし）たちは電車（でんしゃ）で原宿（はらじゅく）に行（い）く。 我們搭電車去原宿。

でんち
電池 電池

電池はリサイクルできる。 電池可以回收。

でんとう
電灯 電燈

電灯を消してくれませんか。 可以幫我關燈嗎？

てんぷら 天婦羅

野菜のてんぷらが大好きです。 我很喜歡蔬菜天婦羅。

でんぽう
電報 電報

彼女にお祝いの電報を送った。 我給她發了賀電。

Track 298

てんらんかい
展覧会 展覽會

美術の展覧会を見に行きました。 我去看了美術展覽會。

でんわ
電話 電話（—する：打電話、講電話）

電話番号を教えてください。 請告訴我電話號碼。

と
戸 門、房門

寒いから、戸を閉めてください。 很冷，請關上房門。

ドア 門

あのホテルは回転ドアがあります。 那個旅館有旋轉門。

ドイツ 德國

ドイツに行(い)ったことがありますか。 你有去過德國嗎？

Track 299

トイレ 洗手間、廁所

ちょっとトイレに行(い)ってきます。 我去一下廁所。

道具(どうぐ) 道具

コンピューターを修理(しゅうり)する道具(どうぐ)がありません。
沒有修理電腦的工具。

動向(どうこう) 動向、趨勢

世界(せかい)の動向(どうこう)を観察(かんさつ)している。 我在觀察世界的動向。

父(とう)さん 爸爸、父親

お父(とう)さんのお仕事(しごと)は何(なん)ですか。 您父親從事什麼工作？

同時(どうじ) 同時

二(ふた)つの事故(じこ)が同時(どうじ)に起(お)こった。 兩起事故同時發生。

Track 300

東南(とうなん) 東南

今東南(いまとうなん)アジアの気候(きこう)はどうですか。 現在東南亞的氣候如何？

動物(どうぶつ) 動物

あの先生(せんせい)は動物(どうぶつ)が大好(だいす)きです。 那位老師很喜歡動物。

どうぶつえん
動物園 動物

先週動物園でキリンを見ました。 上禮拜在動物園看到了長頸鹿。

どうりょう
同僚 同僚、同事

彼女は同僚と結婚しました。 她和同事結婚了。

とうろく
登録 登記（—する：登記）

性別と名前を登録してください。 請登記性別及姓名。

Track 301

とお
十 十、十歲

息子は今年十になる。 兒子今年要十歲了。

とおか
十日 十號、十天

五月十日は母の日です。 五月十號是母親節。

とお
遠く 遠處

彼はその光景を遠くから見ている。 他在遠處看著那副光景。

ドーナツ 甜甜圈

ドーナツを食べすぎて2キロも太った。
吃太多甜甜圈居然胖了 2 公斤。

とおり
通り 街道、（人車）往來、暢通、大約、照著……

今泊まっているホテルは賑やかな通りにあります。
我現在住的旅館位於熱鬧的大街上。

Track 302

とき
時 時間、時候

寝る時にカーテンを閉めてください。 要睡覺時請把窗簾拉上。

どくしょ
読書 讀書（—する：讀書）

彼の趣味は読書である。 他的興趣是讀書。

どくしん
独身 單身、未婚

彼女は独身主義です。 她是單身主義者。

どくりつ
独立 獨立（—する：獨立）

早く大人になって、独立したい。 我想趕快長大並獨立。

とけい
時計 鐘錶

誕生日に目覚まし時計をもらった。 我在生日時收到了鬧鐘。

Track 303

どこ 哪裡

新宿駅はどこですか。 新宿車站在哪裡？

床屋（とこや） 理髪廳

彼（かれ）は一人（ひとり）で床屋（とこや）を経営（けいえい）している。 他一個人經營著理髮廳。

所（ところ） 地方、部分

この町（まち）のいい所（ところ）は空気（くうき）がきれいなところです。
這個城市好的地方是空氣很清淨。

登山（とざん） 登山（—する：登山）

父（ちち）はあした登山（とざん）するつもりです。 父親預計明天去登山。

年（とし） 年、歲

おばあさんは年（とし）を取（と）ったけど、元気（げんき）がいいです。
祖母年紀大了，但還是很有活力。

Track 304

都市（とし） 都市

台北（たいぺい）は人口四百万（じんこうよんひゃくまん）の大都市（だいとし）だ。 台北是有四百萬人口的大都市。

図書館（としょかん） 圖書館

図書館（としょかん）へ本（ほん）を借（か）りに行（い）きます。 我去圖書館借書。

土地（とち） 土地、當地、領土

わが国（くに）のいいところは土地（とち）が肥（こ）えているところだ。
我國的優點是土地很肥沃。

途中（とちゅう） 途中、路上

会社に行く途中で彼にあった。 我在去公司的途中遇見了他。

どちら 哪邊（どこ的禮貌型）

おうちはどちらですか。 你的家在哪邊？

Track 305

特急（とっきゅう） 特快車

京阪特急に乗ったことがありますか。
你有搭過京阪特快車嗎？

どなた 哪位（だれ的禮貌型）

この本はどなたにもらいましたか。 這本書是哪位送給你的？

隣（となり） 鄰居、鄰近

隣の夫婦はとても熱心な人です。 鄰居夫婦是非常熱心的人。

友達（ともだち） 朋友

彼女と友達になって、うれしいと思う。
我很開心能和她成為朋友。

土曜日（どようび） 星期六

今週の土曜日に何か予定がありますか。
本週六你有什麼行程嗎？

ア行 カ行 サ行 タ行 ナ行 ハ行 マ行 ヤ行 ラ行 ワ行

Track 306

とら
虎 老虎

トラなんて、体（からだ）の大（おお）きい猫（ねこ）のようなものでしょ。
老虎不就像是體型較大的貓一樣嗎。

とり
鳥 鳥

鳥（とり）は飛（と）べて、うらやましいと思（おも）う。 我很羨慕鳥可以飛。

とりにく
鶏肉 雞肉

豚肉（ぶたにく）より、鶏肉（とりにく）のほうが好（す）きです。 比起豬肉，我更喜歡雞肉。

どれ 哪個

彼（かれ）が描（か）いた絵（え）はどれですか。 他畫的畫是哪一幅？

ドレス 女用禮服

このドレスは派手（はで）すぎませんか。 這件禮服不會太過花俏嗎？

どろぼう
泥棒 小偷

警察（けいさつ）がその泥棒（どろぼう）を捕（つか）まえた。 警察抓到那個小偷了。

動詞

たい
対する　相對、對照、對於

Track 307

□□□

私は政治に対して、全く興味がない。他對於政治完全沒有興趣。

たお
倒す　弄倒、推翻

□□□

彼はその敵を倒した。他打倒了那個敵人。

たお
倒れる　倒下、倒閉、病倒

□□□

父が過労で倒れた。父親因為過勞而病倒了。

た
炊く　煮、燒

□□□

お母さんがご飯を炊いている。母親正在煮飯。

だ
抱く　懷著、懷抱

□□□

恋人の肩を抱くことは一番幸せだと思う。
我覺得抱著戀人的肩是最幸福的一件事。

たし
確かめる　弄清、確認

Track 308

□□□

その字の発音を辞書で確かめた。我查字典確認了那個字的發音。

足す（た） 加、增加

七に四を足すと十一になる。 七加四等於十一。

出す（だ） 提出、交出、寄（信）

“早くレポートを出して”と先生に言われた。
老師叫我「趕快交報告」。

助ける（たす） 救助、幫助

誰か助けてください！ 誰來救救我！

訪ねる（たず） 拜訪、造訪

彼女の実家を訪ねた。 我拜訪了女友的老家。

Track 309

尋ねる（たず） 打聽、尋找、訪問

あの子は母を尋ねて三千里も旅をしている。
那個孩子正在進行尋母之旅。

畳む（たた） 摺疊、收起

洗濯物を畳むのを手伝って。 來幫忙我摺洗好的衣服。

立ち去る（た さ） 離別、分岐

十年前母の立ち去った姿を忘れられない。
我無法遺忘十年前母親離開的身影。

立ち止まる（たちどまる） 站住、停下 □□□

田中さんが店の前で立ち止まった。 田中停在店門口。

立ち戻る（たちもどる） 返回、回到 □□□

自分の居場所に立ち戻った。 回到自己的住處。

Track 310

立つ（たつ） 站立 □□□

遅れた人は立ってください。 遲到的人請站起來。

建つ（たつ） 蓋、建 □□□

渋谷駅の前にハチ公の銅像が建っている。
澀谷站前建有忠犬八公的銅像。

経つ（たつ） （時間）經過 □□□

あっという間に十年が経った。 一轉眼便過了十年。

立てる（たてる） 豎立、立定、揚起、掀起、推派、指派、扎、發出（聲響）、燒開、立下、保全 □□□

行動する前にまず計画を立ててください。
行動之前請先訂好計畫。

建てる（たてる） 蓋、建造、建築

私の家はその有名な建築家が建てました。（わたし／いえ／ゆうめい／けんちくか／た）

我的家是由那名知名建築家建造的。

Track 311

例える（たとえる） 比喻、比擬

動物に例えるなら、彼の行為は犬に近いです。（どうぶつ／たと／かれ／こうい／いぬ／ちか）

以動物來比喻，他的行為接近犬隻。

たどり着く（たどりつく） 好不容易到達

三年かかって、やっとここにたどり着いた。（さんねん／つ）

花費三年，終於到達這裡了。

楽しむ（たのしむ） 享樂、期待、欣賞

ここなら人の目を気にせず食事をゆっくり楽しむことができる。（ひと／め／き／しょくじ／たの）

在這裡可以不用在意人們的目光，慢慢地享受餐點。

頼む（たのむ） 拜託、請求

この件を彼に頼もうと思っている。（けん／かれ／たの）

我想這件事要拜託他。

食べる（たべる） 吃

母の手料理が食べたいです。（はは／てりょうり／た）

我想吃母親做的料理。

溜(た)まる 積存、積壓 Track 312

□□□

借金(しゃっきん)がどんどん溜(た)まってくる。 負債越積越多。

黙(だま)る 不說話、不聞不問

□□□

うるさい、黙(だま)ってくれ。 太吵了，閉嘴！

ためらう 躊躇

□□□

行(い)こうか行(い)くまいかためらっている。 我在躊躇到底要不要前往。

溜(た)める 積、存

□□□

雨(あめ)を溜(た)めてどうしますか。 積存雨水要做何用？

垂(た)らす 垂、流、滴

□□□

あの子(こ)はよだれを垂(た)らしている。 那個孩子滴著口水。

足(た)りる 足夠 Track 313

□□□

お菓子(かし)は足(た)りていますか。 點心足夠嗎？

違(ちが)う 不對、不是

□□□

結果(けっか)が彼(かれ)の予想(よそう)とは違(ちが)う。 結果不是他所預想的。

あ行
か行
さ行
た行
な行
は行
ま行
や行
ら行
わ行

縮める（ちぢ） 縮短、縮小、簡化 □□□

勤める期間を半年に縮めた。 任職期間縮短為半年。

費やす（つい） 用掉、耗費 □□□

五年を費やして、やっと論文を完成した。
耗費五年，終於完成論文了。

使いこなす（つか） 熟練、充分發揮 □□□

彼はこの機械を使いこなせる。 這個機械他很熟練。

Track 314

使う（つか） 使用 □□□

遠慮なくこの部屋を自由に使ってください。
別在意，請自由使用這間房間。

捕まる（つか） 被捕獲、抓到 □□□

警察が泥棒を捕まった。 警察抓到了小偷。

掴む（つか） 抓住、掌握 □□□

やっと要点を掴んだ。 終於掌握了要點。

疲れる（つか） 疲累 □□□

すごく疲れたから、すぐ家に帰りたい。 我很疲累，想馬上回家。

突き当たる 撞上、擋住、走到盡頭 □□□

車が壁に突き当たった。 車子撞上了牆壁。

Track 315

着く 到達、抵達 □□□

三時間かけて、東京に着いた。 花了三小時抵達東京。

点く 點（燈、火）、開啟（裝置） □□□

ガスコンロの具合が悪くて火が点かない。
瓦斯爐怪怪的火點不著。

付く 沾上、附上、配有、增加、陪同、跟隨、妥當、從屬、留痕、解釋、感覺到 □□□

ほっぺたに絵の具が付いている。 臉頰上沾著顏料。

作る 做、製 □□□

料理の先生がケーキを作っている。 料理老師正在製作蛋糕。

付ける 附加、抹上、安裝 □□□

カレーライスを注文すると、サービスでコロッケを付けますよ。 只要點咖哩飯，就送可樂餅。

ア行 カ行 サ行 タ行 ナ行 ハ行 マ行 ヤ行 ラ行 ワ行

Track 316

つ
漬ける 浸泡、醃漬

□□□

母(はは)が洗濯物(せんたくもの)を水(みず)に漬(つ)けておいた。 母親將要洗的衣物浸泡至水中。

つた
伝える 傳達、傳授

□□□

私(わたし)の意見(いけん)を伝(つた)えてください。 請傳達我的意見。

つづ
続く 繼續、連續

□□□

こんな幸(しあわ)せがいつまで続(つづ)きますか。 這樣的幸福能持續到何時呢？

つづ
続ける 持續、繼續

□□□

この企画(きかく)はまだ続(つづ)けますか。 這個企劃下仍然要繼續嗎？

つつ
包む 包圍、包住

□□□

この本(ほん)をプレゼント用(よう)に包(つつ)んでください。
請把這本書包成禮品。

Track 317

つと
勤める 工作、任職、擔任

□□□

父親(ちちおや)がその会社(かいしゃ)に社長(しゃちょう)として勤(つと)めている。
父親任職那間公司的社長。

つと
努める 努力、盡力

□□□

夫(おっと)は家族(かぞく)のために、随分(ずいぶん)努(つと)めてきた。 丈夫為了家庭非常努力。

務(つと)める　擔任、完成

彼(かれ)は部長(ぶちょう)を務(つと)めて、もう二年(にねん)経(た)った。　他擔任部長已經經過兩年了。

繋(つな)がる　連接、有關聯、使束縛

地震(じしん)のため、電話(でんわ)が繋(つな)がらない。
因為剛才發生了地震，電話無法連接上。

瞑(つぶ)る　閉眼、假裝沒看見

ちょっと目(め)を瞑(つぶ)って、休憩(きゅうけい)します。　稍微閉眼休息一下。

Track 318

つまむ　抓一撮

塩(しお)をつまんでスープに加(くわ)えた。　抓一撮鹽巴加入湯中。

積(つ)む　堆積、累積、裝載

トラックには荷物(にもつ)が積(つ)んである。　卡車上載著貨物。

釣(つ)る　釣、引誘

彼(かれ)がお菓子(かし)で子供(こども)を釣(つ)っている。　他正用點心引誘孩子。

連(つ)れて行(い)く　帶（某人）去

私(わたし)を動物園(どうぶつえん)に連(つ)れて行(い)ってください。　請帶我到動物園。

連(つ)れてくる　帶（某人）來

母(はは)が私(わたし)をここに連(つ)れてきました。　媽媽帶我來到這裡。

Track 319

連(つ)れる　帶、帶領、跟隨

母(はは)が妹(いもうと)を連(つ)れて公園(こうえん)に行(い)った。　母親帶妹妹去公園。

出会(であ)う　遇見、相遇

あなたに出会(であ)えてよかった。　能遇見你真是太好了。

出(で)かける　出門、外出

娘(むすめ)は出(で)かけることが大好(だいす)きです。　女兒很喜歡外出。

適(てき)する　適當、適合

面接(めんせつ)に適(てき)した服(ふく)を買(か)いに行(い)く。　我要去買適合面試的服裝。

できる　會、能夠、可以

ここから東京(とうきょう)を眺(なが)める事(こと)ができる。　從這裡可以眺望到東京。

Track 320

手伝(てつだ)う　幫助、幫忙

家事(かじ)を手伝(てつだ)いましょうか。　需不需要我幫你做家事？

て
照る　照耀、晴天　□□□

ひ　て　あめ　ふ　かいさい
日が照っても雨が降っても開催する。 不論是晴天或雨天都會舉行。

で
出る　走出　□□□

かのじょ　へや　で
彼女はその部屋から出てきた。 她走出那間房間了。

と　あ
問い合わせる　照會、詢問　□□□

せいかく　しゅうごうじかん　と　あ
正確な集合時間をメールで問い合わせた。
使用信件詢問正確的集合時間。

とお
通す　使通過、透過　□□□

とお
すみません、通してください。 不好意思，借過一下。

Track 321

とお
通る　通過、走過、暢通、實現、受承認　□□□

みち　こうじちゅう　とお
この道は工事中で通れない。 這條路正在施工過不去。

と
解く　拆開、解開　□□□

さんじかん　もんだい　と
三時間かかって、やっと問題を解いた。
花費三個小時，終於解開問題了。

と
溶ける　溶化、溶解　□□□

あぶら　みず　と
油は水に溶けない。 油不溶於水。

閉じる　關閉、結束、合上

五時にこの扉を閉じます。 五點時會關門。

届く　送到、達到

昨日彼氏から手紙が届いた。 昨天男友寄出的信件送到了。

Track 322

届ける　送到、呈報

毎朝牛乳を三本届けている。 每天早上都會有三罐牛乳送到。

留める　阻擋、留住

あの事件は永遠に私の記憶に留める。
那個事件永遠留在我的記憶中。

整える　整理

面接のために、髪の毛を整えた。 為了面試，我整理了頭髮。

怒鳴る　大聲喊、大聲叱責

赤点で先生に怒鳴られた。 我因為不及格被老師大聲叱責了。

泊まる　住（家以外的地方）

ここに泊まってもいいですか。 可以住在這裡嗎？

Track 323

止める 停、終止

彼女は足を止めて休憩する。 她停下腳步休息。

泊める 留宿、住宿

雨が降ったから、友人を泊めてあげた。
因為下雨了，所以我借朋友留宿。

留める 固定

切れた靴紐を安全ピンで留めた。 用安全別針固定住斷掉的鞋帶。

捕らえる 逮住、捉住

早く犯人を捕らえてください。 請盡快逮住犯人。

取り上げられる 被採納、被接受

彼の提案はみんなに取り上げられた。 他的提案被大家採納了。

Track 324

取り入れる 收穫、採用

来月にいちごを取り入れる予定だ。 下個月預計要收穫草莓。

取り替える 換、更換、替換

昨日買った不良品を取り替えに行く。
我去更換昨天買到的瑕疵品。

取り除く（とりのぞく） 去除、解除

彼に対しての不信感を取り除きたいです。

我想去除對他的不信任感。

取る（とる） 拿、取、花費、除掉

その本を取ってもらえませんか。 可以幫我拿那本書嗎？

撮る（とる） 照相、攝影

その観光地は写真を撮る人がいつも多い。

在那個觀光景點有許多人在拍照。

取れる（とれる） 能取得、脫落、消除、能解釋為……

ボタンが取れそうですよ。 你的釦子看起來快掉了喔。

形容詞

Track 325

退屈（たいくつ） 無聊、寂寞的（一する：感到無聊）

退屈（たいくつ）な日々（ひび）はもう耐（た）えられない。 無法忍受無聊的日子了！

大事（だいじ） 重要、保重、愛護的（名詞：大事）

大事（だいじ）な人（ひと）をちゃんと守（まも）ってください。 請好好守護重要的人。

大丈夫（だいじょうぶ） 沒關係的、不要緊

一人（ひとり）で本当（ほんとう）に大丈夫（だいじょうぶ）なのですか。 一個人真的不要緊嗎？

大好き（だいすき） 最喜歡的

私（わたし）が大好（だいす）きな果物（くだもの）はいちごです。 我最喜歡的水果是草莓。

大切（たいせつ） 重要的

大切（たいせつ）な人（ひと）をちゃんと守（まも）らなければならない。

重要的人必須要好好守護。

Track 326

大変（たいへん） 很、非常、不容易、嚴重的

（副詞：非常地／名詞：大事件）

大変（たいへん）な時期（じき）だけど、みんなで頑張（がんば）りましょう。

現在是非常辛苦的時期，大家一起加油吧！

たい
平ら 平坦、平靜（名詞：平地）

たい　お
平らなテーブルに置いてください。 請放置在平坦的桌子上。

たか
高い 高的、貴的

ひん　たか
そのブランド品のかばんは高いでしょ。 那個名牌包很貴吧？

たくましい 健壯、旺盛

たいかく　おとこ　す
体格がたくましい男が好きだ。 我喜歡健壯的男性。

たし
確か 明確、確定的

たし　じょうほう
確かな情報がほしいです。 我想要明確的情報。

Track 327

ただ
正しい 正確的

ただ　こた　なお
正しい答えに直してください。 請修正成正確的答案。

たの
楽しい 愉快的、高興的

きのう　たの
昨日のデートは楽しかったです。 昨天的約會很愉快。

たの
頼もしい 靠得住的、前途有為的

たの　むすこ　そだ
頼もしい息子に育てたい。 我想養出前途有為的兒子。

堪(たま)らない　受不了的、非常的

こんな美女(びじょ)は、男性(だんせい)には堪(たま)らないでしょ。

這樣的美女，男性都會受不了吧！

駄目(だめ)　無用、白費、不行的

あの男(おとこ)は本当(ほんとう)に駄目(だめ)な人間(にんげん)だと思(おも)う。　我覺得他真的是沒用的人。

Track 328

だらしない　不檢點的、沒出息的

彼(かれ)はだらしない男(おとこ)だから、やめたほうがいいよ。

他是個沒出息的男性，放棄比較好喔！

小(ちい)さい　小的

前回(ぜんかい)会(あ)ったときは小(ちい)さかったけど、今(いま)は大人(おとな)になったね。

上次見面還很小，現在都變成大人了呢！

近(ちか)い　近的

顔(かお)が近(ちか)いので、少(すこ)し離(はな)れてください。

臉太近了，請稍微退後一點。

茶色(ちゃいろ)い　茶色的、咖啡色的

この茶色(ちゃいろ)い液体(えきたい)は何(なん)ですか。　這個咖啡色的液體是什麼？

中途半端（ちゅうとはんぱ） 半途而廢、不徹底的

そんな中途半端な態度では、何もできないと思う。

我認為那樣半途而廢的態度做什麼事都不會成的。

Track 329

つまらない 無聊的

彼らはつまらない話ばかりしている。 他們總是說著無聊的話。

冷たい（つめたい） 涼的

冷たい手で私の顔を触るな。 不要用冷冰冰的手碰我的臉。

強い（つよい） 強的

日が強いので、今日は出かけたくない。

因為太陽很大，所以我今天不想出門。

辛い（つらい） 辛苦的、難受的

あんな辛い思いは二度としたくない。

那樣痛苦的遭遇不想再有第二次。

丁寧（ていねい） 有禮貌、客氣的、仔細的

（名詞：禮貌、鄭重）

丁寧な言い方で言ってください。 請用客氣的說法表達。

Track 330

てきせつ
適切 恰當、適當的 □□□

適切（てきせつ）な例（れい）を挙（あ）げてください。 請舉出適當的例子

てきとう
適当 適當的、隨便的 □□□

適当（てきとう）なことを言（い）わないでください。 請別說些隨便的話。

て
手ごろ 價錢合適、大小輕重合適的 □□□

それはいいと思（おも）う、値段（ねだん）も手（て）ごろだし。
我覺得那一樣很不錯，價錢也很合適。

とうぜん
当然 當然的（名詞：當然／副詞：當然） □□□

お母（かあ）さんが怒（おこ）るのも当然（とうぜん）だ。 媽媽會生氣也是理所當然的。

とうめい
透明 透明、清澈的 □□□

朝（あさ）の空気（くうき）が透明（とうめい）で、気持（きも）ちいいですね。
早上的空氣很清澈，令人感到心情舒暢。

Track 331

とお
遠い 久遠的、遠的 □□□

距離（きょり）が遠（とお）いので、あまり行（い）きたくない。
因為距離太遠了，所以不太想前往。

とくい
得意 得意、擅長（名詞：得意、常客） □□□

フランス料理（りょうり）が得意（とくい）である。 我很擅長法式料理。

特殊（とくしゅ） 特殊的、特別的

それは特殊（とくしゅ）な製法（せいほう）で作（つく）られたチョコレートです。

那是以特別做法製作出的巧克力。

特別（とくべつ） 特別的（副詞：格外）

誕生日（たんじょうび）にとても特別（とくべつ）なプレゼントをもらった。

我在生日時得到了非常特別的禮物。

とんでもない 意外的、無理的

とんでもない時間（じかん）に訪問（ほうもん）して、申（もう）し訳（わけ）ありません。

非常抱歉在如此無理的時間來訪。

どんな 怎樣的、如何的

彼氏（かれし）はどんな人（ひと）ですか。 你男朋友是怎樣的人？

あ行 か行 さ行 **た行** な行 は行 ま行 や行 ら行 わ行

副詞

Track 332

大分（だいぶ） 很多、相當

風邪（かぜ）は大分（だいぶ）よくなってきました。 感冒好很多了。

どうして 為什麼

星（ほし）はどうして輝（かがや）くのですか。 星星為什麼會散發光芒呢？

どうぞ 請、給你

どうぞお入（はい）りください。 請進。

どうも 謝了

どうもありがとうございました。 謝謝你。

時々（ときどき） 有時

時々（ときどき）家（いえ）の鍵（かぎ）を忘（わす）れます。 我有時候會忘記帶家裡的鑰匙。

突然（とつぜん） 突然、忽然（形容詞：突然的）

彼女（かのじょ）は突然（とつぜん）止（と）まった。 她突然停下來了。

ア行 カ行 サ行 タ行 ナ行 ハ行 マ行 ヤ行 ラ行 ワ行

隨堂小測驗

請根據題意選出正確的選項。

(　　) 1. 行こうか行くまいか「ためらっている」。

(A) 確認　(B) 反覆　(C) 決定　(D) 躊躇

(　　) 2. 山田君はいつも自分の「都合」だけで何でも決めるわがままな人です。

(A) 想法　(B) 方便　(C) 喜愛　(D) 感覺

(　　) 3. 彼はこの機械を「使いこなせる」。

(A) 方便　(B) 學習　(C) 熟練　(D) 設計

(　　) 4. こんなにきれいな花を「頂戴」して、ありがとうございます。

(A) 領受　(B) 戴上　(C) 頒獎　(D) 贈送

(　　) 5. 彼の提案はみんなに「取り上げられた」。

(A) 被修正　(B) 被提出　(C) 被採納　(D) 被討論

(　　) 6. こんな美女は、男性には「堪らない」でしょ。

(A) 驚艷的　(B) 受不了的　(C) 不堪的　(D) 難忘的

解答：1. (D)　2. (B)　3. (C)
4. (A)　5. (C)　6. (B)

JLPT N3

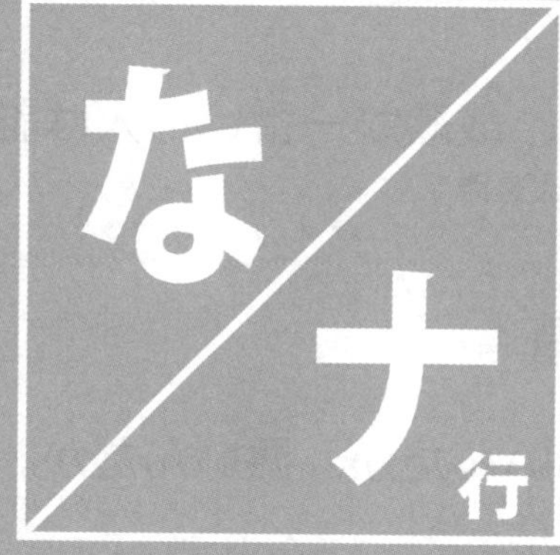

Track 333

菜(な) 蔬菜、青菜

□□□

母(はは)が漬(つ)ける菜(な)はすごくおいしいです。

母親醃漬的蔬菜非常美味。

ナイフ 刀子

□□□

彼女(かのじょ)はナイフで恋人(こいびと)を刺(さ)した。 她用刀子刺傷戀人。

中(なか) 中心

□□□

このクラスの中(なか)で、成績(せいせき)が一番(いちばん)いい人(ひと)は誰(だれ)ですか。

這個班級中，成績最好的人是誰？

仲(なか) 關係、交情

□□□

彼(かれ)らは一体(いったい)仲(なか)がいいんだか、悪(わる)いんだか。

他們到底感情是好是壞呀？

中指(なかゆび) 中指

□□□

彼(かれ)は中指(なかゆび)を立(た)てて相手(あいて)を 挑 発(ちょうはつ)している。

他豎起中指挑釁對方。

Track 334

夏(なつ) 夏天

□□□

夏(なつ)の終(お)わりに花火大会(はなびたいかい)が開催(かいさい)される。 夏末會舉辦煙火大會。

なっとく
納得 理解、同意（—する：理解）□□□

いけん なっとく
あなたの意見は納得できない。 我無法同意他的意見。

なつやす
夏休み 暑假 □□□

なつやす なに けいかく
夏休みに何か計画がありますか。 暑假有什麼規劃嗎？

なな
七 七 □□□

いもうと ことし ななさい
妹 は今年七歳になりました。 我妹妹今年七歲了。

なな
七つ 七個、七歲 □□□

たまご なな か
卵 を七つ買ってくれませんか。 可以幫我買七顆蛋嗎？

なに
何 什麼、怎麼 Track 335 □□□

たんじょう び なに
誕 生 日に何がほしいですか。 你生日想要什麼？

なの か
七日 七號、七天 □□□

しちがつなの か ちゅうごく
七月七日は 中 国のバレンタインデーです。
七月七號是中國的情人節。

なべ
鍋 鍋子、火鍋 □□□

こん や なべ
今夜は鍋にしよう。 今晚就吃火鍋吧。

なまえ
名前 名字

かのじょ なまえ なん
彼女の名前は何ですか。 她的名字是什麼？

なみ
波 波浪

わたし の なみ
私たちが乗ったボートは波にのまれた。
我們搭乘的小船被波浪吞噬了。

Track 336

なみだ
涙 眼淚

き なみだ で
そのストーリーを聞いて、涙が出た。 聽到那個故事，我流下了眼淚。

に
二 二

に まい た
プリントが二枚足りません。 講義少了兩張。

にお
匂い 味道

だいどころ いよう にお
台所で異様な匂いがする。 廚房飄出異味。

にく
肉 肉

かれし や にく だいす
彼氏は焼き肉が大好きです。 男友很喜歡烤肉。

にし
西 西邊

たいよう にし しず
太陽は西に沈んだ。 太陽從西邊落下。

Track 337

にじ
虹 彩虹

□□□

み　そら　にじ　か
見て、空に虹が架かっている。 你看，天上掛著彩虹。

にじゅうよっか
二十四日 二十四號

□□□

らいげつ　にじゅうよっか　はは　たんじょうび
来月の二十四日は母の誕生日です。
下個月的二十四號是我母親的生日。

にちじょう
日常 日常、平常

□□□

じどうしゃじこ　にちじょう
自動車事故は日常よくあることだろう。
車禍是日常生活中常見的事吧？

にちようび
日曜日 星期日

□□□

こんしゅう　にちようび　どうぶつえん　い
今週の日曜日に動物園に行こうか。 本週日要一起去動物園嗎？

にっき
日記 日記

□□□

かれ　にっき　よ
彼の日記を読んでいる。 我在讀他的日記。

Track 338

にほん
日本 日本

□□□

きかい　にほん　あそ　い
機会があったら、ぜひ日本へ遊びに行ってください。
若有機會，請一定要去日本玩。

にほんご
日本語 日語

□□□

だいがく　せんもん　にほんご
大学の専門は日本語だった。 我大學專攻日文。

にもつ
荷物 行李

荷物をまとめている。 我在整理行李。

にゅういん
入院 住院（—する：住院）

父親は病気で入院しました。 父親因生病而住院了。

にゅうがく
入学 入學（—する：入學）

彼は入学試験に不合格です。 他沒有通過入學測驗。

Track 339

にゅうしゃ
入社 進入公司工作（—する：進入公司工作）

私は去年この会社に入社した。 我在去年進入這間公司工作。

ニュース 新聞、消息

今日のニュースを見ましたか。 你看到今天的新聞了嗎？

にわ
庭 庭院

庭がある家を持ちたいです。 我想要有庭院的家。

にん
～人 ～個人

今日の出席者は何人ですか。 今天有幾個人出席？

にんぎょう
人形 娃娃

むすめ にんぎょう あそび
娘は人形遊びをしている。 女兒在玩娃娃。

Track 340

ね
根 根

ざっそう ね ぬ
雑草を根から抜いてください。 請將雜草連根拔起。

ね
音 聲音

すず ね き
どこかから鈴の音が聞こえる。 從某處傳來鈴聲。

ネクタイ 領帶

ちち ひ
父の日にネクタイをプレゼントする。
父親節要買領帶當禮物。

ねこ
猫 貓

いえ ねこ よんひき
家に猫が四匹いる。 我家有四隻貓。

ねだん
値段 價格、價錢

くるま ねだん
この車の値段はいくらですか。 這台車的價錢為何？

Track 341

ねつ
熱 發燒、熱度

ねつ がっこう やす
熱があって、学校を休みました。
我因為發燒向學校請假了。

あ行
か行
さ行
た行
な行
は行
ま行
や行
ら行
わ行

ねつあい
熱愛 熱愛、熱戀
（—する：熱愛、熱戀）

□□□

ふたり ねつあい しゅうかんし ほうどう
あの二人の熱愛は週刊誌で報道された。
那兩個人被週刊爆出正在熱戀中。

ネックレス 項鍊

□□□

かれし
クリスマスに彼氏からネックレスをもらいました。
我在聖誕節時收到了男友送的項鍊。

ねったい
熱帯 熱帶

□□□

たいわん ねったいこっか
台湾は熱帯国家ではない。 台灣並不是熱帶國家。

ねぼう
寝坊 賴床（—する：賴床）

□□□

ねぼう ひこうき の おく
寝坊して飛行機に乗り遅れました。 因為賴床而沒趕上飛機。

Track 342

のうぎょう
農業 農業

□□□

いま のうぎょう すこ きかいか すいしん
今の農業は少しずつ機械化を推進している。
現今的農業漸漸朝機械化推進。

のうさくぶつ
農作物 農作物

□□□

たいふう のうさくぶつ う もの
台風のせいでうちの農作物が売り物にならなくなった。
颱風害得我家的農作物沒法賣了。

濃度（のうど） 濃度 □□□

濃度（のうど）の高（たか）いミルクが大嫌（だいきら）いです。 我很討厭濃郁的牛奶。

ノート 筆記本 □□□

ノートを貸（か）してくれませんか。 可以借我筆記本嗎？

のど 喉嚨 □□□

のどが渇（かわ）いたので水分（すいぶん）を取（と）りたい。 喉嚨很乾，我想補充點水份。

Track 343

飲み物（のみもの） 飲料 □□□

何（なに）か飲（の）み物（もの）が要（い）りますか。 請問需要飲料嗎？

乗り場（のりば） 候車處 □□□

バスの乗（の）り場（ば）で待（ま）っている。 在巴士的候車處等待。

乗り物（のりもの） 交通工具 □□□

何（なん）の乗（の）り物（もの）で台北（たいぺい）に行（い）きましたか。
你搭乘什麼交通工具到台北？

Track 344

直す(なおす) 訂正、修改 □□□

この誤(あやま)りを直(なお)してください。 請訂正這個錯誤。

治す(なおす) 醫治 □□□

風邪(かぜ)を早(はや)く治(なお)して、学校(がっこう)へ来(き)てね。 你要趕快把感冒治好來學校喔。

直る(なおる) 復原、修好、矯正 □□□

落(お)ちたサーバーは直(なお)ったみたい。 壞掉的伺服器好像修好了。

治る(なおる) 治好、痊癒 □□□

風邪(かぜ)がなかなか治(なお)らない。 感冒一直好不了。

流す(ながす) 沖走、使流走、傳播 □□□

このドラマを見(み)て、涙(なみだ)を流(なが)した。 看了這部戲劇，我留下了眼淚。

Track 345

眺める(ながめる) 遠望、注意看 □□□

東京(とうきょう)タワーから東京(とうきょう)の夜景(やけい)を眺(なが)めることができる。

從東京鐵塔能夠遠望東京的夜景。

流れる 流動、漂流

血液が流れているのを感じる。 感受到血液的流動。

泣く 哭泣

赤ちゃんはお腹が空いて泣き出した。 小嬰兒肚子餓便哭了起來。

無くす 失去

不注意で財布を無くした。 因為沒多加注意所以弄丟了錢包。

亡くなる 去世（較死ぬ委婉的說法）

昨日亡くなった母の夢を見ました。 昨天我夢見了已過世的母親。

Track 346

無くなる 消失、丟失

女性差別は未だに無くならない。 女性歧視直到現今都未消失。

投げる 拋投、丟

あの子はボールを投げている。 那個孩子正在丟球。

なさる 為、做（なす、する的敬語）

お仕事は何をなさっているんですか。 請問您從事什麼工作？

撫でる 撫摸

彼氏が私の頬を撫でている。 男友撫摸著我的臉頰。

なめる 舔、輕視

私（わたし）をなめないでください。 請不要輕視我。

悩む（なやむ） 煩惱、苦惱

やろうかやるまいか、彼（かれ）は悩（なや）んでいる。 我正在煩惱到底要不要做。

習う（ならう） 學習

その先生（せんせい）のところで英語（えいご）を習（なら）っている。

我在跟那位老師學習英語。

鳴らす（ならす） 使發出聲響

彼女（かのじょ）はシャンシャンとタンバリンを鳴らした。

她叮鈴叮鈴地搖響了鈴鼓。

並べる（ならべる） 並列、排列

その店（みせ）の前（まえ）にたくさんの人（ひと）が並（なら）んでいる。 那間店門前排了很多人。

なる 成為

弟（おとうと）は将来（しょうらい）警察（けいさつ）になりたがっている。 弟弟希望未來能成為警察。

鳴る（なる） 響、叫

お腹（なか）が空（す）いてグーと鳴（な）った。 肚子餓得咕嚕咕嚕叫。

慣(な)れる 習慣 □□□

新(あたら)しい生活(せいかつ)には慣(な)れましたか。 你習慣新生活了嗎？

握(にぎ)る 握住 □□□

母(はは)は今(いま)お寿司(すし)を握(にぎ)っている。 母親正在握壽司。

賑(にぎ)わう 熱鬧、生意興旺 □□□

ＭＲＴができて、この町(まち)が賑(にぎ)わう。 有了捷運後，這個城鎮會熱鬧起來。

逃(に)げる 逃避、逃走 □□□

昨日(きのう)捕(つか)まった犯人(はんにん)が逃(に)げた。 昨天逮捕的犯人逃走了。

Track 349

睨(にら)む 瞪、盯、凝視 □□□

彼(かれ)は怖(こわ)い目(め)で私(わたし)を睨(にら)んでいる。 他用可怕的眼神瞪著我。

煮(に)る 煮、燉、熬 □□□

じゃがいもを煮(に)ている。 正在燉馬鈴薯。

似(に)る 像、相似 □□□

彼(かれ)はお母(かあ)さんにすごく似(に)ている。 他和他的母親非常相似。

抜(ぬ)ける 脫落、漏掉、脫離

父(ちち)は最近(さいきん)髪(かみ)の毛(け)がどんどん抜(ぬ)けている。 最近父親的頭髮不斷地脫落。

抜(ぬ)く 拔出、去掉

指(ゆび)にささったとげを抜(ぬ)いた。 將刺入手指的細尖物拔出來了。

Track 350

脱(ぬ)ぐ 脫掉

入(はい)る前(まえ)に、靴(くつ)を脱(ぬ)いでください。 進入前請脫掉鞋子。

盗(ぬす)む 偷竊

そのルームメートが私(わたし)のお金(かね)を盗(ぬす)んだ。 那名室友偷了我的錢。

濡(ぬ)らす 弄濕

タオルを濡(ぬ)らして顔(かお)を拭(ぬぐ)う。 將毛巾沾濕擦擦臉。

塗(ぬ)る 塗、抹

壁(かべ)をもう一度(いちど)白(しろ)く塗(ぬ)りたい。 我想把牆壁再塗白一次。

眠(ねむ)る 睡著、長眠、沉睡

眠(ねむ)れない時(とき)は羊(ひつじ)を数(かぞ)えてみてください。 睡不著時請試著數數羊。

Track 351

狙う（ねらう） 瞄準、把……當作目標

猫（ねこ）がねずみを狙（ねら）っている。 貓咪正把老鼠當作目標。

寝る（ねる） 睡覺、就寢

もう寝（ね）る時間（じかん）ですよ。 到了就寢的時間了喔！

残す（のこす） 殘留、留下

親（おや）が私（わたし）と弟（おとうと）を残（のこ）して亡（な）くなった。 雙親留下我跟弟弟去世了。

残る（のこる） 留下、剩下、遺留

ここに残（のこ）された足跡（あしあと）は誰（だれ）のものですか。
這裡的腳印是誰留下的？

乗せる（のせる） 搭乘、乘載

車（くるま）に乗（の）せてもらえませんか。 可以搭你的車嗎？

Track 352

覗く（のぞく） 窺視、偷看

父（ちち）がドアの透（す）き間（ま）から兄（あに）を覗（のぞ）いている。 父親正從門縫偷看哥哥。

除く（のぞく） 除去、除外

雑草（ざっそう）を除（のぞ）き、庭園（ていえん）を整理（せいり）する。 我除去雜草，並整理庭園。

望む（のぞむ） 遠望、希望、仰慕

この国（くに）にはもう何（なに）も望（のぞ）んでいません。 對這個國家再也沒有任何期望。

登る（のぼる） 攀登、上升、到達

富士山（ふじさん）に登（のぼ）ることは夢（ゆめ）だった。 登富士山是我的夢想。

述べる（のべる） 敘述、發表

事実（じじつ）を正確（せいかく）に述（の）べてください。 請正確地敘述事實。

Track 353

延べる（のべる） 伸、拉長、展開

紙（かみ）を延（の）べて絵（え）を描（か）く。 展開紙張繪圖。

飲む（のむ） 喝、吃藥

暑（あつ）いときはコーラが飲（の）みたい。 很炎熱的時候就想喝可樂。

乗り上げる（のりあげる） 觸礁、擱淺

私（わたし）たちが乗（の）ったボートは岩（いわ）に乗（の）り上（あ）げた。
我們搭乘的小船擱淺到岩石上了。

乗り合わせる（のりあわせる） （偶然）共乘

毎日彼（まいにちかれ）と電車（でんしゃ）に乗（の）り合（あ）わせて、運命（うんめい）だと思（おも）う。
每天都和他共乘一班電車，我覺得這是命運。

乗(の)り換(か)える 換乘、換車 □□□

電車(でんしゃ)からタクシーに乗(の)り換(か)えた。 從電車換乘計程車。

Track 354

乗(の)り越(こ)える 越過、跨過 □□□

乗(の)り越(こ)えられない壁(かべ)はない。 沒有跨不過的牆（沒有克服不了的障礙）。

乗(の)り越(こ)す 坐過站 □□□

寝坊(ねぼう)して、乗(の)り越(こ)してしまった。 我睡過頭，坐過站了。

乗(の)る 搭乘 □□□

飛行機(ひこうき)に乗(の)って、北海道(ほっかいどう)に行(い)く。 搭乘飛機前往北海道。

【形容詞】

Track 355

無(な)い　無、沒有

携帯電話(けいたいでんわ)が無(な)い人(ひと)はいないでしょ。　沒有無持有手機的人吧！

長(なが)い　長的

その長(なが)い足(あし)の女性(じょせい)は誰(だれ)ですか。　那位腿很長的女性是誰？

情(なさ)けない　無情、悲慘的、可恥的

彼(かれ)の良(よ)さがわからないなんて、情(なさ)けないですね。

你不能了解他的優點，令人感到遺憾。

なだらか　平穩、順利的

会議(かいぎ)はなだらかに進行(しんこう)した。　會議進展得很順利。

懐(なつ)かしい　懷念的

昔(むかし)の写真(しゃしん)を見(み)て、本当(ほんとう)に懐(なつ)かしいと思(おも)う。

看了以前的照片，真的很令人懷念。

Track 356

滑(なめ)らか　平滑、流利的

滑(なめ)らかな肌触(はだざわ)りのシャツが大好(だいす)きです。　我喜愛膚觸柔滑的襯衫。

苦い（にが） 苦的 □□□

苦（にが）いお茶（ちゃ）は苦手（にがて）です。 我怕喝苦的茶。

苦手（にがて） 不擅長的、不善應付的 □□□

あの先生（せんせい）が苦手（にがて）です。 我不善和那位老師相處。

賑やか（にぎ） 熱鬧的 □□□

お祭（まつ）りの賑（にぎ）やかな雰囲気（ふんいき）が大好（だいす）きです。
我喜歡祭典上熱鬧的氣氛。

憎らしい（にく） 可恨的、討厭的 □□□

彼（かれ）は憎（にく）らしい目（め）で私（わたし）を見（み）ている。 他以憎恨的眼神看著我。

Track 357

鈍い（にぶ） 鈍的、遲緩 □□□

動作（どうさ）が鈍（のろ）いね、どうした。 動作很遲緩呢，怎麼了嗎？

温い（ぬく） 溫的 □□□

お茶（ちゃ）がだんだん温（ぬく）くなった。 茶漸漸變溫了。

熱心（ねっしん） 熱心的（名詞：熱心） □□□

隣（となり）に住（す）んでいるとても熱心（ねっしん）な二人（ふたり）はどういう関係（かんけい）ですか。
住在隔壁、非常熱心的那兩個人是什麼關係呢？

ねむ
眠い 想睡、睏的 □□□

今(いま)はとても眠(ねむ)いけど、我慢(がまん)しかない。

我現在非常想睡，但只能忍耐了。

のぞ
望ましい 有希望的、希望能…… □□□

望(のぞ)ましい結果(けっか)が得(え)られなくても、がっかりしないで。

即使結果不如預期，也別失望。

のろ
鈍い 緩慢的、遲緩的 □□□

その老人(ろうじん)は足(あし)が鈍(のろ)い。 那個老人的腳很遲緩。

隨堂小測驗

請根據題意選出正確的選項。

(　　) 1. あなたの意見(いけん)は「納得(なっとく)」できない。

(A) 得到　　(B) 反對　　(C) 同意　　(D) 收納

(　　) 2. 父(ちち)がドアの透(す)き間(ま)から兄(あに)を「覗(のぞ)いている」。

(A) 注視　　(B) 監視　　(C) 遠望　　(D) 偷看

(　　) 3. 「乗(の)り越(こ)え」られない壁(かべ)はない。

(A) 溜過　　(B) 越過　　(C) 度過　　(D) 跑過

(　　) 4. 私(わたし)を「なめない」でください。

(A) 別輕視　　(B) 別忽視　　(C) 別注視　　(D) 別重視

(　　) 5. 彼(かれ)の良(よ)さがわからないなんて、「情(なさ)けない」ですね。

(A) 無知的　　(B) 可恥的　　(C) 可惜的　　(D) 不識相的

解答：1. (C)　　2. (D)　　3. (B)
4. (A)　　5. (B)

JLPT N3

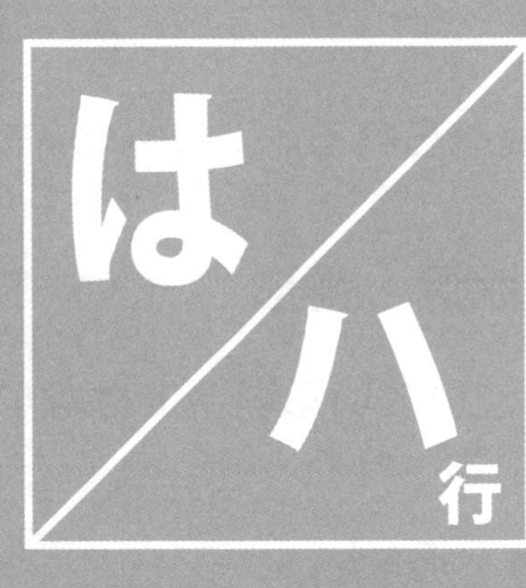
は
ハ
行

一般名詞

Track 358

派（は） 傾向、派別

あなたは猫派ですか、犬派ですか。 你是愛貓派還是愛狗派？

歯（は） 牙齒

歯が痛いので、医者に行く。 因為牙齒很痛，所以去看醫生。

葉（は） 葉子

この植物の葉は食べられる。 這個植物的葉子可以食用。

場合（ばあい） 場合、狀況、情形

こういう非常時に泣いている場合ではない。
在現在這個非常時期，可不是哭的時候。

パーティー 派對

彼の誕生日パーティーに招待された。 我被邀請去他的生日派對。

Track 359

パート 部分、計時員工

パートのおばさんが店内の商品を勝手に持ち帰ったのを見てしまった。 我不小心看見打工的歐巴桑擅自把店裡的商品帶回家。

倍（ばい） 倍、加倍

十の倍は二十です。 十加倍是二十。

ハイキング 郊遊（—する：郊遊）

みんなでハイキングに行きましょう。 大家一起去郊遊吧！

バイク 機車

彼はバイク通勤だそうです。 聽說他是騎機車上下班。

拝見（はいけん） （謙讓語）拜讀（—する：拜讀）

手紙を拝見させていただけませんか。

可以讓我拜讀一下信件內容嗎？

Track 360

灰皿（はいざら） 菸灰缸

灰皿を用意してくれませんか。 可以幫我準備菸灰缸嗎？

歯医者（はいしゃ） 牙科醫生

歯が痛いので、歯医者に見てもらった。

因為牙齒很痛，我去看了牙科醫生。

売店（ばいてん） 小商店

あのおばさんは学校の売店を経営している。

那位阿姨在學校裡開福利社。

バイト 打工（―する：打工）

バイトのシフトが出（で）ました。 打工的班表出來了。

配布（はいふ） 發放、分發（―する：發放、分發）

先生（せんせい）が通知書（つうちしょ）をみんなに配布（はいふ）している。 老師將通知書發放給大家。

Track 361

はがき 明信片

彼女（かのじょ）の家（いえ）へはがきを送（おく）った。 我寄明信片到她家了。

博多（はかた） 博多

博多（はかた）のラーメンはとても有名（ゆうめい）です。 博多拉麵非常有名。

計（はか）り 秤、量、計量

計（はか）りを貸（か）してください。 請借我秤。

拍手（はくしゅ） 拍手（―する：拍手）

彼（かれ）のパフォーマンスに拍手（はくしゅ）してください。 請掌聲鼓勵他的表演。

箱（はこ） 箱子、盒子

その箱（はこ）の中（なか）に何（なに）を入（い）れましたか。 那個箱子裡裝了什麼？

Track 362

はさみ 剪刀

はさみで紙（かみ）を切（き）ります。 用剪刀裁剪紙張。

はし
橋 橋

この橋（はし）を渡（わた）ると、学校（がっこう）に到着（とうちゃく）する。 過了這座橋，並抵達學校。

はし
箸 筷子

アメリカ人（じん）は箸（はし）の使（つか）い方（かた）が苦手（にがて）です。 美國人不擅長使用筷子。

はし
端 端、頭、邊緣

岸（きし）の端（はし）に立（た）つのは危（あぶ）ないです。 站在崖邊很危險。

はじ
初め 開始

初（はじ）めから終（お）わりまで頑張（がんば）りましょう。
從開始到結束都讓我們一起加油吧！

Track 363

ばしょ
場所 場所、地方

この近（ちか）くに何（なに）か面白（おもしろ）い場所（ばしょ）がありますか。
這附近有比較有趣的地方嗎？

はず 應該、當然

他（ほか）の方法（ほうほう）があるはずです。 應該有別的方法。

バス 公車

バスで学校（がっこう）に通（かよ）っている。 我搭公車上學。

バスケットボール　籃球

今日の体育はバスケットボールでした。　今天的體育課是籃球。

パスタ　義大利麵

コンビニで買ったパスタは意外とおいしかった。
在便利商店買的義大利麵意外地好吃。

Track 364

パスポート　護照

彼はパスポートの更新に行きました。　他去更新了護照。

パソコン　電腦

パソコンが買いたいです。　我想買電腦。

肌（はだ）　肌膚、表面、氣質

彼女の肌はゆで卵のようにプリプリしている。
她的肌膚像水煮蛋一樣富有彈性。

バター　奶油

パンにバターを塗っている。　在麵包上塗奶油。

二十歳（はたち）　二十歲

二十歳になる前は、お酒が飲めません。
在二十歲之前不能夠喝酒。

Track 365

八（はち）　八

八時に駅で待ち合わせましょう。　我們八點在車站見吧。

パチンコ 小鋼珠 □□□

彼女(かのじょ)の趣味(しゅみ)はパチンコをすることです。 她的興趣是玩小鋼珠。

発音(はつおん) 發音 □□□

この字(じ)の発音(はつおん)を教(おし)えてください。 請告訴我這個字的發音。

二十日(はつか) 二十號、二十天 □□□

今月(こんげつ)の二十日(はつか)に運動会(うんどうかい)を行(おこな)います。 本月的二十號要舉行運動會。

バッグ 包包 □□□

バッグの中(なか)に何(なに)が入(はい)っていますか。 你的包包裡放了什麼東西？

Track 366

発行(はっこう) 發行（―する：發行） □□□

この漫画(まんが)はいつ発行(はっこう)するんですか。 這部漫畫何時發行？

発達(はったつ) 發達（―する：發達） □□□

日本(にほん)の文明(ぶんめい)はとても発達(はったつ)している。 日本的文明非常發達。

発展(はってん) 發展（―する：發展） □□□

ハイテクの発展(はってん)は本当(ほんとう)に人類(じんるい)に有利(ゆうり)ですか。
高科技的發展真的對人類有利嗎？

発売(はつばい) 發售、發賣（―する：發售） □□□

この漫画(まんが)の発売日(はつばいび)は今日(きょう)ですか。 這部漫畫的發售日是今天嗎？

はな
鼻 鼻子

象は鼻が長いです。 大象的鼻子很長。

Track 367

はな
花 花

その公園の花がきれいです。 那座公園的花很美麗。

はなし
話 話、談話

小さい時から彼とは話が合わない。 我從小時候就跟他聊不來。

バナナ 香蕉

果物の中で、バナナが一番好きです。
所有水果之中，我最喜愛香蕉。

はなみ
花見 賞花

四月にみんなで公園に花見に行きましょう。
四月時大家一起去公園賞花吧！

はは
母 母親

私の母は弁護士です。 我的母親是位律師。

Track 368

パパ 爸爸

誕生日にパパが私にテディベアをプレゼントしてくれた。
生日的時候爸爸送我泰迪熊當禮物。

はははおや
母親 母親、媽媽 □□□

母親の仕事は看護師です。 媽媽的工作是護理師。

はは ひ
母の日 母親節 □□□

母の日にお母さんに何をあげましたか。
你在母親節送給媽媽什麼東西？

はへん
破片 碎片 □□□

ガラスの破片に気をつけてください。 請注意玻璃碎片。

はやし
林 樹林 □□□

木を数えて林を忘れる。 一葉障目，不見泰山。

Track 369

はや
流行り 流行、時髦 □□□

今一番流行っているものは何ですか。 現在最流行的是什麼？

はら
腹 腹部、肚子 □□□

けんかで腹をけられた。 打架時被踢到肚子。

パリ 巴黎 □□□

今年の冬休みにパリへ旅行に行くつもりです。
今年寒假我打算去巴黎旅行。

はる
春 春天

春(はる)になって、花(はな)が咲(さ)いた。 到了春天，花朵綻放。

は
晴れ 晴天

明日(あした)は晴(は)れになるように祈(いの)ってます。 祈禱明天是晴天。

Track 370

バレーボール 排球

彼(かれ)の趣味(しゅみ)はバレーボールをすることです。 他的興趣是打排球。

はん
半 半

十時半(じゅうじはん)に映画館(えいがかん)で会(あ)う約束(やくそく)する。 約十點半在電影院。

ばん
晩 晚上

晩(ばん)ご飯(はん)は何(なに)を食(た)べますか。 晚餐要吃什麼呢？

パン 麵包

クリームパンが一番(いちばん)好(す)きです。 我最喜歡奶油麵包。

はんえい
反映 反射（—する：反射）

川(かわ)に月(つき)が反映(はんえい)している。 月亮倒映在河面上。

Track 371

ハンカチ 手帕

ハンカチで涙(なみだ)を拭(ふ)いた。 用手帕擦淚。

ばんぐみ
番組 節目 □□□

バラエティ番組(ばんぐみ)を見(み)る事(こと)が大好(だいす)きです。 我很喜歡看綜藝節目。

ばんごう
番号 號碼 □□□

電話番号(でんわばんごう)を教(おし)えてください。 請告訴我電話號碼。

ばん　はん
晩ご飯 晚飯 □□□

晩(ばん)ご飯(はん)は何(なに)を食(た)べましたか。 晚飯吃了什麼呢？

はんたい
反対 相反、反對（―する：反對） □□□

私(わたし)は彼(かれ)の意見(いけん)に反対(はんたい)です。 我反對他的意見。

Track 372

ばんち
番地 門牌號、地址 □□□

彼(かれ)の番地(ばんち)を知(し)っていますか。 你知道他家的門牌號嗎？

パンチ 打孔機 □□□

駅員(えきいん)が切符(きっぷ)にパンチを入(い)れた。 車站人員將車票放入打孔機。

パンツ 褲子、內褲 □□□

このパンツは私(わたし)のお気(き)に入(い)りなの。 我很喜歡這條褲子。

はんにん
犯人 犯人 □□□

彼女(かのじょ)が真犯人(しんはんにん)だと思(おも)う。 我認為她是真正的犯人。

ハンバーガー 漢堡

□□□

昨日久しぶりにハンバーガーを食べた。 昨天久違地吃了漢堡。

Track 373

ハンバーグ 漢堡排

□□□

私の得意料理はハンバーグです。 我的拿手菜是漢堡排。

販売（はんばい） 販賣、出售（—する：販售）

□□□

ここでは販売行為ができない。 這裡不能有銷售行為。

半分（はんぶん） 一半

□□□

十の半分は五である。 十的一半是五。

日（ひ） 陽光、太陽、日子

□□□

日が強いので、帽子をかぶってください。

因為太陽很大，請戴上帽子。

火（ひ） 火

□□□

火のない所に煙は立たない。 無火不生煙。（無風不起浪。）

Track 374

ピアノ 鋼琴

□□□

ピアノが弾ける人を尊敬している。 我很佩服會彈鋼琴的人。

ビール 啤酒

□□□

今日はビールを飲もう。 今天去喝啤酒吧！

被害（ひがい） 損失、受害（―する：受害） □□□

被害者（ひがいしゃ）に何（なに）を言（い）いましたか。 你對受害者說了什麼？

東（ひがし） 東邊 □□□

太陽（たいよう）は東（ひがし）から昇（のぼ）る。 太陽從東邊升起。

光（ひかり） 光線、光澤 □□□

川（かわ）に月（つき）の光（ひかり）が反映（はんえい）しています。 河川反射著月光。

Track 375

引き出し（ひきだし） 抽屜 □□□

引（ひ）き出（だ）しを整理（せいり）してください。 請整理抽屜。

引き立て（ひきたて） 支持 □□□

こういう時（とき）に家族（かぞく）の引（ひ）き立（た）てがほしいです。
這種時候就希望有家人的支持。

鬚（ひげ） 鬍子、鬍鬚 □□□

あの男（おとこ）の人（ひと）の鬚（ひげ）は濃（こ）いです。 那個男人的鬍鬚很濃。

飛行機（ひこうき） 飛機 □□□

飛行機（ひこうき）で北海道（ほっかいどう）に行（い）く。 搭乘飛機去北海道。

ビザ 簽證

海外へ行くとき、ビザが必要です。 去國外必須要有簽證。

Track 376

ピザ 披薩

ピザを頼むけど、どれがいい？ 我要訂披薩，你覺得訂哪個好？

ひさ
久しぶり 隔了好久

久しぶりに母の手料理を食べました。
隔了好久才吃到母親親手做的料理。

びじゅつ
美術 美術

美術の先生がとてもきれいです。 美術老師非常美麗。

びじゅつかん
美術館 美術館

美術館に絵を見に行く。 我去美術館觀賞畫作。

ひじょう
非常 緊急、急迫
（形容詞：非常的、異常的）

非常口の位置を探してください。 請尋找緊急出口的位置。

Track 377

ひだり
左 左邊

その角を左へ曲がってください。 請在那個轉角向左轉。

あ行 か行 さ行 た行 な行 **は行** ま行 や行 ら行 わ行

引っ越し（ひっこし） 搬家（―する：搬家） □□□

引っ越しして1ヶ月が経った。 搬家後已經過了一個月。

筆跡（ひっせき） 筆跡 □□□

他人の筆跡を真似することは違法です。 模仿他人筆跡是違法行為。

ヒット 大受歡迎、安打、擊中、（魚）上鉤（―する：暢銷、擊中、上鉤） □□□

この映画は大ヒットだと思う。 這個電影絕對會大受歡迎！

否定（ひてい） 否定（―する：否定） □□□

子供たちの意見をすぐに否定しないでください。
請不要立即否定孩子們的意見。

Track 378

ビデオ 錄影帶、錄影機 □□□

ビデオを借りに行きます。 我去借錄影機。

人（ひと） 人、人類 □□□

こんなにいい人はいないと思う。 我覺得再也沒有這麼好的人了。

人差し指（ひとさしゆび） 食指 □□□

人差し指で人を差してはいけない。 不可以用食指去指別人。

ひと
一つ 一個、一歳

冷蔵庫の中にりんごが一つある。 冰箱裡有一個蘋果。

ひとつき
一月 一個月

この企画の完成には一月必要です。 這個企劃需要一個月來完成。

Track 379

ひとり
一人 一個人

今日出席する人はただ一人です。 今天出席的只有一個人。

ひはん
批判 批評、評判（―する：批評、評判）

彼女は他人の批判を気にしていない。 她毫不在意他人的批評。

ひふ
皮膚 皮膚

女の子はみんな白い皮膚がほしい。 女孩子都希望有白皙的皮膚。

ひま 空閒、時間

ひまなら手伝ってください。 如果有空閒的話請來幫忙。

ひゃく
百 百

この車の価値は二百万です。 這台車價值兩百萬日幣。

Track 380

ひよう
費用 費用

そつぎょうりょこう　ひよう
卒業旅行に費用がいくらかかりますか。
畢業旅行需要多少的費用？

ひょう
表 表、表格

ほけんしつ　かべ　しりょくひょう　は
保健室の壁に視力表が貼ってある。 保健室的牆壁上貼著視力表。

びょう
秒 秒

がぞう　じゅうびょう　おぼ
この画像を十秒で覚えてください。 請在十秒內記住這張圖。

びよういん
美容院 美容院

きのう　かあ　いっしょ　びよういん　い
昨日お母さんと一緒に美容院に行きました。
昨天和媽媽一起上美容院。

びょういん
病院 醫院

かれ　じこ　びょういん　はい
彼は事故で病院に入りました。 他因發生事故而去了醫院。

Track 381

ひょうか
評価 評價（—する：評價）

せんもんか　ひょうか
まず専門家に評価をしてもらってください。 先請專家進行評價。

びょうき
病気 疾病、毛病

かれ　とう　びょうき　たお
彼のお父さんは病気で倒れた。 他的父親因為疾病倒下了。

ひょうげん
表現 表現、表達

（―する：表現、表達）

自分の気持ちをちゃんと表現してください。

請好好表達自己的感受。

びょうどう
平等 平等（形容詞：平等的）

男女平等は実現できる夢かな。 男女平等是能夠實現的夢想嗎？

ひょうばん
評判 評價、名聲

（―する：評價、出名）

その映画は評判がいい。 那部電影的評價很好。

Track 382

ひょうめん
表面 表面

水の表面に立てない。 在水面無法站立。

ひらがな
平仮名 平假名

明日平仮名のテストがある。 明天有平假名的考試，

ひる
昼 白天、中午

お昼に先生の実験室に来てください。 中午請來老師的實驗室。

ビル 大樓

あの高いビルはデパートですか。 那棟高樓是百貨公司嗎？

あ行 か行 さ行 た行 な行 は行 ま行 や行 ら行 わ行

ひる　はん
昼ご飯　午飯　□□□

ひる　はん　なに　た
昼ご飯は何を食べますか。　午飯要吃些什麼呢？

Track 383

ひる ま
昼間　白天　□□□

ひる ま　ばん　しごと
昼間から晩まで仕事をしている。　從白天到晚上都在做工作。

ひるやす
昼休み　午休　□□□

ひるやす　れんしゅう
昼休みに練習しよう。　在午休的時候練習吧！

ひろ ば
広場　廣場　□□□

ひろ ば　しゅうごう
その広場に集合してください。　請在那個廣場集合。

び わ こ
琵琶湖　琵琶湖（日本最大的湖）　□□□

はじ　び わ こ　い
初めて琵琶湖に行きました。　我第一次去了琵琶湖。

びん
瓶　瓶、瓶子　□□□

びん　ふた　ひら
瓶の蓋が開かない。　瓶蓋打不開。

Track 384

ピンク　粉紅色　□□□

かのじょ　にあ
あのピンクのワンピースは彼女にとても似合っている。
那件粉紅色的洋裝非常適合她。

ピンポン　乒乓球

彼女の趣味はピンポンをすることです。　她的興趣是打乒乓球。

ファクス　傳真

資料をファクスしてください。　請傳真資料過來。

不安　不安（形容詞：不安的）

自分の老後に不安を感じる。　對自己年老後的生活感到不安。

フィリピン　菲律賓

私はよくフィリピン人に間違われる。　我經常被誤認成菲律賓人。

Track 385

フィルム　底片

このフィルムは二十四枚撮りです。　這個底片能夠拍二十四張照片。

封筒　信封

手紙を封筒に入れてください。　請將信件放入信封中。

プール　游泳池

夏になったら、プールに行きたいです。
到了夏天總是想去游泳池。

フォーク　叉子

フォークでいちごを食べている。　我使用叉子吃著草莓。

部下（ぶか） 部下

彼は部下のミスをかばいました。 他掩護了部下的疏失。

Track 386

普及（ふきゅう） 普及（—する：普及）

携帯は全世界の人に普及している。 手機普及至全世界的人類。

不況（ふきょう） 蕭條、不景氣

今の社会は本当に不況である。 現在的這個社會真的很不景氣。

服（ふく） 衣服

仕事場では正式な服を着てください。 在職場請穿正式的衣服。

復習（ふくしゅう） 複習（—する：複習）

あしたの試験のために、復習しています。

為了明天的考試，我正在複習。

服装（ふくそう） 服裝

面接のとき、正式な服装を準備してください。

面試時請準備正式服裝。

Track 387

袋（ふくろ） 袋子

その紙の袋を貸してもらえませんか。 可以借一下那個紙袋嗎？

あ行
か行
さ行
た行
な行
は行
ま行
や行
ら行
わ行

ふすま 隔扇、拉門

日本の住宅はふすまがある家が多い。 日本的住宅大多有拉門。

不足（ふそく） 不足、缺少（形容詞：不足的、短缺的／—する：不足）

あの子は栄養不足だろう。 那個孩子是不是營養不足呢？

豚（ぶた） 豬

あのＴシャツにはかわいい子豚の絵が描かれている。
那件Ｔ恤上畫著可愛的小豬圖案。

二つ（ふたつ） 兩個、二歲

アイスクリームを二つください。 請給我兩個冰淇淋。

Track 388

豚肉（ぶたにく） 豬肉

豚肉のしゃぶしゃぶが大好きです。 我很喜歡豬肉的涮涮鍋。

二人（ふたり） 兩個人

浜辺へ二人で行った。 兩個人一起去了海邊。

部長（ぶちょう） 經理、部長

私の伝言を部長に伝えてください。 請幫我傳話給部長。

普通（ふつう） 普通

彼（かれ）は普通（ふつう）の家庭（かてい）で育（そだ）てられた子（こ）です。 他是出生於普通人家的孩子。

二日（ふつか） 二號、兩天

八月二日（はちがつふつか）は私（わたし）たちの結婚記念日（けっこんきねんび）です。
八月二號是我們的結婚紀念日。

Track 389

物価（ぶっか） 物價

今（いま）は物価（ぶっか）がだんだん上（あ）がっている。 現在的物價漸漸上升。

筆箱（ふでばこ） 鉛筆盒

筆箱（ふでばこ）に何（なに）が入（はい）っていますか。 鉛筆盒裡面有什麼呢？

ぶどう 葡萄

このぶどうは甘（あま）くておいしい。 這葡萄很甜很好吃。

布団（ふとん） 棉被、被子

布団（ふとん）を押入（おしい）れにしまってください。 請將棉被收到壁櫥中。

船（ふね） 船

この川（かわ）は船（ふね）の通行（つうこう）が禁止（きんし）です。 這條河川禁止船隻通行。

Track 390

部品（ぶひん） 零件

ラジオの部品（ぶひん）が必要（ひつよう）なんです。 必須要有收音機的零件才行。

不満（ふまん） 不滿、不滿意

（形容詞：不滿的、不滿意的）

何（なに）か不満（ふまん）があったら、言（い）ってください。 有任何不滿的話請你說出來。

冬（ふゆ） 冬天

冬（ふゆ）は、早起（はやお）きが本当（ほんとう）につらいです。 冬天時真的很難早起。

ブラウス 女生的襯衫

その赤（あか）いブラウスを着（き）ている少女（しょうじょ）はきれいです。

那位穿著紅色襯衫的少女很漂亮。

ブラジル 巴西

ブラジルではサッカーが大人気（だいにんき）です。 足球在巴西相當受歡迎。

Track 391

フランス 法國

フランス語（ご）がしゃべれますか。 你會說法文嗎？

故郷（ふるさと） 故鄉

生（う）まれ育（そだ）った故郷（ふるさと）が恋（こい）しい。 我很思念我出生長大的故鄉。

プレイガイド 門票預售處

プレイガイドで待(ま)っています。 我在門票預售處等著。

プレゼント 禮物

クリスマスに何(なに)かプレゼントをもらいましたか。
你在聖誕節有收到什麼禮物嗎？

ふろ
風呂 浴池、浴室

先(さき)に風呂(ふろ)に入(はい)ってください。 請先使用浴室。

Track 392

ふん
分 分、分鐘

七時(しちじ)十五分(じゅうごふん)に起(お)こしてください。 請在七點十五分叫我起床。

ぶん
分 份、份量、本分

私(わたし)の分(ぶん)まで食(た)べられてしまった。 連我的份都被吃掉了。

ぶん
文 句子

この文(ぶん)を英語(えいご)に訳(やく)してください。 請將這個句子翻譯成英文。

ぶんか
文化 文化

外国(がいこく)の文化(ぶんか)に興味(きょうみ)があります。 我對外國文化抱著極大的興趣。

ぶんがく
文学 文學

彼女(かのじょ)の専門(せんもん)は日本文学(にほんぶんがく)です。 她專攻日本文學。

Track 393

ぶんしょう
文章 文章

□□□

その文章を書いた人は誰ですか。 寫了那篇文章的人是誰？

ぶんぽう
文法 文法

□□□

英語の文法はとても苦手です。 我很不擅長英文文法。

ぶんや
分野 領域、範疇

□□□

彼は自分の専門分野で活躍している。 他活躍於自己的專門領域。

へいき
平気 不在乎、冷靜
（形容詞：不在乎的、冷靜的）

□□□

彼女は平気な顔で怖い言葉を言った。 她用冷靜的表情說出可怕的言語。

へいこう
平行 平行、並行、無交集（形容詞：平行的／—する：平行、並行、無交集）

□□□

ＥとＦの線は平行していない。 E 和 F 線並無平行。

Track 394

ページ 頁、頁數

□□□

教科書の８７ページを開いてください。 請翻到課本第 87 頁。

べつ
別 區別、別個（形容詞：不同的）

□□□

その日は用事があるから別の日にしてもいい？
那天我有事情，可以改天嗎？。

ベッド 床鋪 □□□

そろそろベッドで寝(ね)る時間(じかん)になった。 差不多到該上床睡覺的時間了。

ペット 寵物 □□□

ペットが飼(か)いたいです。 我想養寵物。

ベトナム 越南 □□□

ベトナムに行(い)ったことがありません。 我沒去過越南。

Track 395

部屋(へや) 房間、屋子 □□□

お部屋(へや)に入(はい)ってもいいですか。 可以進你房間嗎？

ベル 門鈴、鐘 □□□

ドアのベルが鳴(な)っています。 門鈴在響。

ベルト 皮帶 □□□

ベルトをつけるのを忘(わす)れました。 我忘了繫皮帶。

辺(へん) 邊、附近 □□□

この辺(へん)に何(なに)か面白(おもしろ)い場所(ばしょ)がありますか。 這附近有什麼有趣地點嗎？

ペン 筆 □□□

ペンを貸(か)してもらえませんか。 可以借我一支筆嗎？

Track 396

変化（へんか）

變化、改變（—する：變化、改變）

仕方（しかた）がない、時代（じだい）の変化（へんか）に応（おう）じなければならない。

沒辦法，必須依照著時代變化。

勉強（べんきょう）

學習、用功（—する：學習、用功）

早（はや）く勉強（べんきょう）しなさい。 快點去念書。

返事（へんじ）

回答、答覆

（—する：回答、回覆）

私（わたし）の質問（しつもん）に返事（へんじ）してください。 請回覆我的問題。

方（ほう）

方向、方面

左（ひだり）の方（ほう）へ向（む）かってください。 請面向左方。

貿易（ぼうえき）

貿易（—する：貿易）

彼（かれ）はその貿易会社（ぼうえきがいしゃ）で働（はたら）いています。 他在那間貿易公司工作。

Track 397

帽子（ぼうし）

帽子

暑（あつ）いので、帽子（ぼうし）をかぶったほうがいいです。

因為很炎熱，戴著帽子比較好。

ほうそう
放送 廣播、播放

（—する：廣播、播放）

この番組は今生放送です。 這個節目正在現場直播。

ほうそうきょく
放送局 電視公司、電台

私は名古屋の放送局で働いている。 我在名古屋的電台工作。

ほうたい
包帯 繃帶、紗布

あと三週間で、包帯が取れるでしょ。 已經三週了，可以拆掉繃帶了吧？

ほうほう
方法 方法、手段

何かいい方法がありますか。 有沒有什麼好方法呢？

ほうりつ
法律 法律

Track 398

彼がやったことは法律違反の行為です。 他做的事情是違法行為。

ボールペン 原子筆

試験のとき、ボールペンを使ってください。
考試時請使用原子筆。

ほか
他 另外、除～之外

他に何かいい方法がありますか。 有其他更好的方法嗎？

ほかの人(ひと)　旁人、別人

ほかの人(ひと)の気持(きもち)ちも考(かんが)えてください。　請考慮旁人的心情。

僕(ぼく)　（男性對自己的稱呼）我

僕(ぼく)のことを忘(わす)れないでください。　請別忘了我。

Track 399

牧場(ぼくじょう)　牧場

牧場(ぼくじょう)に五十頭(ごじゅっとう)の牛(うし)がいる。　牧場有五十頭牛。

ポケット　口袋

ポケットに何(なに)が入(はい)っていますか。　口袋中有什麼呢？

保険証(ほけんしょう)　健保卡

病院(びょういん)に行(い)ったら、保険証(ほけんしょう)を提出(ていしゅつ)してください。
去病院時請出示健保卡。

保護(ほご)　保護（―する：保護）

その協会(きょうかい)は孤児(こじ)たちを保護(ほご)してくれた。　那個協會保護了孤兒們。

星(ほし)　星星、犯人（隱語）

満天(まんてん)の星(ほし)がキラキラしてとても綺麗(きれい)だ。
滿天的星辰閃閃發光非常美麗。

Track 400

募集（ぼしゅう） 募集、招收（—する：招募）

ボランティアを募集（ぼしゅう）しています。正在募集志工。

ポスト 郵筒、信箱

手紙（てがみ）をポストに入（い）れてください。請將信件放入信箱。

保存（ほぞん） 保存（—する：保存）

昔（むかし）の写真（しゃしん）の保存状態（ほぞんじょうたい）が今（いま）でもよいです。
以前的照片至今的保存狀態依然很好。

ボタン 鈕扣、按鈕

ボタンが外（はず）れていますよ。鈕扣脫落了喔！

北海道（ほっかいどう） 北海道

北海道（ほっかいどう）に行（い）った事（こと）がありますか。你有去過北海道嗎？

Track 401

ホッチキス 釘書機

ホッチキスを買（か）ってくれませんか。可以幫我買釘書機嗎？

ホテル 旅館

出張（しゅっちょう）したとき、ホテルに泊（と）まりました。出差時我住在旅館。

骨（ほね） 骨頭

骨（ほね）の部分（ぶぶん）に気（き）をつけてください。請注意骨頭的部分。

ア行 カ行 サ行 タ行 ナ行 ハ行 マ行 ヤ行 ラ行 ワ行

本（ほん） 書

一月（ひとつき）に本（ほん）を十冊（じゅっさつ）も読（よ）んだ。 我一個月讀了十本書。

香港（ほんこん） 香港

明日（あす）ホンコンへ出張（しゅっちょう）に行（い）きます。 明天要去香港出差。

Track 402

本棚（ほんだな） 書架

黒（くろ）い本棚（ほんだな）が少（すく）ないです。 黑色的書架很少。

本物（ほんもの） 真品、正規、道地

うそ、これは本物（ほんもの）ですか。 騙人，是本尊嗎？

本屋（ほんや） 書店

午後（ごご）本屋（ほんや）に行（い）くつもりです。 我預計下午去書店。

翻訳（ほんやく） 翻譯（—する：翻譯）

この文章（ぶんしょう）を翻訳（ほんやく）してください。 請翻譯這篇文章。

【動詞】

Track 403

入る（はいる） 進入 □□□

どうぞ部屋（へや）に入（はい）ってください。 請進房間。

生える（はえる） 生長 □□□

庭（にわ）に生（は）えている植物（しょくぶつ）は何（なん）ですか。 生長在庭院裡的植物為何？

量る（はかる） 秤、量 □□□

あの辞書（じしょ）の重（おも）さを量（はか）った。 我量了那本字典的重量。

測る（はかる） 測量、丈量 □□□

川（かわ）の深（ふか）さを測（はか）っている。 正在測量河川的深度。

図る（はかる） 圖謀、策劃 □□□

彼女（かのじょ）は自殺（じさつ）を図（はか）った。 她企圖自殺。

Track 404

計る（はかる） 測量、推測 □□□

お母（かあ）さんは弟（おとうと）の体温（たいおん）を計（はか）っている。 母親測量弟弟的體溫。

履く（はく） 穿（褲子、鞋子） □□□

靴（くつ）を履（は）いたまま入（はい）っていいよ。 可以直接穿鞋子進入。

ア行 カ行 サ行 タ行 ナ行 ハ行 マ行 ヤ行 ラ行 ワ行

吐く（はく） 吐出、吐露

息（いき）を吸（す）って、ゆっくり吐（は）いて。 吸氣，然後慢慢吐氣。

運ぶ（はこぶ） 搬運、運送、進行、進展

その車（くるま）は自動販売機（じどうはんばいき）を運（はこ）んでいる。 那台車正運送著自動販賣機。

挟む（はさむ） 插、夾、隔

豆（まめ）を箸（はし）で挟（はさ）むことは難（むずか）しいです。 用筷子很難夾住豆子。

Track 405

始める（はじめる） 開始

健康（けんこう）のために、ジョギングを始（はじ）めた。
為了健康著想，我開始慢跑了。

走る（はしる） 跑

廊下（ろうか）を走（はし）るな！ 走廊禁止奔跑！

外す（はずす） 離開、取下、摘下

入（はい）る前（まえ）に、帽子（ぼうし）を外（はず）してください。 進入之前請摘下帽子。

外れる（はずれる） 脫落、離開

シャツのボタンが外（はず）れているよ。 襯衫的扣子脫落了喔！

あ行 か行 さ行 た行 な行 は行 ま行 や行 ら行 わ行

はたら
働く 工作

父(ちち)がその会社(かいしゃ)で働(はたら)いている。 父親在那間公司工作。

Track 406

はな
話す 說話、說

言(い)いたいことを大声(おおごえ)で話(はな)してください。 請大聲講出想說的話。

は
跳ねる 躍起、飛濺

息子(むすこ)は喜(よろこ)んで、ずっと跳(は)ねている。 兒子很開心，一直跳躍著。

は や
流行る 流行、興旺

気(き)をつけて、風邪(かぜ)が流行(はや)っているから。 小心點，正在流行感冒。

はら
払う 付錢、付款

現金(げんきん)で払(はら)ってください。 請用現金付款。

は
貼る 張貼

壁(かべ)にポスターを貼(は)りました。 在牆壁上張貼海報。

Track 407

は
張る 覆蓋、延伸

あの部屋(へや)は蜘蛛(くも)の巣(す)が張(は)っている。 那個房間裡有蜘蛛網。

晴(は)れる　放晴

週末(しゅうまつ)は晴(は)れますように！　希望週末會放晴！

冷(ひ)える　冷、冷卻、冷淡

春(はる)とはいえ、夜(よる)はまだちょっと冷(ひ)えます。
雖說已是春天，但晚上仍舊會有點冷。

光(ひか)る　發光、發亮

星(ほし)が光(ひか)って、きれいですね。　星星在發光，很漂亮呢！

引(ひ)き受(う)ける　接受、承擔

いやな仕事(しごと)を積極的(せっきょくてき)に引(ひ)き受(う)ける。　積極正面地接下討厭的工作。

Track 408

引(ひ)き換(か)える　交換、兌換

クーポンを商品(しょうひん)と引(ひ)き換(か)える。　用優惠券兌換商品。

引(ひ)き出(だ)す　提款

銀行(ぎんこう)から十万円(じゅうまんえん)を引(ひ)き出(だ)した。　從銀行提款十萬元日幣。

引(ひ)き止(と)める　拉住、制止、挽留

彼女(かのじょ)を引(ひ)き止(と)めませんか。　你不挽留她嗎？

引く（ひく） 拉、減掉

そちらの綱（つな）を引（ひ）いてください。 請拉那裡的繩索。

弾く（ひく） 彈、彈奏

彼女（かのじょ）はピアノが弾（ひ）ける。 她會彈奏鋼琴。

Track 409

引っ越す（ひっこす） 搬家

来月（らいげつ）東京（とうきょう）の新居（しんきょ）に引（ひ）っ越（こ）すつもりです。

我預計在下個月搬到東京的新家。

響く（ひびく） 響、回音、揚名

先生（せんせい）の笑（わら）い声（ごえ）が教室中（きょうしつちゅう）に響（ひび）く。 老師的笑聲迴響在教室中。

冷やす（ひやす） 冷卻、冷靜

コーラを冷蔵庫（れいぞうこ）で冷（ひ）やしておいてください。

請把可樂放到冰箱中冷卻。

開く（ひらく） 打開

春（はる）が来（き）て、花（はな）が開（ひら）いた。 春天來了，花朵綻放。

拾う（ひろう） 撿到、拾獲

昨日（きのう）拾（ひろ）ったお金（かね）はどうやって処理（しょり）しましたか。

你怎麼處理昨天撿到的錢？

Track 410

増える 增加、繁殖

仕事がどんどん増えて、忙しくなった。

我的工作不斷增加，變得更加繁忙。

吹く 吹

台風のため、風が激しく吹いている。

因為有颱風，風吹得很猛烈。

拭く 擦拭

涙を拭いて、明日また頑張ろう。 把眼淚擦一擦，明天再繼續努力。

含まれる 含、包含

母乳が含まれる商品がありますか。 有包含母乳的商品嗎？

伏せる 伏、隱瞞

この話はみんなに伏せておいたほうがいいと思う。

這件事隱瞞大家比較好。

Track 411

太る 發胖

彼女はたくさん食べても太らない。 她就算吃很多也不會發胖。

打つ 打（人）

顔を打たれて頬が腫れてしまった。 臉被人揍了，臉頰腫了起來。

踏む 踏、踩到

私の足を踏まないでください。 請不要踩到我的腳。

降る 下（雨、雪）

天気予報によると明日は雪が降るそうだ。
據氣象預報說，明天好像會下雪。

震える 震動、發抖

地震があったとき、娘はずっと震えていた。
發生地震時，女兒一直在發抖。

Track 412

振舞う 款待、動作

あの夫婦は情熱的で、よく友達を呼んで夕食を振舞う。
那對夫婦很熱情，時常叫上朋友並款待晚餐。

触れる 觸摸

昨日擦れ違ったとき、彼女の指に触れた。
昨天擦身而過時，我觸摸到了她的手指。

凹む 凹下

そこの道はちょっと凹んでいるので、気を付けたほうがいい。 那裡的道路有些凹下，小心為上。

減(へ)る　減少、餓

最近体重(さいきんたいじゅう)が減(へ)りました。　最近體重減輕了。

ほしがる　想要

みんな多(おお)くのお金(かね)をほしがっている。　大家都想要很多的金錢。

干(ほ)す　晾、曬、弄乾、奪去飯碗

ベランダに干(ほ)してあった洗濯物(せんたくもの)が盗(ぬす)まれた。

晾在陽台的衣物被偷走了。

褒(ほ)める　誇獎

先生(せんせい)に褒(ほ)められた。　被老師誇獎了。

あ行 か行 さ行 た行 な行 は行 ま行 や行 ら行 わ行

形容詞

Track 413

馬鹿(ばか)らしい 無聊的、愚蠢的

こんなことして、本当(ほんとう)に馬鹿(ばか)らしい。 做出這種事，真的非常愚蠢。

激(はげ)しい 激烈的、強烈的

この業界(ぎょうかい)の競争(きょうそう)が激(はげ)しい。 這個業界的競爭非常激烈。

恥(は)ずかしい 害羞的

昔(むかし)の写真(しゃしん)を見(み)ると、恥(は)ずかしいと思(おも)う。
看到以前的照片，我覺得很害羞。

早(はや)い 快的、早的

二十歳(はたち)で結婚(けっこん)するのはまだ早(はや)いと思(おも)う。
我認為二十歲就結婚還太早。

速(はや)い 快的、早的

あの生徒(せいと)は足(あし)が速(はや)い。 那個學生跑步很快。

Track 414

ハンサム 英俊的

彼(かれ)は世界(せかい)で一番(いちばん)ハンサムな男(おとこ)だと思(おも)う。
我覺得他是世界上最帥的男人。

あ行 か行 さ行 た行 な行 **は行** ま行 や行 ら行 わ行

低い（ひくい） 低的、矮的 □□□

背の低い男は好きじゃないです。 我不喜歡矮的男生。

必要（ひつよう） 必要的（名詞：需要、必要） □□□

傘は山に登るときに必要な道具です。 傘是登山時必備的道具。

酷い（ひどい） 殘酷的、太過分 □□□

こんなうそをついて、あまりにも酷い。

說出這種謊言，實在太過分了！

等しい（ひとしい） 相等的、和……相同的 □□□

AとBは長さが等しい。 A和B的長度相等。

Track 415

皮肉（ひにく） 皮肉、膚淺、諷刺、挖苦 □□□

（形容詞：諷刺的、不湊巧的）

彼は皮肉な笑いを浮かべた。 他皮笑肉不笑。

暇（ひま） 空閒（的）（名詞：空閒時間） □□□

公私ともに多忙すぎるから、暇な時間がほしい。

因為公私事都過於繁忙，我很想要空閒的時間。

広い（ひろい） 寬廣的、廣闊的 □□□

彼の家には広い庭がある。 他的家裡有廣闊的庭院。

深(ふか)い 深的 □□□

深(ふか)いところで泳(およ)がないでください。 不要在水深的地方游泳

不規則(ふきそく) 不規則的、零亂的 □□□

不規則(ふきそく)な生活(せいかつ)は健康(けんこう)によくない。 不規律的生活對健康有害。

Track 416

複雑(ふくざつ) 複雜的 □□□

このニュースを聞(き)くと、複雑(ふくざつ)な気持(きも)ちになった。
聽到這個新聞，我的心情變得很複雜。

ふさわしい 適合的、相稱的 □□□

卒業式(そつぎょうしき)にふさわしい服装(ふくそう)を準備(じゅんび)してください。
請準備適合畢業典禮的服裝。

無事(ぶじ) 平安、健康的 □□□

無事(ぶじ)に帰(かえ)ってよかった。 能平安回來真是太好了。

不思議(ふしぎ) 不可思議的 □□□

あの人(ひと)は不思議(ふしぎ)な力(ちから)を持(も)っている。 那個人擁有不可思議的力量。

物騒(ぶっそう) 騷動不安的、危險的 □□□

こんな物騒(ぶっそう)な世(よ)の中(なか)では、どこでも紛争(ふんそう)が起(お)こっている。
在這個危險的社會，到處都有紛爭。

Track 417

太い（ふとい） 粗的

父の眉はとても太いです。 爸爸的眉毛很粗。

不便（ふべん） 不便的（名詞：不便）

この町は空気がきれいだが、交通は不便である。
這個城鎮的空氣很乾淨，但交通不便。

古い（ふるい） 舊的

それは三十年前に建てられた、すごく古い建物だ。
那是三十年前就建造的、非常舊的建築物。

平凡（へいぼん） 平凡的

私は平凡な生活がしたいだけです。 我只是希望有個平凡的生活。

下手（へた） 笨拙的

彼女は口の下手な人です。 她是個笨口拙舌的人。

Track 418

変（へん） 奇怪的、奇異的（名詞：動亂）

その変なおじさんは何をしていますか。
那位奇怪的大叔在做什麼？

便利（べんり） 方便的（名詞：便利）

便利な発明だけど、環境に悪いと思う。
我認為這是相當方便的發明，但對環境不友善。

ほが
朗らか 開朗、快活 □□□

た なか　むすめ　ほんとう　ほが　ひと
田中さんの娘は本当に朗らかな人である。

田中的女兒真的是一位很開朗的人。

ほ
欲しい 想要（某事物） □□□

たんじょうび　なに　ほ
誕生日に何が欲しいですか。 你生日想要什麼？

ほそ
細い 細的、瘦的 □□□

なわ　ほそ　き
あの縄は細くてすぐ切れそうだ。

那條繩子很細，好像很快就會斷掉。

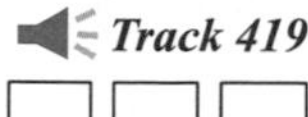

はじ
初めて 第一次、初次 □□□

かのじょ　はじ　あ　じゅうねんまえ
彼女に初めて会ったのは十年前です。

我第一次與她相遇是在十年前。

隨堂小測驗

請根據題意選出正確的選項。

(　) 1. あの夫婦は情熱的で、よく友達を呼んで夕食を「振舞う」。
(A) 約定　(B) 款待　(C) 準備　(D) 舞動

(　) 2. こんなことして、本当に「馬鹿らしい」。
(A) 聰穎的　(B) 有創意的　(C) 有勇氣的　(D) 愚蠢的

(　) 3. この映画を大「ヒット」だと思う。
(A) 不如預期　(B) 出乎意料　(C) 大受歡迎　(D) 異想天開

(　) 4. 今の社会は本当に「不況」である。
(A) 不景氣　(B) 狀況連連　(C) 無理　(D) 騷動

(　) 5. 彼女を「引き止めません」か。
(A) 不拒絕　(B) 不約定　(C) 不挽留　(D) 不離開

(　) 6. こういう時に家族の「引き立て」がほしいです。
(A) 支持　(B) 幫助　(C) 力量　(D) 教導

解答：1. (B)　2. (D)　3. (C)
4. (A)　5. (C)　6. (A)

JLPT N3
ま
マ
行

一般名詞

Track 420

間（ま） （空間、時間）間隔、房間、時機

仕事の間を見て試験勉強をする。 利用工作空檔準備考試。

～枚（まい） （用於計算紙張、郵票等）張

彼が書いた報告は何枚ですか。 他寫的報告共有幾張紙？

毎朝（まいあさ） 每天早上

毎朝何時に起きていますか。 你每天早上都幾點起床？

毎週（まいしゅう） 每週

毎週その店に行く習慣がある。 我習慣每週都去那間店。

毎月（まいつき） 每個月

毎月給料は十万円ぐらいもらえる。 每個月的薪水大約十萬日幣。

Track 421

毎年（まいとし） 每年

毎年クリスマスにはパーティを行います。

每年的聖誕節都會舉行派對。

毎日（まいにち） 每天

彼は毎日歩いて学校に通っている。 他每天都走路去學校。

あ行 か行 さ行 た行 な行 は行 ま行 や行 ら行 わ行

まいねん
毎年　每年
□□□

毎年このときには花火大会が開催される。
每年的這個時間都會舉行煙火大會。

まいばん
毎晩　每個晚上
□□□

あの赤ちゃんは毎晩泣いている。　那個嬰兒每個晚上都在哭泣。

まえ
前　前面、以前
□□□

その前に、もっと重要な事があるでしょう。
在這之前，還有更重要的事吧？

Track 422

まご
孫　孫子、孫女
□□□

彼にとって孫たちは目に入れても痛くない存在です。
對他來說孫子們是再怎麼寵愛都不為過的存在。

まち
町　城鎮、街道
□□□

この町の名産は何ですか。　這個城鎮的名產是什麼？

ま　さき
真っ先　最先、首先
□□□

クラスの代表が行列の真っ先に立っている。
班級代表站在隊伍的最前方。

マッチ　火柴、配合、相襯
□□□

こすっても、マッチはつかない。　即使摩擦火柴也點不起來。

Track 423

まつ
祭り 祭典

お祭りの時は屋台がいっぱい出る。 祭典的時候會有很多攤販。

まと
的 靶

的を狙って矢を放った。 瞄準箭靶放箭。

まど
窓 窗戶

寒いので、窓を閉めてください。 天氣很冷，請關上窗戶。

ママ 媽媽

ママはいつ帰ってくるの？ 媽媽什麼時候才會回來？

まめ
豆 豆子

何で今日豆を撒く風習がありますか。 為什麼現在有灑豆子的風俗呢？

Track 424

まも
守り 守衛、戒備

アメリカは守りが強い国である。 美國是守衛強盛的國家。

まわ
周り 周圍、附近

学校の周りにコンビニがいっぱいある。 學校的周圍有許多便利商店。

まん
万 萬

そのコンサートのお客さんは五万人もいた。
這場演唱會的觀眾有五萬人。

万一（まんいち） 萬一（副詞：萬一）

万一逃げられない場合はどうしよう。 萬一無法逃脫該怎麼辦？

漫画（まんが） 漫畫

その漫画はいつ出版しましたか。 那本漫畫是何時出版的？

Track 425

満足（まんぞく） 滿足、滿意（形容詞：滿足的、滿意的／—する：滿足、滿意）

ご馳走様でした、とても満足です。 我吃飽了，非常地滿足。

満点（まんてん） 滿分、最好

満点を取ったことがない。 我沒有拿過滿分。

真ん中（まんなか） 正中央

みんながこの広場の真ん中に集合しました。
大家在這個廣場的正中央集合了。

万年筆（まんねんひつ） 鋼筆

この万年筆にはインクが入っていますか。 這支鋼筆有放墨水嗎？

見掛け（みかけ） 外貌、外觀

料理の味は大事ですが、見掛けも重要です。
料理的味道很重要，但外觀也不可輕視。

Track 426

見方（みかた） 看法、見解

この事件（じけん）について、他（ほか）の見方（みかた）があるでしょうか。

關於這件事應該還有別的見解吧？

みかん 橘子

果物（くだもの）の中（なか）で、みかんが一番（いちばん）好（す）きです。 所有水果中我最喜歡橘子。

右（みぎ） 右邊

その角（かど）を右（みぎ）へ曲（ま）がってください。 請在那個轉角右轉。

水（みず） 水

運動（うんどう）の後（あと）、いつも水（みず）がほしい。 運動之後都會想喝水。

水色（みずいろ） 水藍色、淡藍色

娘（むすめ）は水色（みずいろ）が大好（だいす）きです。 女兒很喜歡水藍色。

Track 427

湖（みずうみ） 湖

今彼（いまかれ）は湖（みずうみ）で泳（およ）いでいる。 他現在在湖裡游泳。

水着（みずぎ） 泳衣

一緒（いっしょ）に水着（みずぎ）を買（か）いに行（い）きましょう。 一起去買泳衣吧！

みせ
店 店、商店

その店(みせ)は何(なん)の専門店(せんもんてん)ですか。 那間店是什麼商品的專賣店？

みせもの
見世物 驚奇小屋、出洋相

動物園(どうぶつえん)の動物(どうぶつ)たちは見世物(みせもの)にされてかわいそう。

動物園裡的動物們被當成供人觀賞娛樂的展示品，真是可憐。

みそ
味噌 味噌

この店(みせ)はいい味噌(みそ)を使(つか)っている。 這間店用的味噌很不錯。

Track 428

みそしる
味噌汁 味噌湯

うちの味噌汁(みそしる)の具(ぐ)には油(あぶら)揚(あ)げをよく使(つか)っています。

我家的味噌湯常放油豆腐。

みだし
見出し 標題、索引、選拔

この見出(みだ)しはちょっと大(おお)げさだと思(おも)う。

我覺得這個標題有點太誇張了。

みち
道 道路

知(し)らない町(まち)で道(みち)に迷(まよ)った。 我在不熟悉的城鎮迷路了。

みっか
三日 三號、三天

今度(こんど)の試験(しけん)は三日(みっか)間続(かんつづ)いた。 這次的考試持續三天。

三つ（みっつ） 三個、三歲

冷蔵庫（れいぞうこ）の中（なか）に、西瓜（すいか）が三つ（みっつ）ある。 冰箱中有三個西瓜。

Track 429

緑（みどり） 綠色、綠意

その緑（みどり）の服（ふく）を着（き）ている女性（じょせい）は誰（だれ）ですか。

那位穿著綠色衣服的女性是誰？

見直し（みなおし） 重看一次

わからないなら、この本（ほん）をもう一度（いちど）見直（みなお）してください。

若不明白的話，請再重看一次這本書。

皆さん（みなさん） 大家、各位（客氣用語）

皆（みな）さん、静（しず）かにしてください。 請各位保持安靜。

港（みなと） 港口

その船（ふね）が港（みなと）に着（つ）いた。 那艘船抵達港口了。

南（みなみ） 南邊

南（みなみ）のほうへ向（む）かってください。 請面向南邊。

Track 430

見本（みほん） 樣品、範本

見本（みほん）を見（み）せていただけませんか。 可以給我看一下範本嗎？

見舞い（みまい） 探望、慰問

□□□

昨日（きのう）先生（せんせい）のお見舞（みま）いをしました。 昨天去探望了老師。

耳（みみ） 耳朵

□□□

この話（はなし）は初耳（はつみみ）です。 這件事是第一次聽到。

都（みやこ） 中心都市

□□□

その町（まち）は花（はな）の都（みやこ）と呼（よ）ばれている。 那個城鎮被稱為花都。

ミリ 公厘

□□□

ミリは長（なが）さの単位（たんい）である。 公厘是長度的單位。

Track 431

ミルク 牛奶

□□□

いちごミルクはこのブランドじゃないと飲（の）まない。
草莓牛奶我只喝這個牌子的。

皆（みんな） 大家、各位

□□□

皆（みんな）、諦（あきら）めないで、もっと頑張（がんば）りましょう。
請大家不要放棄，繼續一起加油吧！

六日（むいか） 六號、六天

□□□

今月（こんげつ）の六日（むいか）は私（わたし）の誕生日（たんじょうび）です。 這個月的六號是我的生日。

ア行 カ行 サ行 タ行 ナ行 ハ行 マ行 ヤ行 ラ行 ワ行

むかし
昔 從前、往昔 □□□

昔(むかし)の事(こと)をあまり覚(おぼ)えていません。 從前的事幾乎不記得了。

むかしばなし
昔話 往事、舊事 □□□

お爺(じい)さんはずっと昔話(むかしばなし)を話(はな)している。 爺爺總是在講往事。

Track 432

む
向き 方向、適合 □□□

風(かぜ)の向(む)きを観察(かんさつ)している。 我正在觀察風向。

むげん
無限 無限、無止盡 □□□
（形容詞：無限的、無止盡的）

人間(にんげん)の欲望(よくぼう)は無限(むげん)で、いくらあっても足(た)りない。
人類的慾望無限，再多的東西都不夠。

む
向こう 對面 □□□

私(わたし)は駅(えき)の向(む)こうにあるマンションに住(す)んでいる。
我住在車站對面的公寓。

むし
虫 蟲 □□□

彼女(かのじょ)は虫(むし)が大嫌(だいきら)いだ。 她很討厭蟲。

むしめがね
虫眼鏡 放大鏡 □□□

虫眼鏡(むしめがね)で蟻(あり)を観察(かんさつ)した。 我用放大鏡觀察了螞蟻。

Track 433

むすこ
息子 兒子

□□□

わたし　むすこ　だいがくせい
私の息子は大学生です。 我的兒子是一個大學生。

むすめ
娘 女兒

□□□

かれ　むすめ　かんごし
彼の娘は看護師です。 他的女兒是一名護理師。

むちゅう
夢中 睡夢中、熱衷

□□□

にのみやくん　むちゅう
二宮君がゲームに夢中になっている。 二宮熱衷於遊戲。

むっ
六つ 六個、六歲

□□□

け　むっ　か
消しゴムを六つ買ってくれませんか。 可以幫我買六個橡皮擦嗎？

むね
胸 胸、胸口

□□□

かれ　おも　むね　くる
彼のことを思うと胸が苦しくなる。 只要想起他的事，胸口就變得難受。

Track 434

むら
村 村落、村莊

□□□

だいひょうせんしゅ　せんしゅむら　す
代表選手は選手村に住みました。 代表選手們住在選手村裡。

め
目 眼睛

□□□

けむり　め　いた
煙のせいで目が痛くなる。 都是因為煙，讓我的眼睛很疼痛。

めいさん
名産 名產

□□□

まち　めいさん　なん
この町の名産は何ですか。 這個城鎮的名產為何？

メートル　公尺　□□□

ひゃく　きょうそう　しあい　で
百メートル競走の試合に出ました。　我參加了百米賽跑。

め がね
眼鏡　眼鏡　□□□

め がね　だんせい　だれ
その眼鏡をかけている男性は誰ですか。　那位帶著眼鏡的男性是誰呢？

Track 435

メキシコ　墨西哥　□□□

い
メキシコに行ったことがありますか。　你有去過墨西哥嗎？

め
目まい　暈眩　□□□

くるま　よわ　いま　め
車に弱いので、今ひどい目まいがします。
我不太能搭車，現在非常的暈眩。

メモ　筆記、便條（—する：寫筆記）　□□□

ま
メモするからちょっと待ってて。　等我記一下。

めんきょ
免許　許可、批准　□□□

うんてんめんきょ　と
運転免許を取りましたか。　你取得駕照了嗎？

もくてき
目的　目的　□□□

なん　もくてき　き
何の目的でここに来ましたか。　你是出於什麼目的前來的呢？

もくひょう
Track 436
目標　目標、目的　□□□

じ ぶん　もくひょう　せってい
自分の目標を設定してください。　請設定自己的目標。

もくようび
木曜日 星期四 □□□

もくようび なに よてい
木曜日に何か予定がありますか。 星期四你有任何安排嗎？

もじ
文字 文字 □□□

もじすうせいげん ひゃくよんじゅう もじ
ツイッターの文字数制限は１４０文字です。
推特的字數限制是 140 字。

もち
餅 麻糬、年糕 □□□

もち のど つ し
餅を喉に詰まらせて死にかけた。 被年糕噎住喉嚨差點死掉。

もの
物 東西、物品 □□□

わたし もの
そのかばんは私の物である。 那個包包是我的東西。

Track 437

もの
者 人、者 □□□

わたし すずきれいこ もの
私は鈴木玲子という者です。 我是鈴木玲子。

もみじ
紅葉 紅葉（秋季的各種變色葉） □□□

こんしゅう しゅうまつ もみじ み い
今週の週末に紅葉を見に行こうよ。 本週末一起去賞紅葉吧！

もめん
木綿 棉花 □□□

もめん えいご なん い
木綿は英語で何と言いますか。 棉花的英文要怎麼說？

モーメント 瞬間、時機

そのモーメントに彼(かれ)を思(おも)い出(だ)した。 那個瞬間他記起來了。

森(もり) 森林

女(おんな)の子(こ)は森(もり)でくまさんと出会(であ)いました。
小女孩在森林裡遇見了熊先生。

門(もん) 門口、門

この学校(がっこう)の正門(せいもん)はどこですか。 這個學校的正門在哪裡？

問題(もんだい) 問題、事件

彼(かれ)の成功(せいこう)は時間(じかん)の問題(もんだい)だ。 他成功只是時間上的問題。

Track 438

参る（まいる） 來、去（る、行く的謙讓語）、認輸、受不了 □□□

君(きみ)には参(まい)った。 我真服了你。

任せる（まかせる） 委託、託付 □□□

全部(ぜんぶ)の決定権(けっていけん)はあなたに任(まか)せる。 全部的決定權都託付給你。

曲がる（まがる） 轉向 □□□

その角(かど)を右(みぎ)へ曲(ま)がってください。 請在那個轉角右轉。

巻く（まく） 捲曲、卷 □□□

紙(かみ)を巻(ま)いて、かばんに入(い)れた。 捲起紙張，並放入書包中。

負ける（まける） 輸、敗 □□□

試合(しあい)に負(ま)けないように、練習(れんしゅう)しましょう。
為了別輸掉比賽，來練習吧！

Track 439

曲げる（まげる） 彎曲、扭曲 □□□

僕(ぼく)の特技(とくぎ)は指(ゆび)の第一関節(だいいちかんせつ)だけ曲(ま)げることです。
我的特技是能夠只彎曲手指的第一關節。

混ざる（まざる） 混雜、摻雜

水と油が混ざらないのは常識でしょ。
水和油無法混在一起是常識吧？

間違える（まちがえる） 弄錯、搞錯

計算が間違えているよ。 你計算錯誤了喔！

待つ（まつ） 等待

すみませんが、もうちょっと待ってくれませんか。
不好意思，可以再稍等一下嗎？

まとめる 匯集、歸納

みんなの意見をまとめて結論を出す。 歸納大家的意見並得出結論。

Track 440

間に合う（まにあう） 趕上

今ならまだ間に合う。 現在的話還來得及。

招く（まねく） 招呼、招聘、招待

友だちの新居パーティーに招かれた。 我被招待至朋友的入住派對。

守る（まもる） 守護、遵守

自分の大切なものを守るべきだ。 自己重要的物品應該要好好守護。

迷う（まよ） 猶豫、迷失 □□□

道に迷った、助けてください。 我迷路了，請幫幫我。

回す（まわ） 轉動、旋轉、巡迴、繞道 □□□

ハンドルを回してください。 請轉動方向盤。

Track 441

回る（まわ） 旋轉、繞圈、繞路、依序移動、輪流、起作用、周到、（時間）過去、生利 □□□

地球は一秒も休まずずっと回っている。 地球每秒都在轉動。

見える（み） 看得見、看起來像…… □□□

黒板の字がよく見えない。 看不太清楚黑板上的字。

磨く（みが） 刷、磨 □□□

毎日歯を三回磨くべきだ。 每天必須刷三次牙。

見せる（み） 給……看、顯示 □□□

ＩＤカードを見せてください。 請給我看 ID 卡。

導く（みちび） 引導、導致 □□□

先生は彼を成功に導いた。 老師引導他獲得成功。

Track 442

みつけ
見付ける 找到

□□□

にい　しごと　みつけ
お兄さんは仕事を見付けましたか。 哥哥找到工作了嗎？

みと
認める 認為、承認、賞識

□□□

かのじょ　こうけん　みと
彼女の貢献はみんなに認められた。 她的貢獻得到了大家的賞識。

み なお
見直す 重新考慮

□□□

ていあん　いちど　みなお
この提案はもう一度見直した。 我重新考慮了一次這個提案。

み のが
見逃す 漏看、放過

□□□

きかい　みのが　いま　くや
あのときの機会を見逃したのは今でも悔しいです。
我錯過了那時的機會，至今仍很後悔。

み
見る 看

□□□

かれし　えいが　み　よてい
あしたは彼氏と映画を見る予定だ。 明天預定要跟男友去看電影。

Track 443

む
向かう 朝著、趨向

□□□

に　げんじつ　む　あ
逃げないで。現実に向かい合ってよ。 面對事實，別逃避。

むか
迎える 迎接

□□□

えがお　きゃく　むか
そのウエイターはいつも笑顔でお客さんを迎えている。
那位服務生總是以笑臉迎客。

向く（むく） 朝、向、傾向 □□□

彼(かれ)は窓(まど)の方(ほう)を向(む)いて、何(なに)を考(かんが)えていますか。

他朝著窗戶的方向是在想些什麼嗎？

剥く（むく） 剝去、剝掉 □□□

母(はは)がみかんの皮(かわ)を剥(む)いている。 媽媽把橘子的皮剝掉。

蒸す（むす） 蒸、悶熱 □□□

母(はは)が鍋(なべ)で芋(いも)を蒸(む)した。 母親用鍋子蒸番薯。

Track 444

結ぶ（むすぶ） 結、繫、連結 □□□

毎朝(まいあさ)主人(しゅじん)のネクタイを結(むす)んでいる。 每天早上我都會幫丈夫繫領帶。

命じる（めいじる） 命令、任命 □□□

上司(じょうし)に命(めい)じられて、すぐに出発(しゅっぱつ)する。 我被上司命令立即出發。

巡る（めぐる） 環繞、巡迴、再次回到原處 □□□

秋(あき)がまた巡(めぐ)ってきて、すごく楽(たの)しみです。

秋天又要到了，我非常期待。

目指す（めざす） 指向、作為目標 □□□

先生(せんせい)を目指(めざ)した理由(りゆう)は何(なん)ですか。 為什麼想當老師？

召(め)し上(あ)がる　（食べる的敬語）吃

先生(せんせい)は今(いま)、晩(ばん)ご飯(はん)を召(め)し上(あ)がっています。　老師正在用晚餐。

Track 445

目立(めだ)つ　顯眼、引人注目

彼女(かのじょ)はきれいなので、いつも学校(がっこう)で目立(めだ)っている。

她非常漂亮，在學校一直都很引人注目。

面(めん)する　面向、面臨

私(わたし)の部屋(へや)は東(ひがし)に面(めん)している。　我的房間面向東邊。

燃(も)える　燃燒、著火

子供(こども)たちのいたずらで、森林(しんりん)が燃(も)えた。

因為孩子們的惡作劇，森林著火了。

設(もう)ける　設置、設立

謝罪(しゃざい)の機会(きかい)を設(もう)けていただけませんか。　能否給予道歉的機會？

申(もう)し上(あ)げる　（謙遜語）說

お礼(れい)を申(もう)し上(あ)げます。　向您道謝。

Track 446

申(もう)す　（謙遜語）說、叫

私(わたし)は田中(たなか)と申(もう)します。　敝姓田中。

持つ（も） 拿、持有 □□□

そんな多く（おお）のお金（かね）を持（も）つのは危（あぶ）ないです。 持有那麼多金錢很危險。

戻す（もど） 返還、退回 □□□

読（よ）んだ本（ほん）をもとのところに戻（もど）しなさい。
閱讀完畢的書籍請歸還原位！

求める（もと） 追求、要求 □□□

みんなは成功（せいこう）を求（もと）める。 大家都在追求成功。

戻る（もど） 返回 □□□

忘（わす）れ物（もの）をして、一旦家（いったんいえ）に戻（もど）った。 忘了帶東西所以折回家一趟。

もむ 揉、按摩、亂成一團、擔心 □□□

帰宅（きたく）してから、妻（つま）は私（わたし）の肩（かた）をもんだ。
回到家之後，妻子按摩了我的肩膀。

もらう 接受、得到 □□□

このプレゼントは雅美（まさみ）ちゃんからもらった。
這個禮物是從雅美那裡得到的。

形容詞

真面目（まじめ） 認真的

Track 447

森田君は本当に真面目な子です。 森田是很認真的孩子。

まずい 難吃、不妙的

彼女が作った手料理はまずいです。 她親手做的料理很難吃。

貧しい（まずしい） 貧窮的、貧困的

その貧しい家庭を助けてください。 請幫助那個貧困的家庭。

真っ青（まっさお） 深藍、臉色蒼白的

真っ青な顔して、大丈夫ですか。 你臉色很蒼白，還好嗎？

真っ白（まっしろ） 雪白的

さっき雪が降って、地面は真っ白になった。
剛才下了雪，地面變得一片雪白。

Track 448

まっすぐ 筆直的、直接的

まっすぐ行って、コンビニを右へ曲がってください。
請直走，並在便利商店右轉。

まぶしい　耀眼的、刺眼的

□□□

起(お)きたばかりで、太陽(たいよう)がまぶしい。　我剛起床，太陽十分刺眼。

まる
丸い　圓的

□□□

その丸(まる)いボールは誰(だれ)のものですか。　那個圓球是誰的東西？

みじか
短い　短的

□□□

短(みじか)い距離(きょり)だけど、時間(じかん)がないから行(い)けない。
雖然距離很短，但因為沒時間了便不到場。

みっともない　不像樣、醜陋的

□□□

そんなみっともない姿(すがた)を直(なお)しなさい。
請大家改正不像樣的服裝儀容。

Track 449

むあつ
蒸し暑い　悶熱

□□□

昨日(きのう)は蒸(む)し暑(あつ)くてよく眠(ねむ)れなかった。　昨天太悶熱所以沒睡好。

むずか
難しい　困難的

□□□

今度(こんど)の試験(しけん)は本当(ほんとう)に難(むずか)しいです。　這次的考試真的很困難。

むだ
無駄　沒用的（名詞：徒勞）

□□□

無駄(むだ)な努力(どりょく)は全(まった)くしたくない。　我不想做沒用的努力。

無理（むり） 不可能、不講理、強迫的
（名詞：無理）

無理（むり）な要求（ようきゅう）をしないでください。 請不要說些不講理的要求。

明確（めいかく） 明確的（名詞：明確）

あいまいな態度（たいど）をしないで、明確（めいかく）な答（こた）えがほしい。
別用曖昧的態度，拜託做出明確的回答。

Track 450

珍しい（めずらしい） 稀奇的、新奇的

田中（たなか）さんは今日（きょう）欠席（けっせき）なんて、珍（めずら）しいですね。
田中今天缺席，真是稀奇啊！

めでたい 可喜可賀的、幸運的

めでたく第一志望（だいいちしぼう）の学校（がっこう）に合格（ごうかく）した。
幸運的考上了第一志願的學校。

面倒（めんどう） 麻煩的（名詞：麻煩、照料）

今度（こんど）の仕事（しごと）は面倒（めんどう）くさいです。 這次的工作非常麻煩。

もったいない 浪費的

もったいない行為（こうい）はやめたほうがいい。 你最好改掉浪費的行為。

隨堂小測驗

請根據題意選出正確的選項。

( ) 1. みんなの意見を「まとめて」結論を出す。
(A) 縮減　(B) 歸納　(C) 聆聽　(D) 協調

( ) 2. 車に弱いので、今ひどい「目まい」がします。
(A) 暈眩　(B) 發癢　(C) 耀眼　(D) 疼痛

( ) 3. 彼女はきれいなので、いつも学校で「目立っている」。
(A) 大開眼界　(B) 爭先恐後　(C) 呼風喚雨　(D) 引人注目

( ) 4. この「見出し」はちょっと大げさだと思う。
(A) 情況　(B) 報導　(C) 標題　(D) 企劃

( ) 5. 「めでたく」第一志望の学校に合格した。
(A) 如預期的　(B) 意外的　(C) 無庸置疑　(D) 幸運的

( ) 6. 今度の仕事は「面倒」くさいです。
(A) 量多的　(B) 麻煩的　(C) 費時的　(D) 困難的

解答：1. (B)　2. (A)　3. (D)
4. (C)　5. (D)　6. (B)

JLPT N3

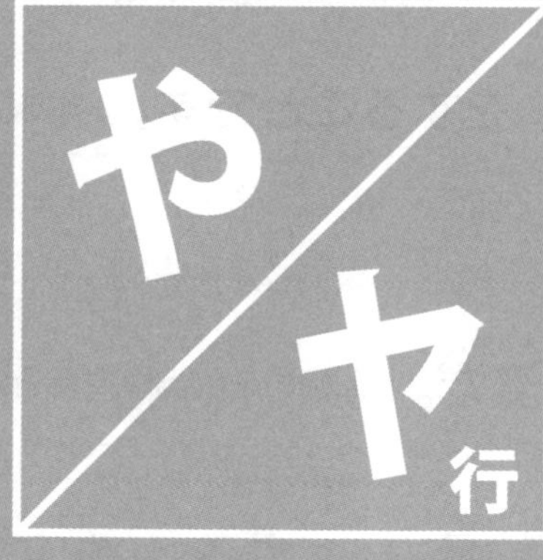

【一般名詞】

あ行
か行
さ行
た行
な行
は行
ま行
や行
ら行
わ行

Track 451

～屋（や） ～店

彼女（かのじょ）はいつも週（しゅう）三回本屋（さんかいほんや）に行（い）く。 她總是一週去三次書店。

八百屋（やおや） 蔬果店

私（わたし）の実家（じっか）は八百屋（やおや）である。 我的老家是開蔬果店的。

野球（やきゅう） 棒球

彼氏（かれし）の趣味（しゅみ）は野球（やきゅう）をすることです。 男友的興趣是打棒球。

訳（やく） 翻譯

この文（ぶん）の訳（やく）は少（すこ）し変（へん）だ。 這個句子的翻譯有點奇怪。

約束（やくそく） 約定、約會（―する：約定）

彼（かれ）を信（しん）じている。約束（やくそく）を守（まも）ってくれる人（ひと）だから。 我相信他，因為他是會遵守約定的人。

Track 452

役得（やくとく） 額外的好處

たくさんの芸能人（げいのうじん）に会（あ）えることはメイクアップアーティストの役得（やくとく）です。 當化妝師的好處就是能夠見到很多藝人。

やくにん
役人 公務員、官員 □□□

おとうと　しょうらいやくにん　おも
弟は将来役人になりたいと思っている。
弟弟將來的志望是當個公務員。

やくわり
役割 職責、角色 □□□

じぶん　やくわり　は
自分の役割を果たしてください。 請盡自己的職責。

やけど
火傷 燙傷、燒傷（—する：燙傷、燒傷） □□□

かのじょ　きょねん　かじ　やけど
彼女は去年の火事で火傷しました。 她在去年的火災中燒傷了。

やさい
野菜 蔬菜 □□□

やさい　からだ
野菜は体にいいです。 蔬菜對身體很好。

Track 453

やすうり
安売り 賤賣、大減價 □□□

みせ　やすう
あの店はあした安売りをします。 那間店明天有大減價。

やす
休み 休息、休假 □□□

なつやす　たいわん　りょこう　い
夏休みに台湾へ旅行に行くつもりです。 暑假預計要去台灣旅行。

やちん
家賃 房租 □□□

いっ　げつ　やちん
一ヶ月の家賃はいくらですか。 一個月的房租是多少呢？

八つ（やっ） 八個、八歲

八百屋（やおや）さんでみかんを八つ（やっ）買（か）った。 我在蔬果店買了八個橘子。

屋根（やね） 屋頂

あの二人（ふたり）は同（おな）じ屋根（やね）の下（した）で暮（く）らしている。
那兩個人在同一個屋簷下生活。

Track 454

山（やま） 山

山（やま）の頂（いただき）で見（み）た景色（けしき）は忘（わす）れられない。
真忘不了在山頂看見的景色。

山道（やまみち） 山路

山道（やまみち）を辿（たど）って、やっと目的地（もくてきち）に着（つ）いた。
探尋著山路，終於到達目的地了。

湯（ゆ） 熱水

お湯（ゆ）を入（い）れて三分（さんぷん）待（ま）てば食（た）べられる。
倒入熱水等三分鐘就能吃了。

夕方（ゆうがた） 傍晚

あしたの夕方（ゆうがた）また電話（でんわ）します。 明天的傍晚會再打電話。

夕飯（ゆうはん） 晚飯

夕飯（ゆうはん）はもう食（た）べましたか。 你吃過晚飯了嗎？

Track 455

郵便局（ゆうびんきょく） 郵局

帰宅（きたく）の途中（とちゅう）に、郵便局（ゆうびんきょく）に寄（よ）ってきた。 回家途中我順路去了郵局。

昨夜（ゆうべ） 昨晚

昨夜（ゆうべ）何（なに）かあったんですか。 昨晚有什麼事嗎？

夕べ（ゆう） 傍晚、晚會

明日（あした）クラシック音楽（おんがく）の夕（ゆう）べが開催（かいさい）される。
明天要舉行古典音樂的晚會。

ユーモア 幽默

ユーモアのある人（ひと）が好（す）きです。 我喜歡幽默的人。

浴衣（ゆかた） 浴衣（夏天穿的布製單和服）

花火大会（はなびたいかい）のために、浴衣（ゆかた）を買（か）った。 為了煙火大會，我買了浴衣。

Track 456

雪（ゆき） 雪、雪白

雪（ゆき）が降（ふ）って、寒（さむ）くなった。 下雪後變冷了。

輸出（ゆしゅつ） 外銷、出口
（—する：外銷、出口）

台湾（たいわん）は他国（たこく）に自動車（じどうしゃ）を輸出（ゆしゅつ）している。 台灣向外國出口汽車。

ゆそう
輸送 輸送、運送（―する：輸送、運送）□□□

あの飛行機(ひこうき)は貨物(かもつ)を輸送(ゆそう)している。 那架飛機運送著貨物。

ゆだん
油断 疏忽、大意（―する：疏忽、大意）□□□

気(き)をつけて、油断(ゆだん)しないでください。 小心點，千萬別大意了。

ゆにゅう
輸入 進口（―する：輸入）□□□

日本(にほん)からたくさんの電気用品(でんきようひん)を輸入(ゆにゅう)している。
目前從日本進口了許多電器。

Track 457

ゆび
指 手指 □□□

テニスをしていて指(ゆび)の骨(ほね)を折(お)った。 打網球造成手指骨折。

ゆびわ
指輪 戒指 □□□

料理(りょうり)をする時(とき)は結婚指輪(けっこんゆびわ)を外(はず)している。
做飯的時候會把結婚戒指摘掉。

ゆめ
夢 夢、夢想 □□□

昨日(きのう)見(み)た夢(ゆめ)を忘(わす)れました。 我忘記昨天做的夢了。

よう
用 事情、用處、大小便、開支 □□□

私(わたし)に何(なん)のご用(よう)ですか。 找我有什麼事嗎？

様（よう） 様子、樣式、彷彿 □□□

父の様な立派な弁護士になりたい。 我想成為像父親那樣優秀的律師。

Track 458

用意（ようい） 準備（—する：準備） □□□

お客さんを迎える用意ができましたか。
準備好接待客人了嗎？

八日（ようか） 八號、八天 □□□

台湾では八月八日は父の日である。 八月八號在台灣是父親節。

用事（ようじ） （必須辦的）事情、工作 □□□

今日は用事があって、そこに行けないんだ。
今天有必須要辦的事情，不能去那兒了。

幼児（ようじ） 幼兒、幼童 □□□

幼児の安全に気をつけてください。 請注意幼童的安全。

用心（ようじん） 注意、謹慎、留神 □□□
（—する：注意、謹慎、留神）

風邪を引かないように用心しなさい。 請注意別感冒了。

Track 459

様子（ようす） 狀態、樣子、神情 □□□

彼女の様子がちょっとおかしいです。 她的樣子有些奇怪。

用水（ようすい） 用水

工業用水（こうぎょうようすい）はいくらあっても足（た）りない。
不管有多少工業用水都還是不夠。

洋服（ようふく） 西服

その洋服（ようふく）はどこで買（か）ったんですか。 那件西服是在哪裡買的？

ヨーロッパ 歐洲

ヨーロッパの歴史（れきし）に興味（きょうみ）があります。 我對歐洲的歷史很感興趣。

予言（よげん） 預言、預告（—する：預言、預告）

あの先生（せんせい）は再来年（さらいねん）大地震（だいじしん）が起（お）きると予言（よげん）した。
那位老師預言後年會發生大地震。

Track 460

横（よこ） 橫、旁邊

横（よこ）の線（せん）を描（か）いてください。 請畫橫線。

予算（よさん） 預算（—する：預先估算）

車（くるま）を買（か）う予算（よさん）がない。 我沒有買車的預算。

予習（よしゅう） 預習（—する：預習）

復習（ふくしゅう）だけではなく予習（よしゅう）も大事（だいじ）です。 不光是複習，預習也很重要。

予測（よそく） 預測（—する：預測） □□□

彼は不合格だと私は予測していた。 我曾預測他會不及格。

四日（よっか） 四號、四天 □□□

彼らとの交流はたった四日間しか続かなかった。

與他們只交流了四天。

Track 461

四つ（よっつ） 四個、四歲 □□□

彼女がついたうそは四つもあって、信じられない。

她竟然說了四個謊，不敢置信。

予定（よてい） 預定、安排（—する：預定） □□□

この週末に何か予定がありますか。 這個週末有什麼安排嗎？

夜中（よなか） 半夜 □□□

夜中に申し訳ありませんが、洋子さんはいらっしゃいますか。 不好意思半夜打擾，洋子小姐在嗎？

予報（よほう） 預報（—する：預報） □□□

天気予報によると、今日は雨ですよ。

就天氣預報來說，今天會是雨天喔！

読み方（よみかた） 唸法、讀法

この文字の読み方を教えてください。 請告訴我這個字的唸法。

Track 462

予約（よやく） 預約（―する：預約）

ホテルはもう予約しました。 已經預約飯店了

夜（よる） 夜、夜晚

フクロウは夜だけ出てくる動物です。

貓頭鷹是只有晚上會出來活動的動物。

四（よん） 四

私の部屋は四階にあります。 我的房間在四樓。

あ行 か行 さ行 た行 な行 は行 ま行 や行 ら行 わ行

【動詞】

Track 463

焼く（や） 燃燒 □□□

彼女（かのじょ）は昔（むかし）の写真（しゃしん）を焼（や）いた。 她燒了以前的照片。

役立つ（やくだ） 有用、有益 □□□

いまさら何（なに）を言（い）っても役立（やくだ）たないと思（おも）う。 我認為現在說什麼都沒有用。

役に立つ（やくた） 派上用場 □□□

役（やく）に立（た）つ道具（どうぐ）がほしいです。 我想要能派上用場的道具。

焼ける（や） 燃燒、曬黑、烤 □□□

火事（かじ）であのビルが焼（や）けた。 火災燃燒了那棟大樓。

休む（やす） 休息 □□□

過労（かろう）にならないように、休（やす）みましょう。 請好好休息，不要造成過勞。

Track 464

雇う（やと） 雇用 □□□

あの時（とき）に彼（かれ）を雇（やと）ってよかった。 那時有雇用他實在是太好了。

宿る（やど） 住宿、寄生、存在 □□□

その木（き）に神様（かみさま）が宿（やど）っている事（こと）を信（しん）じますか。
你相信那棵樹木存在著神明嗎？

ア行 カ行 サ行 タ行 ナ行 ハ行 マ行 ヤ行 ラ行 ワ行

破る（やぶ） 撕破、打破 □□□

父（ちち）は約束（やくそく）を破（やぶ）った。もう信（しん）じられない。 父親打破了約定，我再也不相信他了。

病む（や） 得病 □□□

あの犯罪者（はんざいしゃ）は心（こころ）が病（や）んでいる。 那個罪犯心靈生病了。

止む（や） 結束、停止、中止 □□□

一週間（いっしゅうかん）経（た）って、騒（さわ）ぎがやっと止（や）んだ。 經過一週，騷亂終於停止了。

Track 465

辞める（や） 辭去 □□□

明日（あした）会社（かいしゃ）を辞（や）めるつもりです。 我打算明天向公司提出辭職。

やる 做、給、玩 □□□

こういう状況（じょうきょう）になっても、やるしかないでしょ。
現在這個狀況只能做下去了吧？

ゆがむ 彎曲、歪曲 □□□

彼女（かのじょ）の表情（ひょうじょう）が悩（なや）みでゆがんでいる。 她的表情因煩惱而扭曲。

譲る（ゆず） 讓步、給予 □□□

年上（としうえ）の人（ひと）に席（せき）を譲（ゆず）るべきだ。 將座位讓給年長之人。

緩む（ゆる） 鬆弛、緩和 □□□

靴（くつ）のひもが緩（ゆる）んでいるよ。 鞋帶鬆脫了。

Track 466

揺れる 搖晃、搖擺

地震の時、地面が激しく揺れた。 地震時地面晃得很嚴重。

酔う 喝醉、沉醉、暈（車、船等）

私は酔っていません。 我沒醉。

汚れる 弄髒、玷汙

汚れたシーツを洗濯機に放り込んだ。 將弄髒的床單扔進了洗衣機裡。

呼ぶ 喊、叫

彼はお父さんと呼んでいる。 他在叫父親。

読む 看、讀

その作者の本を読むことがすきです。 我喜歡看那位作者的書。

Track 467

寄る 靠近、想到、順路、聚集

仕事帰りにスーパーに寄って帰る。 下班回家時順道去個超市再回去。

喜ぶ 喜悅、高興

父が無事に帰ってきたので、私たちはみんな喜びました。
父親平安歸來，我們大家都很高興。

弱める 使較弱、使衰弱

栄養不足があの子の精神を弱める。 營養不足使那個孩子的精神衰弱。

【形容詞】

Track 468

易しい 簡單的

彼にとって、人を真似するのは易しいです。
對他來說模仿人很容易。

優しい 溫柔、溫和

この毛布は感触が優しい。 這條毯子的觸感很溫和。

安い 便宜的

こんなに安い価格とはありえない。 怎麼可能有這麼便宜的價格。

柔らかい 柔軟的

柔らかい布団で寝たい。 我想睡在柔軟的棉被裡。

有効 有效的、有用的

このチケットはまだ有効ですか。 這張票還能用嗎？

Track 469

優秀 優秀的

彼はこの学校で一番優秀な卒業生である。
他是這間學校最優秀的畢業生。

有望 有希望的、有前途的

あの子は前途が有望である。 那個孩子很有前途。

ゆうめい
有名 有名的 □□□

将来有名な歌手になりたい。 我希望未來能成為有名的歌手。

ゆうり
有利 有利的、有益的 □□□

この提案は彼に対して有利でしょう。 這個提案對他有利吧？

ゆたか
豊か 豐富的、豐裕的 □□□

彼は豊かな生活を送っている。 他過著豐裕的生活。

Track 470

よい 好的 □□□

よい酒を準備しておきます。 準備好上等的酒。

ようい
容易 容易的、簡單的 □□□

学生生活はそんなに容易じゃない。 學生生活並沒有那麼地容易。

よろしい 好的 □□□

私の言い方はよろしいですか。 我的說法還好嗎？

よわ
弱い 軟弱的、虛弱的、不擅長的 □□□

彼女は車に弱い。 她很容易暈車。

ゆっくり　慢慢地

Track 471

□□□

足（あし）をゆっくり動（うご）かしてみてください。　請試著慢慢活動你的腳。

よく　好好地、十分地、經常地

□□□

週末（しゅうまつ）にはよく図書館（としょかん）へ行（い）きます。　我週末經常去圖書館。

あ行 か行 さ行 た行 な行 は行 ま行 や行 ら行 わ行

JLPT N3

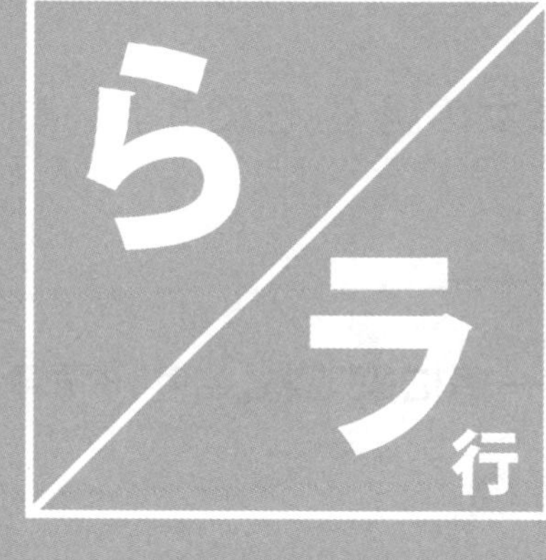

【一般名詞】

Track 472

ラーメン 拉麵 □□□

この後ラーメンを食べに行こう。 等會一起去吃拉麵吧。

らいげつ
来月 下個月 □□□

来月アメリカの大統領は来日の予定がある。
美國的總統預定下個月來日本。

らいしゅう
来週 下週 □□□

来週の月曜日は彼女の誕生日です。 下週的星期一是她的生日。

らいねん
来年 明年 □□□

来年のこの時期も一緒に来てね。 明年的這個時期也請一起來。

ラジオ 收音機 □□□

今ラジオで何を放送していますか。 現在收音機正在放什麼呢？

Track 473

ラジカセ 收錄音機 □□□

電気屋さんでラジカセを買った。 我在電器店買了收錄音機。

りかい
理解 了解、理解（—する：理解） □□□

彼の考え方は理解できない。 我無法理解他的想法。

りゆう
理由 理由 □□□

かれ りこん りゆう なん
彼と離婚した理由は何ですか。 你和他離婚的理由是什麼？

りゅうがく
留学 留學（—する：留學） □□□

むすこ きょねん にほん りゅうがく い
息子は去年日本へ留学に行きました。 兒子去年前往日本留學了。

りゅうがくせい
留学生 留學生 □□□

にほん たいわん りゅうがくせい ひじょう おお
日本にいる台湾の留学生が非常に多い。 在日本有非常多台灣的留學生。

りゅうこう
流行 流行（—する：流行） Track 474 □□□

かのじょ りゅうこう せんたん い
彼女はいつも流行の先端を行く。 她一直走在流行尖端。

りよう
利用 利用（—する：利用） □□□

おや ていきょう しげん さいだいげん りよう
親が提供した資源を最大限に利用する。
我充分利用雙親提供的資源。

りょう
寮 宿舍 □□□

だいがくいちねんせい りょう す
大学一年生のとき、寮に住んでいた。 大學一年級時我住在宿舍。

りょうこく
両国 兩國 □□□

らいねん りょうこく しゅのう かいだん
来年あの両国の首脳が会談することになる。
明年那兩國的元首將進行會談。

りょうしゅうしょ
領収書 收據

領収書を忘れないでください。 請別忘了收據。

Track 475

りょうしん
両親 雙親

両親はいつも私を支持している。 雙親總是支持著我。

りょうほう
両方 兩方、兩邊

新郎新婦両方とも私の知人です。 新郎新娘雙方都是我的熟人。

りょうり
料理 料理、烹調

（―する：料理、烹調）

母が作った料理はすごく美味しいです。 母親做的料理非常美味。

りょかん
旅館 旅館

泊まる旅館を見つけましたか。 你找到要住宿的旅館了嗎？

りょこう
旅行 旅行（―する：旅行）

イギリスへ旅行に行きました。 我去英國旅行了。

Track 476

りんご 蘋果

果物の中で、りんごが一番嫌いです。 所有水果之中，我最討厭蘋果。

るす
留守 外出、不在家、看家
（—する：不在家、看家）

彼は仕事に行って、今は留守です。 他去工作了，現在不在家。

るすばん
留守番 看家

彼女は留守番をしている。 她在看家。

れいがい
例外 例外

今回も一緒だった、例外がない。 這次也一樣，沒有例外。

れいぞうこ
冷蔵庫 冰箱

コーラは冷蔵庫の中にあります。 可樂放在冰箱裡。

Track 477

れいど
零度 零度、冰點

昨夜は零度以下に下がって、とても寒かったです。
昨晚氣溫降至零度以下，非常寒冷。

れいとう
冷凍 冷凍（—する：冷凍）

魚を冷凍しておく。 我把魚先拿去冷凍。

れいぼう
冷房 冷氣

暑いので、冷房をつけてもいいですか。 由於很炎熱，可否打開冷氣？

れきし
歴史 歴史

れきし　ふとくい　す
歴史が不得意だけど好きです。 我不擅長歷史，但我很喜歡它。

れきねん
歴年 長年累月

れきねん　けんきゅう　かんせい
歴年の研究がやっと完成した。 長年累月的研究終於完成了。

Track 478

レコード 唱片

かれ　しゅうしゅう
彼はＬＰレコードを収集している。 他在收集黑膠唱片。

レジ 收銀機、結帳櫃台

ひと　なら
レジに人がすごくたくさん並んでいる。 結帳櫃檯隊伍排得很長。

レストラン 餐廳

こうきゅう　りょうり　おい
その高級レストランの料理はとても美味しいです。
那間高級餐廳的料理非常美味。

れつ
列 列、行列

れつ　こ　ひと　さいてい
列に割り込む人なんて最低だ。 插隊的人真是差勁透了。

れっとう
列島 列島

にほんれっとう　ひろ
日本列島はとても広いです。 日本列島非常廣闊。

Track 479

レポート 報告

はや　だ
早くレポートを出してください。 請快點交報告。

れんあい
恋愛 戀愛（—する：戀愛）

あの二人(ふたり)は今恋愛(いまれんあい)している。 那兩個人正在戀愛中。

れんしゅう
練習 練習（—する：練習）

試合(しあい)のために練習(れんしゅう)しようよ。 為了比賽我們來練習吧！

れんぞく
連続 連續（—する：連續）

一週間連続(いっしゅうかんれんぞく)してこんな天気(てんき)だ。 這樣的天氣持續了一週。

れんらく
連絡 聯絡（—する：聯絡）

何(なに)かあったら、連絡(れんらく)してください。 若有任何事請聯絡我。

Track 480

ろうか
廊下 走廊

廊下(ろうか)で寝(ね)る事(こと)が大好(だいす)きです。 我喜歡睡在走廊。

ろうじん
老人 老人

六十五歳以上(ろくじゅうごさいいじょう)の老人(ろうじん)は無料(むりょう)です。 六十五歲以上的老人免費。

じ
ローマ字 羅馬拼音

その単語(たんご)をローマ字(じ)で表記(ひょうき)してください。
請將那個單字以羅馬拼音表示。

ア行 カ行 サ行 タ行 ナ行 ハ行 マ行 ヤ行 ラ行 ワ行

あ行
か行
さ行
た行
な行
は行
ま行
や行
ら行
わ行

六（ろく） 六

大学卒業（だいがくそつぎょう）に六年（ろくねん）もかかりました。 大學花了六年才畢業。

ロシア 俄羅斯

ロシアに行（い）ったことがありません。 我沒去過俄羅斯。

ロビー 大廳、休息室

お客（きゃく）さんがロビーで待（ま）っている。 客人在大廳等待。

論文（ろんぶん） 論文

早（はや）く論文（ろんぶん）を提出（ていしゅつ）してください。 請盡快提交論文。

【形容詞】

Track 481

楽（らく） 輕鬆的、舒適的

あなたの仕事（しごと）は楽（らく）でいいな。 田中同學在老師講課期間止不住哈欠。

立派（りっぱ） 華麗的、卓越的

その立派（りっぱ）な服装（ふくそう）をしている女性（じょせい）はだれですか。
那位穿著華麗衣裳的女性是誰呢？

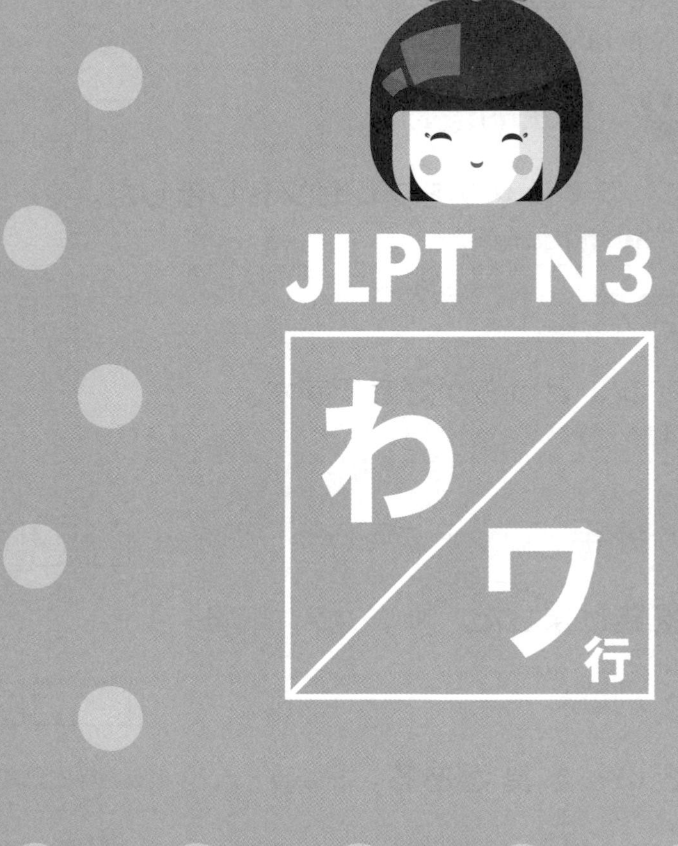
JLPT N3
わ
ワ
行

Track 482

ワープロ　文書處理器

最近の若者はワープロを知らない人が多い。
最近的年輕人很多都不知道什麼是文書處理器。

ワイシャツ　男生的襯衫

彼氏の誕生日に、ワイシャツをプレゼントしました。
在男朋友生日時，我買了襯衫作為他的禮物。

ワイン　葡萄酒

白ワインと赤ワイン、どっちが好きですか。
白酒跟紅酒，你比較喜歡哪一種？

別れ　告別、分手

昨日彼氏に別れを告げました。　我昨天向男友提了分手。

わき　腋下、別處

腋汗で、彼はひどいわき臭がある。　因為腋下流汗，他有嚴重的狐臭。

Track 483

訳　意思、內容、理由、道理

彼が何をしているか訳がわからない、　我完全不懂他在做什麼？

ワゴン車　旅行車

父はワゴン車を買いたがっています。　父親很想買一台旅行車。

和室（わしつ） 和室

洋室（ようしつ）より、和室（わしつ）のほうが好（す）きです。 比起西式房間我更喜歡和室。

忘れ物（わすれもの） 忘記的東西、忘記東西

彼（かれ）の家（いえ）に忘（わす）れ物（もの）をしました。 我把東西忘在他家了。

私（わたくし） 我（用於正式場合）

今度（こんど）の事件（じけん）は私（わたくし）の責任（せきにん）です。 這次的事件是我的責任。

Track 484

私（わたし） 我

私（わたし）の息子（むすこ）は今高校生（いまこうこうせい）です。 我的兒子現在是高中生。

割合（わりあい） 比例（副詞：比較地、意外地）

二種（にしゅ）のジュースを三対二（さんたいに）の割合（わりあい）で混（ま）ぜ合（あ）わせる。
將兩種果汁以三比二的比例混合。

割引（わりびき） 打折

六十歳以上（ろくじゅっさいいじょう）の人（ひと）は特別（とくべつ）な割引（わりびき）がある。
六十歲以上的人有特別的打折。

Track 485

沸(わ)かす 燒熱、沸騰

風呂(ふろ)を沸(わ)かしてから入(はい)る。 先燒熱洗澡水再進去。

わかる 了解、明白、懂

彼(かれ)が言(い)った事(こと)がわかりますか。 你明白他說的事情嗎？

別(わか)れる 分別、分開、分歧

別(わか)れてからもう五年(ごねん)が経(た)った。 分別之後已經過了五年。

沸(わ)く 沸騰

笛吹(ふえふき)ケトルはお湯(ゆ)が沸(わ)いた時(とき)に笛(ふえ)の音(おと)で知(し)らせてくれる。

笛音壺會在水燒開時用笛音通知我們。

分(わ)ける 分開、區分、分配

全校生徒(ぜんこうせいと)を二(に)チームに分(わ)けて試合(しあい)をする。

將全校學生分為兩隊進行比賽。

Track 486

忘(わす)れる 忘記

そのときのことを忘(わす)れてください。 請忘掉當時的事情。

渡す（わた） 交付、渡

□□□

このファイルを部長（ぶちょう）に渡（わた）してください。 請將此文件夾交給部長。

渡る（わた） 渡、經過

□□□

歩道橋（ほどうきょう）を渡（わた）ったらすぐ学校（がっこう）に着（つ）きます。
過了天橋後馬上就會到學校。

詫びる（わ） 道歉

□□□

彼（かれ）は遅（おく）れたことをみんなに詫（わ）びた。 他針對遲到一事向大家道歉。

笑う（わら） 笑、取笑

□□□

その子（こ）はずっとニコニコと笑（わら）っている。 那個孩子一直笑著。

割る（わ） 切開、除、分開

□□□

56（ごじゅうろく）を7（なな）で割（わ）ると8（はち）になる。 56 除以 7 等於 8。

割れる（わ） 破裂、分歧

□□□

窓（まど）ガラスが台風（たいふう）で割（わ）れた。 窗戶的玻璃因颱風碎裂。

【形容詞】

Track 487

若い（わか）　年輕的

□□□

彼女（かのじょ）は若（わか）いけど、体力（たいりょく）がない。　她很年輕，但體力卻不好。

悪い（わる）　壞的

□□□

先生（せんせい）に頭（あたま）が悪（わる）いと言（い）われた。　老師說我的頭腦很差。

隨堂小測驗

請根據題意選出正確的選項。

( ) 1. いまさら何を言っても「役に立たない」と思う。
(A) 失敗 (B) 有用 (C) 無用 (D) 幫助

( ) 2. 彼女の表情が悩みで「ゆがんでいる」。
(A) 僵硬 (B) 鬆弛 (C) 下垂 (D) 扭曲

( ) 3. 自分の「役割」を果たしてください。
(A) 職責 (B) 分際 (C) 分配 (D) 職權

( ) 4. 彼女は車に「弱い」。
(A) 不擅長的 (B) 體弱的 (C) 膽怯的 (D) 擅長的

( ) 5. 気をつけて、「油断」しないでください。
(A) 決定 (B) 擅自判斷 (C) 自作聰明 (D) 大意

( ) 6. 彼は遅れたことをみんなに「詫びた」。
(A) 請客 (B) 道歉 (C) 挽救 (D) 鞠躬

( ) 7. 六十歳以上の人は特別な「割引」がある。
(A) 方案 (B) 贈品 (C) 打折 (D) 分配

( ) 8. コーラは「冷蔵庫」の中にあります。
(A) 冷氣 (B) 冷藏 (C) 冷凍 (D) 冰箱

解答：1. (C) 2. (D) 3. (A) 4. (A)
5. (D) 6. (B) 7. (C) 8. (D)

日檢N3單字總複習

(　　) 1. 君の____は私だ！
(A) 相手　(B) 間　(C) 青　(D) 欠伸

(　　) 2. ______が大好きな姉にイヤリングを買ってあげた。
(A) アクセサリー　(B) サッカー　(C) 野球　(D) 食べ物

(　　) 3. 彼女の夢は立派な______になることです。
(A) アフリカ　(B) アルコール　(C) アナウンサー　(D) アルバイト

(　　) 4. 青森に行ったら、りんごを____食べます。
(A) 一杯　(B) 一方　(C) 一番　(D) 一部

(　　) 5. 彼の発言には____がある。
(A) 裏　(B) あそこ　(C) 馬　(D) 売り場

(　　) 6. 日本語は上手ですが、____は下手です。
(A) 英語　(B) ラジオ　(C) エアコン　(D) 影響

(　　) 7. 台風の____で、学校に行けなくなった。
(A) 大好き　(B) 影響　(C) うち　(D) 岩

(　　) 8. ______を見ている時、携帯電話を使わないでください。
(A) 歌　(B) 映画　(C) 嘘つき　(D) 受付

(　　) 9. 先輩の電話の____がとても上手です。
(A) 応用　(B) 応対　(C) 応援　(D) お祝い

(　　) 10. 祭りを参加するために、____の人が京都に集めて来た。
(A) 多い　(B) 大きい　(C) 重たい　(D) 大勢

(　　) 11. お母さんはいつも______を作ってくれる。
(A) お弁当　(B) 箸　(C) お金　(D) 大家

(　　) 12. クリスマスの時、サンタクロースは______から入って、プレゼントをくれる。
(A) 屋上　(B) 親　(C) 表　(D) おもちゃ

(　　) 13. 冬になると、彼と____旅行に行きます。
(A) 温暖化　(B) 親指　(C) お土産　(D) 温泉

(　　) 14. このりんごは少し______って黒くなっている。
(A) 当た　(B) 聞い　(C) 集め　(D) あびて

(　　) 15. シャワーを____、歯を磨います。
(A) 浴びて　(B) 洗って　(C) 改めて　(D) 表れて

(　　) 16. ____確認しました。
(A) 歩く　(B) 改めて　(C) 余る　(D) 扱う

(　　) 17. 皆の力を＿＿＿＿、きっとこの困難を乗り越えことができる。
(A) 言う　(B) 生きれば　(C) 急ぐ　(D) 合わせれば

(　　) 18. 母は弟の誕生日ケーキを買う途中で＿＿をしまいまして、病院に行きました。
(A) 怪我　(B) 景色　(C) 警察　(D) 経験

(　　) 19. アンケート調査の結果で、この言葉は若者に使用される＿＿がある。
(A) 傾向　(B) 経験　(C) 敬語　(D) グループ

(　　) 20. 日本の行政区画には、東京は「都」で、「＿＿」ではありません。
(A) 雨　(B) 県　(C) 煙　(D) ケーキ

(　　) 21. 大学を卒業して、職場に入ると、＿の厳しさをようやく気付いた。
(A) 現実　(B) 検査　(C) 現象　(D) 限定

(　　) 22. 大阪で見られなく、京都＿＿のお土産を買いました。
(A) 権利　(B) 恋　(C) 公共　(D) 限定

(　　) 23. この世界で、誰でも幸せに生きる＿＿がある。
(A) 公園　(B) 構う　(C) 権利　(D) 片付ける

(　　) 24. 週に 3 回日本語の塾に＿＿います。
(A) 歩いて　(B) 通って　(C) 枯れて　(D) かぶって

(　　) 25. お爺さんはいつも美味しい料理を作って、わたしと姉を＿＿＿。
(A) 可愛がっている　(B) 嫌がっている　(C) 勝っている
(D) 変わっている

(　　) 26.10 年ぶりですが、彼女は相変わらず可愛くて、何も＿＿＿。
(A) 頑張りません　(B) 変わりません　(C) 借りません
(D) 着替えません

(　　) 27. 冷蔵庫の中に、食べ忘れた卵が＿＿。
(A) 美味しい　(B) まずい　(C) 崩した　(D) 腐った

(　　) 28. 一定の温度になるとスイッチが自動的に＿＿。
(A) 閉まる　(B) 加える　(C) 切れる　(D) 当たる

(　　) 29. 日が＿＿、危険です。早く家に帰りましょう。
(A) 凍りて　(B) 焦げて　(C) 暮れて　(D) 心掛けて

(　　) 30. この要求は無理です。＿＿＿ます。
(A) 謝り　(B) 断り　(C) 好み　(D) 超え

(　　) 31. 明日レポートを出さないと、＿＿＿ます。
(A) 困り　(B) ごまかし　(C) 志し　(D) 腰掛け

(　　) 32. 朝の電車はいつも人が多くて、＿＿ます。
(A) 殺し　(B) 来　(C) 込んで　(D) 転がって

(　　) 33. 可愛がっているペットは死んだ。____。
(A) 悲しい　(B) 嬉しい　(C) 賢い　(D) 快適

(　　) 34. あの子供のお母さんは亡くされた。______。
(A) かわいそう　(B) かわいい　(C) 簡単　(D) 黄色い

(　　) 35. うちのサークルは皆優しいですから、____に参加してね。
(A) 厳しい　(B) 汚い　(C) 気軽　(D) きつい

(　　) 36. これは非常に____な経験です。ありがとうございます。
(A) 嫌い　(B) 貴重　(C) 奇妙　(D) 急速

(　　) 37. この事件について、政府は____をとるべきだと思います。
(A) 責任　(B) 性能　(C) 製造　(D) 請求

(　　) 38. いつも______になっております。
(A) ゼロ　(B) お世話　(C) 説明　(D) 背中

(　　) 39. 私のせいじゃないのに、なぜ______られたの？
(A) 勧め　(B) 捨て　(C) 知らせ　(D) 責め

(　　) 40. 彼は田舎でお婆さんに____子供です。
(A) 育てられた　(B) 供えた　(C) ずれた　(D) 勧められた

(　　) 41. 普段親切な先輩はいつもゼミで____質問をする。
(A) 鋭い　(B) 正確　(C) 狭い　(D) 涼しい

(　　) 42. 同じ学校の元彼と別れてから、いつも会えないように____いる。
(A) 覚えて　(B) 下げて　(C) 支えて　(D) 避けて

(　　) 43. この言葉の意味を知りたいので、辞書を____。
(A) 調べました　(B) 知らせた　(C) 吸いました　(D) 過ぎていた

(　　) 44. 同僚はインドに____いました。
(A) 頼んで　(B) 住んで　(C) 食べて　(D) 溜めて

(　　) 45. ____を消してください。
(A) 電車　(B) 電気　(C) てんぷら　(D) 天気

(　　) 46. 母の日は______です。
(A) 日曜日　(B) 木曜日　(C) 何曜日　(D) 土曜日

(　　) 47. 警察は____を追っています。
(A) パンツ　(B) 犯人　(C) 番地　(D) ハンバーガー

(　　) 48. お腹空いたか。パンの____あげます。
(A) 表面　(B) プール　(C) フォーク　(D) 半分

(　　) 49. あの子はとても____で、この村の希望です。
(A) 豊か　(B) 優秀　(C) 弱い　(D) 優しい

(　　) 50. まずい！____を入れることを忘れてしまった。
(A) 塩　(B) 宿題　(C) 畳　(D) ニュース

解析

（A）1. 中譯 你的對手是我！
(A) 對象、對手　(B) 間隔、距離、期間、中間　(C) 藍色　(D) 哈欠

（A）2. 中譯 給最喜歡首飾的姊姊買了垂墜耳環。
(A) 首飾　(B) 英式足球　(C) 棒球　(D) 食物

（C）3. 中譯 她的夢想是成為一名卓越的主播。
(A) 非洲　(B) 酒精　(C) 主播、播報員　(D) 打工

（A）4. 中譯 去了青森要吃很多蘋果。
(A) 一杯 (副詞 : 極限地、充盈地)　(B) 一方、單方面　(C) 一號、第一名
(D) 一部分

（A）5. 中譯 他的發言話中有話。
(A) 背面、反面　(B) 那邊　(C) 馬　(D) 賣場

（A）6. 中譯 日語很流利，但是英文卻很不熟練。
(A) 英語　(B) 收音機　(C) 空調　(D) 影響

（B）7. 中譯 受到颱風的影響，不能去學校了。
(A) 最喜歡的　(B) 影響　(C) 家　(D) 岩石

（B）8. 中譯 看電影的時候請不要使用手機。
(A) 歌曲　(B) 電影　(C) 騙子　(D) 詢問處、櫃台、接待人員

（B）9. 中譯 前輩很擅長電話應對。
(A) 應用、運用　(B) 應對　(C) 聲援　(D) 祝賀、賀禮

（D）10. 中譯 為了參加祭典，很多人聚集到了京都。
(A) 多的　(B) 大的　(C) 沉重的　(D) 很多人 (副詞 : 人數眾多地)

（A）11. 中譯 媽媽總是做便當給我。
(A) 便當　(B) 筷子　(C) 錢　(D) 房東

（A）12. 中譯 聖誕節的時候，聖誕老人會從屋頂進來送禮物。
(A) 屋頂　(B) 父母　(C) 表面、正面、外面　(D) 玩具

（D）13. 中譯 冬天時，要和他一起去溫泉旅行。
(A) 溫暖化　(B) 拇指　(C) 名產　(D) 溫泉

（A）14. 中譯 這顆蘋果被撞過所以有點黑掉了。
(A) 碰撞、擊中、猜中、中獎、接觸、適用、對待、對抗、查看、遭遇、正值、博得好評　(B) 聽　(C) 集合、集中　(D) 淋、浴

（A）15. 中譯 洗完澡後刷牙。
(A) 淋、浴　(B) 洗滌　(C) 改變、改正、鄭重　(D) 表露、顯露

（B）16. 中譯 已經重新確認了。
(A) 走　(B) 重新　(C) 剩餘、過分　(D) 對待、處理、操縱

（D）17. 中譯 大家同心協力的話，一定可以度過這次困難的。
(A) 説、講　(B) 生存、有生氣　(C) 急、快走、加快
(D) 合起、相加、使一致、使相合、互相、偶然

（A）18. 中譯 媽媽在去幫弟弟買生日蛋糕的途中受傷，去了醫院。
(A) 受傷　(B) 景色、風景　(C) 警察　(D) 經驗

（A）19. 中譯 根據問卷調查的結果，年輕人有較常使用這個詞語的傾向。
(A) 傾向、趨勢　(B) 經驗　(C) 敬語　(D) 團體

（B）20. 中譯 以日本的行政區劃而言，東京是「都」，而不是「縣」。
(A) 雨　(B) 縣　(C) 煙　(D) 蛋糕

（A）21. 中譯 大學畢業後進入職場，才終於知道現實的殘酷。
(A) 現實　(B) 檢查　(C) 現象　(D) 限定

（D）22. 中譯 買了在大阪看不到、京都限定的名產。
(A) 權利　(B) 戀愛、戀情　(C) 公共　(D) 限定

（C）23. 中譯 每個人都有權利快樂地活在這個世界上。
(A) 公園　(B) 理睬、理會　(C) 權利　(D) 整理、收拾

（B）24. 中譯 每週會去三次日文補習班。
(A) 步行　(B) 來往　(C) 枯萎、乾枯、老練　(D) 戴上

（A）25. 中譯 爺爺總是做好吃的食物，非常疼愛我跟姊姊。
(A) 愛惜、愛護　(B) 討厭　(C) 勝、戰勝、克服　(D) 變化、經過、轉移

（B）26. 中譯 十年不見，她還是一樣都沒變，一樣可愛。
(A) 不加油　(B) 沒變　(C) 不借　(D) 不更衣

（D）27. 中譯 冰箱裡忘記吃的蛋臭掉了。
(A) 美味的　(B) 難吃的　(C) 拆毀、粉碎、打亂、找零　(D) 腐壞、墮落

（C）28. 中譯 到了一定的溫度，開關會自動中斷。
(A) 關閉　(B) 附加、添加、加　(C) 中斷、斷裂、用盡、鋒利、精明　(D) 碰撞、擊中、猜中、中獎、接觸、適用、對待、對抗、查看、遭遇、正值、博得好評

（C）29. 中譯 天色已晚，很危險。早點回家吧。
(A) 結冰　(B) 烤焦、焦　(C) 天黑、日暮　(D) 留心、留意

（B）30. 中譯 這個要求是不可能的。我拒絕。
(A) 道歉　(B) 謝絕、拒絕　(C) 愛好、喜歡　(D) 越過、度過

（A）31. 中譯 明天不交出報告的話，我會很困擾。
(A) 困擾　(B) 矇混、欺騙　(C) 立志、志向　(D) 坐下

（C）32. 中譯 早上的電車總是人多，非常擁擠。
(A) 殺死、浪費　(B) 來　(C) 擁擠、混亂　(D) 轉動、倒下

（A）33. 中譯 很寵愛的寵物死了，好悲傷。
(A) 悲傷　(B) 開心　(C) 聰明的、伶俐的　(D) 舒適、舒服的

（A）34. 中譯 那個小孩的媽媽過世了。好可憐。
(A) 可憐的　(B) 可愛的　(C) 簡單　(D) 黃色

（C）35. 中譯 我們社團大家都很親切，請輕鬆的來參加。
(A) 嚴厲的 (B) 髒的 (C) 輕鬆愉快、舒暢的 (D) 苛刻的、費力

（B）36. 中譯 這是相當貴重的經驗，非常感謝您。
(A) 討厭的、不喜歡的 (B) 貴重的、寶貴的 (C) 奇妙、奇異的
(D) 迅速的、急速的

（A）37. 中譯 我認為這次的事件，政府應該負起責任。
(A) 責任 (B) 性能、效能 (C) 製造、生產 (一する : 製造) (D) 請求、要求、索取

（B）38. 中譯 一直以來承蒙您的照顧了。
(A) 零 (B) 照顧 (一する : 照顧) (C) 說明 (D) 背

（D）39. 中譯 明明不是我的錯，為什麼要責備我？
(A) 勸說、推薦 (B) 丟棄、拋棄 (C) 知道、通知 (D) 責備、逼迫

（A）40. 中譯 他是在鄉下被奶奶養大的孩子。
(A) 培育、撫養 (B) 進貢、供奉 (C) 移動、偏離、錯開 (D) 勸說、推薦

（A）41. 中譯 平常人很好的前輩會在討論時問很尖銳的問題。
(A) 尖銳的、敏銳的 (B) 正確 (C) 狹窄的、小的 (房間) (D) 涼的

（D）42. 中譯 自從我跟他在同一個學校分別後，就一直迴避見他。
(A) 記得 (B) 降低、提取 (C) 支撐、維持 (D) 迴避

（A）43. 中譯 為了知道這個詞語的意思查了字典。
(A) 調查、得知 (B) 知道、通知 (C) 吸 (D) 經過、過去、過分

（B）44. 中譯 同事以前住在印度。
(A) 拜託、請求 (B) 居住 (C) 吃 (D) 積、存

（B）45. 中譯 請關掉電燈。
(A) 電車 (B) 電燈 (C) 天婦羅 (D) 天氣

（A）46. 中譯 母親節是星期天。
(A) 星期天 (B) 星期四 (C) 星期幾 (D) 星期六

（B）47. 中譯 警察正在追犯人。
(A) 褲子、內褲 (B) 犯人 (C) 門牌號、地址 (D) 漢堡

（D）48. 中譯 餓了嗎？分你一半麵包。
(A) 表面 (B) 游泳池 (C) 叉子 (D) 一半

（B）49. 中譯 那孩子非常優秀，是這個村子的希望。
(A) 豐富的、豐裕的 (B) 優秀 (C) 軟弱的、虛弱的、不擅長的 (D) 溫柔、溫和

（A）50. 中譯 好難吃！不小心忘記放鹽巴了。
(A) 鹽 (B) 功課、作業 (C) 榻榻米 (D) 新聞、消息

原來如此 系列 J055

JLPT新日檢【N3字彙】考前衝刺大作戰

掌握日檢必考單字，用最少的時間準備也能輕鬆應考，一試合格！

作　　者　費長琳、黃均亭◎合著
顧　　問　曾文旭
社　　長　王毓芳
編輯統籌　耿文國、黃璽宇
主　　編　吳靜宜
執行主編　潘妍潔
執行編輯　吳芸蓁、吳欣蓉
美術編輯　王桂芳、張嘉容
特約校對　楊孟芳
特約編輯　徐柏茵
法律顧問　北辰著作權事務所　蕭雄淋律師、幸秋妙律師

初　　版　2022年06月
出　　版　捷徑文化出版事業有限公司
電　　話　（02）2752-5618
傳　　真　（02）2752-5619

定　　價　新台幣380元／港幣127元
產品內容　1書

總 經 銷　采舍國際有限公司
地　　址　235新北市中和區中山路二段366巷10號3樓
電　　話　（02）8245-8786
傳　　真　（02）8245-8718

港澳地區經銷商　和平圖書有限公司
地　　址　香港柴灣嘉業街12號百樂門大廈17樓
電　　話　（852）2804-6687
傳　　真　（852）2804-6409

本書圖片由Shutterstock提供

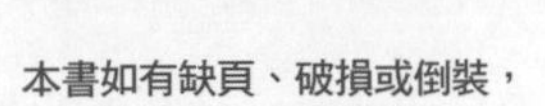

國家圖書館出版品預行編目資料

JLPT新日檢【N3字彙】考前衝刺大作戰 /
費長琳, 黃均亭合著. -- 初版. -- [臺北市] :
捷徑文化出版事業有限公司, 2022.06
　面；　公分. --（原來如此：J055）
ISBN 978-626-7116-06-7(平裝)
1. CST: 日語 2. CST: 詞彙 3. CST: 能力測驗
803.189　　　111006082